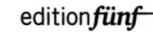

Band 7 der edition *fünf*

Zora Neale Hurston
Vor ihren Augen sahen sie Gott

Roman

Ins Deutsche übersetzt und mit einem Nachwort
von Hans-Ulrich Möhring

edition *fünf*

2. Auflage
Neuausgabe 2011

© 2011 edition*fünf*
Verlag Silke Weniger, Gräfelfing
herausgegeben von Karen Nölle
im Vertrieb bei Edition Nautilus, Hamburg

Alle deutschsprachigen Rechte vorbehalten
Übersetzung: Hans-Ulrich Möhring

Die amerikanische Originalausgabe erschien 1937 unter dem Titel
Their Eyes Were Watching God bei J. B. Lippincott Company, Philadelphia PA.
In deutscher Sprache erschien der Roman erstmals 1993 im
Ammann Verlag unter dem Titel *Und ihre Augen schauten Gott*.
© 1937 J. B. Lippincott Company
© 1965 John C. Hurston und Joel Hurston
published by arrangement with HarperCollins Publishers, LLC.

Gestaltung, Satz und Herstellung Kathleen Bernsdorf, Hamburg
Schriften ITC Charter, Trade Gothic
Druck und Bindung Friedrich Pustet, Regensburg
Printed in Germany

ISBN 978-3-942374-12-5

www.editionfuenf.de

Für Henry Allen Moe

1 Schiffe in der Ferne haben jedermanns Wunsch an Bord. Für manche treffen sie mit der Flut ein. Für andere fahren sie immer am Horizont dahin, nie außer Sicht, nie ein in den Hafen, bis der Ausschauer resigniert die Augen abwendet, da ihm an der kalten Schulter der Zeit die Träume gestorben sind. So ist das Männerleben.

Frauen hingegen vergessen alles, was sie nicht behalten wollen, und behalten alles, was sie nicht vergessen wollen. Der Traum ist die Wahrheit. Dann gehen sie hin und handeln danach.

Am Anfang hier war nun eine Frau, und heimgekehrt war sie vom Begraben der Toten. Nicht dahingesiecht und entschlafen waren diese Toten, Freunde zu Häupten und zu den Füßen. Sie war heimgekehrt von den aufgedunsenen Wasserleichen, überrumpelt vom Tod, die richtenden Augen weit aufgerissen.

Die Leute sahen sie alle kommen, denn es war Abend. Die Sonne war schon fortgegangen, doch sie hatte ihre Fußspur am Himmel hinterlassen. Es war die Zeit, wo man am Straßenrand

7

auf der Veranda sitzt. Es war die Zeit, wo man zuhört und sich erzählt. Die da saßen waren den lieben langen Tag zungenlose, ohrenlose, augenlose Nutzgegenstände gewesen. Mulis und anderes Viehzeug hatten in ihren Bälgen gesteckt. Jetzt aber war die Sonne fort und der bossman mit, und die Bälge fühlten sich stark und als Menschen. Sie wurden stimmgewaltig wie sonst was. Sie ließen sich Völker im Mund zergehen. Sie hielten Gericht.

Wie sie die Frau so daherkommen sahen, stieß ihnen der ganze Neid wieder auf, den sie von ehedem angesammelt hatten. Und sie kauten es klein, was sie im Hinterkopf hatten, und schluckten es mit Genuss herunter. Aus Fragen wurden brennende Urteile und aus Lachern Mordwerkzeuge. Es war die reine Herdengrausamkeit. Wiedererwachter Groll. Herrenlos ziehende Worte, alle gestimmt auf die gleiche Tonart, wie in einem Lied.

»Was denkt die sich, hier in so Latzhosen anzukommen? Hat die kein Kleid, was sie anziehen kann? – Wo ist das blaue Seidenkleid hin, wo sie hier mit weg ist? – Und wo ist das ganze Geld von ihrem Mann hin, was sie geerbt hat, wie er gestorben ist? – Was denkt die sich, mit vierzig noch die Zotteln so lang wie'n junges Mädchen? – Wo hat sie den jungen Spund gelassen, mit dem sie hier abgezogen ist? – Wollte sie den nicht heiraten? – Wo hat der *sie* gelassen? – Was hat er mit ihrem ganzen Geld gemacht? – Wetten, der ist mit 'nem blutjungen Ding ab, dem noch nicht mal Haare wachsen. Was bleibt sie auch nicht in ihrer Klasse? –«

Als sie auf ihre Höhe kam, wandte sie sich den versammelten Lästerzungen zu und grüßte. Alle haspelten laut »good

8

evenin'« und ließen die Münder aufgesperrt und die Ohren erwartungsvoll gespitzt. Ihr Gruß war ja so weit ganz freundlich, doch sie ging einfach schnurstracks weiter zu ihrer Gartentür. Die ganze Veranda war sprachlos vor Gaffen.

Die Männer nahmen ihre drallen Pobacken wahr, wie als hätte sie Pampelmusen in den Gesäßtaschen; die prächtige schwarze Mähne, taillenlang, die sich im Wind plusterte wie ein Federbusch; auch ihre streitbar strotzenden Brüste, die ihr Löcher ins Hemd bohren wollten. Sie, die Männer, ergänzten in der Phantasie, was dem Auge entging. Die Frauen hielten sich an das verschossene Hemd und die schmutzigen Latzhosen und legten beides zur Erinnerung ab. Damit hatten sie etwas gegen sie in der Hand, und selbst wenn sie ihr damit letztlich nichts anhaben konnten, nährte es doch die Hoffnung, dass auch sie eines Tages auf das Maß der andern gestutzt wurde.

Aber niemand rührte sich, niemand sagte etwas, niemand schluckte auch nur die Spucke runter, bis die Gartentür hinter ihr zuknallte.

Pearl Stone machte den Mund auf und lachte lauthals, weil ihr nichts anderes einfiel. Vor Lachen hängte sie sich Mrs Sumpkins an den Hals. Mrs Sumpkins schnaubte nachdrücklich und schnalzte mit der Zunge.

»Mmh! Ihr lasst euch alle von der kirre machen. Das kann mir nicht passieren. An die verschwend ich doch gar keinen Gedanken – Ah ain't got her to study 'bout. Wenn die nicht so viel Manieren hat, dass sie anhält und sagt einem, was sie getrieben hat die ganze Zeit, dann lasst sie doch!«

»Lohnt nicht, wegen der ein Wort zu verlieren«, meinte Lulu Moss naserümpfend. »Sie tut wie hoch oben, aber sieht aus wie ganz unten. Das ist meine Meinung über so alte Weiber, die jungen Burschen nachlaufen.«

Pheoby Watson rutschte mit dem Schaukelstuhl vor, ehe sie was sagte. »Also, das kann doch gar niemand wissen, ob's da was zu erzählen gibt oder nicht. Ich bin ihre beste Freundin, und nicht mal *ich* weiß was.«

»Kann ja sein, dass wir nicht so den Einblick haben wie du, aber wie sie von hier weg ist, das wissen wir alle, und wiederkommen haben wir sie ja nun auch sehen. Da musst du gar nicht erst versuchen, 'nem alten Weib wie Janie Starks ein Mäntelchen umzuhängen, Pheoby, Freundin hin oder her.«

»Erst mal ist sie nicht so alt wie manche von euch, die ihr hier groß daherredet.«

»Soviel ich weiß, ist sie weit über vierzig, Pheoby.«

»Grade mal vierzig, wenn's hochkommt.«

»Sie ist viel zu alt für 'n Jungen wie Tea Cake.«

»Tea Cake ist schon lange kein Junge mehr. Der muss selber um die dreißig sein.«

»Ist mir egal wieso, sie hätte anhalten und ein paar Worte mit uns reden können. Die tut so, als hätten wir ihr was getan«, beschwerte sich Pearl Stone. »Dabei ist es umgekehrt: She de one been doin' wrong.«

»Du ärgerst dich doch bloß, dass sie nicht angehalten ist und hat uns gleich ihr Herz ausgeschüttet. Überhaupt, was hat sie denn so Schlimmes verbrochen, wie ihr alle tut? Das Schlimmste, was ich wüsste, ist, dass sie sich ein paar Jährchen jünger gemacht hat, und das hat noch nie jemand wehgetan. Ehrlich, ihr geht mir auf den Geist. Wenn man euch so reden hört, könnte man meinen, die Leute hier im Ort würden nichts als den Herrgott loben, wenn sie ins Bett gehen. So, und jetzt müsst ihr mich entschuldigen, weil ich ihr nämlich was zu essen bringen will.« Pheoby erhob sich brüsk.

»Lass dich von uns nicht aufhalten«, griente Lulu. »Geh nur zu, wir sehen hier so lange nach dem Rechten. Mein Abendessen ist fertig. Geh du mal kucken, wie's ihr geht. Dann kannst du es uns ja erzählen.«

»Mein Gott«, schloss sich Pearl an, »ich hab mein bisschen Fleisch und Brot 'ne halbe Ewigkeit brutzeln lassen. Ich kann wegbleiben, solange ich will. Mein Mann ist da nicht kleinlich.«

»Öh, sag mal, Pheoby, wenn du so weit bist, kann ich gern mit dir rübergehen«, erbot sich Mrs Sumpkins. »Es wird schon ziemlich gruselduster, da geht bald der Nachtschreck um. De booger man might ketch yuh.«

»Muss nicht sein, danke. Auf den paar Schritten holt mich gar nichts. Sowieso sagt mein Mann immer, was ein richtiger booger ist, der will mich eh nicht haben. Wenn sie euch irgendwas zu sagen hat, werdet ihr's zu hören kriegen.«

Mit einer abgedeckten Schüssel in den Händen eilte Pheoby davon. Von der Veranda hagelten ihr unausgesprochene Fragen in den Rücken. Hoffentlich waren die Antworten finster und schrecklich, dachten alle. Am Haus angekommen, ging Pheoby Watson nicht vorn den Palmenweg durch den Garten zur Haustür. Sie bog ums Zauneck und trat mit ihrem randvollen Teller mulatto rice durch das private Pförtchen. Janie musste dort hinten sein.

Sie saß wie erwartet auf den Stufen am Hintereingang, wo sie schon die Lampen frisch gefüllt und die Zuggläser alle geputzt hatte.

»Hallo, Janie, wie geht's, wie steht's?«

»Och, ganz gut, ich weich mir grade die Füße ein, gegen die Müdigkeit und den Dreck.« Sie lachte kurz auf.

»Ja, das seh ich. Mädel, du siehst richtig *gut* aus. Du siehst aus wie deine eigene Tochter.« Sie lachten beide. »Du kannst dich sehen lassen als Frau, selbst mit den Latzhosen an.«

»Nun mach aber halblang! Du denkst wohl, ich hätte dir was mitgebracht. Dabei hab ich nichts weiter mitgebracht als grade mal mich selbst.«

»Das ist 'ne ganze Menge. Deine Freunde würden gar nicht mehr wollen.«

»Von dir lass ich mir so Schmeicheleien gefallen, Pheoby, weil ich weiß, dass es von Herzen kommt.« Janie streckte die Hand aus. »Good Lawd, Pheoby! Willst du denn gar nicht mit dem Häppchen rausrücken, das du mir mitgebracht hast? Das Einzige, was mein Bauch heute bekommen hat, war die Hand außen drauf.« Sie lachten beide fröhlich. »Gib her und setz dich.«

»Wusst ich doch, dass du Hunger hast. Im Dunkeln noch Holz für den Herd sammeln ist kein Vergnügen. Mein Mulattenreis ist diesmal nicht so besonders geworden. Nicht genug Schmalz, aber gegen den Hunger wird er's tun.«

»Das werden wir gleich sehen«, sagte Janie und lüftete den Deckel. »Mensch, lecker! Den Kochlöffel schwingst du so famos wie deinen Hintern.«

»Aach, das ist doch nichts Dolles, Janie. Aber morgen, verlass dich drauf, werd ich was *richtig* Leckeres machen, weil du wieder da bist.«

Janie langte tüchtig zu und sagte nichts. Der bunte Wolkenstaub, den die Sonne am Himmel aufgewirbelt hatte, legte sich nach und nach.

»Da hast du deinen Teller wieder, Pheoby. Für leeres Geschirr hab ich keine Verwendung. Aber was zu futtern, das kam grade recht.«

»Du verrücktes Huhn, du.« Pheoby lachte über die schnodderige Art ihrer Freundin. »Youse just as crazy as you ever was.«

»Gib mir doch den Lumpen da am Stuhl neben dir, honey. Ich will mir mal eben die Füße schrubben.« Sie nahm den Waschlappen und rubbelte kräftig. Von der großen Straße schallte Gelächter herüber.

»Na, das allmächtige Maul lästert ewiglich, wie es klingt. Und ich hab den Verdacht, im Moment werde *ich* durchgekaut.«

»Das darfst du annehmen. Wenn du an Leuten vorbeigehst und redest nicht mit ihnen, wie's ihnen recht wär, dann hecheln die dein ganzes Leben durch und nehmen sich alles vor, was du je gemacht hast. Die wissen mehr über dich, wie du selber weißt. Neidisch Herz macht tückisch Ohr. Die haben dann genau die Sachen über dich ›gehört‹, die sie gern gehört hätten.«

»Wenn Gott sich nicht mehr um die schert wie ich, dann sind sie so verloren wie 'ne Nadel im Heuhaufen.«

»Ich hör, was sie reden, weil sie sich immer auf meiner Veranda zusammenrotten, weil die an der Straße liegt. Mein Mann kriegt sie manchmal so was von über, dass er sie alle nach Hause scheucht.«

»Da hat Sam ganz recht. Die sitzen bloß eure Stühle durch.«

»Eben. Sam sagt, die meisten von denen gehen bloß in die Kirche, damit sie am Jüngsten Tag auch todsicher auferstehen. Da werden ja jedem seine ganzen Geheimnisse aufgedeckt, sagt man. Das wollen sie sich um keinen Preis entgehen lassen.«

»Sam hat'n Knall! Wenn der loslegt, muss man sich immer kringelig lachen.«

»Nn-hn. Er sagt, er will zusehen, dass er auch hinkommt, damit er rauskriegt, wer ihm seine Maiskolbenpfeife geklaut hat.«

»Pheoby, dein Sam kann's einfach nicht lassen! So ein Knallkopf!«

»Die meisten von diesen Senfnegern sind so was von aus dem Häuschen wegen dir, die werden noch das Jüngste Gericht stürmen vor lauter Neugier, wenn sie nicht bald was erfahren. Mach lieber dalli und erzähl ihnen, was nun mit der Heirat von dir und Tea Cake ist und ob er dir dein ganzes Geld abgeluchst hat und mit 'ner Jungen ab ist und wo er jetzt steckt und wo deine ganzen Sachen geblieben sind, dass du hier in Latzhosen ankommen musst.«

»Ich denk gar nicht dran, denen irgendwas zu erzählen, Pheoby. Da ist jedes Wort zu viel. Von mir aus kannst du ihnen weitersagen, was ich dir erzähle. Das ist genauso wie von mir selbst, da spricht dann meine Zunge aus dem Mund meiner Freundin.«

»Wenn du das möchtest, dann sag ich ihnen halt, was du sagst, dass ich ihnen sagen soll.«

»Nur vorweg: so Leute wie die verplempern viel zu viel Zeit damit, sich über Sachen das Maul zu zerreißen, wo sie keine Ahnung von haben. Jetzt müssen sie unbedingt dahinterkommen, wie ich Tea Cake geliebt hab und ob das alles rechtens zugegangen ist oder nicht. Dabei wissen sie nicht mal, ob das

Leben mehr ist als ein Teller Maisklöße und die Liebe mehr als 'ne warme Bettdecke.«

»So lange, wie sie was haben, was sie bekakeln können, ist es ihnen ganz egal, um wen es geht und was Sache ist, vor allem wenn sie es schlechtmachen können.«

»Wenn sie wirklich was wissen wollen, warum kommen sie dann nicht offen her und wir herzen und küssen uns? Dann könnte ich mich hinsetzen und ihnen allerlei erzählen. Ich bin vom Schicksal zum großen Kongress des Lebens geschickt worden. Yessuh! In der Großloge, der Vollversammlung von allem, was lebt, da war ich die anderthalb Jahre, wo ihr mich nicht gesehen habt.«

Dicht beieinander saßen sie da in der frischen jungen Dunkelheit. Pheoby begierig, durch Janie mitzufühlen und mitzutun, aber sehr besorgt, ihre Gespanntheit nicht zu verraten, damit die bloß nicht für blanke Neugier gehalten wurde. Janie erfüllt vom ältesten menschlichen Bedürfnis überhaupt: sich mitzuteilen. Pheoby hielt lange die Zunge im Zaum, doch ihre Füße konnte sie einfach nicht ruhig halten. Da ergriff Janie das Wort.

»Die müssen sich wegen mir und meinen Latzhosen keine grauen Haare wachsen lassen, solange ich noch neunhundert Dollar auf der Bank habe. Ich hab sie wegen Tea Cake angezogen – als ich mit arbeiten gegangen bin. Tea Cake hat kein Geld von mir verprasst, und er hat mich auch nicht wegen 'ner Jungen sitzenlassen. Er war mein Ein und Alles auf der Welt. Das würde er ihnen auch selber sagen, wenn er hier wäre. Wenn er nicht abgetreten wäre.«

Pheoby platzte beinahe vor Ungeduld. »Abgetreten?«

»Ja, Pheoby, Tea Cake ist abgetreten. Und ganz allein deshalb bin ich wieder hier – weil es nichts mehr gibt, was mich glücklich macht, da wo ich war. In den Everglades unten, auf der Marsch – down on the muck.«

»Ich versteh nicht ganz, was du sagen willst, so wie du's erzählst. Aber ich bin manchmal auch ein bisschen schwer von Kapee.«

»Nein, es ist anders, als wie du vielleicht denkst. Darum hat es gar keinen Taug, dass ich dir irgendwas erzähle, wenn ich dir nicht das ganze Drum und Dran mit dazu liefere. Ohne den Pelz hat der Nerz auch keine andere Haut wie der Waschbär. Sag mal, Pheoby, wartet Sam auf dich wegen seinem Essen?«

»Das steht längst für ihn bereit. Wenn er nicht so schlau ist, es sich zu nehmen, hat er Pech gehabt.«

»Na schön, dann können wir einfach sitzen bleiben, wo wir sind, und reden. Ich hab im Haus alles aufgerissen, damit es mal richtig durchzieht.

Pheoby, wir sind seit zwanzig Jahren Herzensfreundinnen, deshalb verlass ich mich auf deinen guten Geist. Das ist meine Einstellung, wenn ich mit dir rede.«

Die Zeit macht alles alt, und so wurde, während Janie erzählte, aus der küssenden jungen Dunkelheit eine monstropolöse Alte.

2 Janie sah ihr Leben wie einen großen Baum, an dem alles Erlittene und Genossene, alles Geglückte und Missglückte grünte. Aufgang und Untergang hing in den Zweigen.

»Ich weiß genau, was ich dir erzählen will, aber wo anfangen, das ist die Schwierigkeit.

Meinen Papa hab ich nie gesehen. Und wenn, wusst ich nicht, dass er's war. Meine Mama auch nicht. Sie war längst auf und davon, ehe ich groß genug war, um was mitzukriegen. Aufgewachsen bin ich bei meiner Oma. Bei ihr und der weißen Familie, wo sie gearbeitet hat. Sie hatte ein Haus hintenraus im Garten, und da bin ich zur Welt gekommen. Feine Leute waren das, diese weiße Familie da oben in Westflorida. Washburn haben sie geheißen. Die Frau hatte vier Enkelkinder im Haus und alle haben wir zusammen gespielt, und darum hab ich zu meiner Oma nie was anderes gesagt als Nanny, weil sie nach den Kindern gekuckt hat und weil darum alle so zu ihr gesagt haben. Wenn Nanny uns beim Unfugmachen erwischt hat, hat sie uns Gören allesamt tüchtig verdroschen, und Mis' Washburn hat's genauso gemacht. Ah reckon dey never hit us a lick amiss – die Dresche werden wir verdient haben, denn die drei Jungs und wir zwei Mädels, wir waren bestimmt 'ne ziemliche Landplage.

Ich war so viel mit den weißen Kindern zusammen, dass ich erst mit ungefähr sechs überhaupt gemerkt hab, dass ich selber garnicht weiß bin. Und da hätte ich auch nichts gemerkt, wenn nicht dieser Mann gekommen wäre, der Fotos gemacht hat, und Shelby, das war der älteste Junge, hat ihm ohne zu fragen gesagt, er soll eins von uns machen. Eine Woche später so hat der Mann Mis' Washburn das Foto gebracht und Geld dafür haben wollen, und das hat er dann auch bekommen und wir eine ordentliche Tracht Prügel.

Und wie wir uns dann das Bild ansehen und auf jeden wird mit dem Finger gezeigt, da ist am Ende bloß noch ein ganz dunkles kleines Mädchen mit langen Haaren neben Eleanor übrig. Eigentlich hätte ich da stehen müssen, aber dass ich das sein soll, das dunkle Kind da, das hab ich nicht erkannt. Da hab ich gefragt: ›Wo bin *ich* denn? Ich seh mich gar nicht.‹

Alle haben gelacht, sogar Mister Washburn. Miss Nellie, die Mutter von den Kindern, die wieder heim ist, als ihr Mann gestorben war, die hat auf das kleine Dunkle gezeigt und gesagt: ›Das bist du, Alphabet, kennst du dich selber nicht?‹

So haben mich alle genannt, Alphabet, weil so viele Leute mir schon ganz verschiedene Namen gegeben hatten. Ich hab das Bild lange angeschaut und gesehen, dass es mein Kleid war und meine Haare, und da hab ich gesagt:

›Aw, aw! Ah'm colored!‹

Weil ich doch nicht wusste, dass ich farbig war. Da haben sich alle kaputtgelacht. Aber bis ich das Bild gesehen hatte, dachte ich, ich wär so wie alle andern.

Wir hatten ein lustiges Leben dort, bis die Kinder in der Schule anfingen, mich zu hänseln, weil wir hintenraus bei den Weißen wohnten – in de white folks' back-yard. Ein so'n Mädchen mit filzigen Haaren, Mayrella hieß sie, hat sich jedes Mal aufgespielt, wenn sie mich gesehen hat. Mis' Washburn hat mir immer die ganzen Sachen vermacht, die ihre Enkelkinder nicht mehr gebrauchen konnten, was immer noch besser war, wie was die andern farbigen Kinder hatten. Und sie hat mir Schleifen ins Haar gebunden und die hab ich dann tragen dürfen. Das hat Mayrella mächtig gefuchst, und sie hat ständig auf mir rumgehackt und auch von den andern welche gegen mich aufgehetzt. Die haben mich dann beim Ringelreihen immer weggeschubst und angegeben, sie könnten mit niemand spielen, der so wo wohnen würde. Und sie haben gesagt, ich soll mir bloß nichts drauf einbilden, wie ich rausgeputzt wäre, denn ihre Mama hätte ihnen das mit meinem Papa erzählt, wie ihn die ganze Nacht die Hunde gejagt hätten. Wie Mr Washburn und der Sheriff die Bluthunde auf meinen Papa gehetzt hätten wegen dem, was er mit meiner Mama gemacht hat. Wie er später versucht hat, an meine Mama irgendwie ranzukommen, weil er sie heiraten wollte, davon haben sie nichts gesagt. Kein Wort haben sie davon gesagt, gar nichts. Es sollte sich bloß richtig scheußlich anhören, weil sie mir die Flügel stutzen wollten. Nicht einer von denen wusste überhaupt noch, wie er hieß, aber das mit den Bluthunden, das konnten sie alle singen. Nanny hat das gar nicht sehen mögen, wenn ich so den Kopf hängen ließ, deswegen hat sie sich gedacht, es wäre besser für mich, wenn wir ein eigenes Haus hätten. Sie hat den Grund besorgt und so weiter, und dann hat Mis' Washburn noch mit allem Möglichen massig geholfen.«

Pheobys gespannte Aufmerksamkeit half Janie, ihre Geschichte zu erzählen, und sie ließ die Gedanken weiter in ihre Jugend zurückschweifen und schilderte sie ihrer Freundin in leisen, schlichten Sätzen, während rings um das Haus die Nacht Fleisch und Schwärze zulegte.

Nach etwas Überlegen wollte ihr scheinen, dass ihr bewusstes Leben an Nannys Gartentür begonnen hatte. Eines Nachmittags spät hatte Nanny sie ins Haus gerufen, weil sie beobachtet hatte, wie Janie sich von Johnny Taylor über den Türpfosten hinweg küssen ließ.

Es war an einem Frühlingsnachmittag in Westflorida. Janie hatte den größten Teil des Tages im Garten unter einem blühenden Birnbaum verbracht. In den letzten drei Tagen hatte sie jede Minute, die sie von ihren Pflichten abknapsen konnte, unter diesem Baum verbracht. Das heißt, seit die erste winzige Blüte aufgegangen war. Er hatte sie gerufen, zu kommen und ein Wunder zu schauen. Von kahlen braunen Zweigen zu glänzenden Blattknospen; von den Blattknospen zu schneeweißer Blütenjungfernpracht. Es wühlte sie ungeheuer auf. Wie? Warum? Es war wie ein Flötenlied aus einem anderen Leben, vergessen und plötzlich wieder erinnert. Was? Wie? Warum? Das Singen, das sie hörte, hatte nichts mit den Ohren zu tun. Die Rose der Welt atmete Duft aus. Es verfolgte sie in jedem wachen Moment und liebkoste sie im Schlaf. Es verband sich mit andern dunkel gefühlten Dingen, die durch die äußere Wahrnehmung eingedrungen waren und sich ihr ins Fleisch gegraben hatten. Jetzt stiegen sie auf und rührten an ihr Bewusstsein.

Sie lag lang auf dem Rücken unter dem Birnbaum und saugte den Altgesang der anfliegenden Bienen, das Gold der Sonne und das Hecheln der Brise in sich auf, als auf einmal die unhörbare Stimme des Ganzen sie ansprach. Sie sah eine pollenbeladene Biene in das Allerheiligste einer Blüte eintauchen, sah die tausend Schwesterkelche sich der Liebesvereinung entgegenspannen, sah den in jeder Blüte saftenden und vor Lust schäumenden Baum von der Wurzel bis ins winzigste Zweiglein ekstatisch erschauern. Das also hieß heiraten! Freien und sich freien lassen! Sie war geladen worden, eine Offenbarung zu schauen. Da verspürte Janie reuelos süß einen Schmerz, vor dem sie butterweich zerschmolz.

Nach einer Weile erhob sie sich von ihrem Liegeplatz und ging den ganzen kleinen Garten ab. Sie suchte nach Bestätigung der Stimme und des Gesichts, und überall sah und erkannte sie Antworten. Alle andern Schöpfungen außer ihr bekamen ihre ureigene Antwort. Sie fühlte, wie eine Antwort sie suchte, aber wo? Wann? Wie? Sie gelangte an die Küchentür, trat taumelnd ein. Im Zimmer schwirrten und surrten Fliegen durch die Luft, freiten und ließen sich freien. Als sie in den schmalen Flur kam, erinnerte sie sich, dass ihre Großmutter mit Kopfweh und Übelkeit im Haus war. Sie lag auf dem Bett und schlief, und so schlich Janie wieder zur Haustür hinaus. Oh, ein Birnbaum sein – *irgendein* Baum in Blüte! Mit küssenden Bienen, die von der Entstehung der Welt sangen! Sie war sechzehn. Sie hatte schimmernde Blätter und platzende Knospen und sie wollte das Leben zu fassen bekommen, doch es schien einen Bogen um sie zu machen. Wo waren ihre singenden Bienen? Nichts auf dem Grundstück und nichts in Omas Haus gab ihr Antwort. Auf der obersten Treppenstufe ließ sie ihren forschenden Blick so weit wie möglich über die Welt schweifen, dann ging sie zur Gartentür und lehnte sich darüber, schaute links und rechts die Straße hinunter. Schaute und wartete, kurzatmig, ungeduldig. Wartete drauf, dass die Welt entstand.

Durch die pollenschwere Luft sah sie ein strahlendes Wesen die Straße langkommen. In ihrer früheren Blindheit hatte sie in ihm den schlaksigen Bummelanten Johnny Taylor gesehen. Das war, bevor der goldene Blütenstaub seine Lumpen und ihre Augen beglänzt hatte.

In der letzten Phase ihres Schlafs träumte Nanny von Stimmen. Fern, aber anhaltend die Stimmen, und mählich näher kommend. Janies Stimme. Fetzen eines flüsternden Zwiegesprächs mit einer männlichen Stimme, die sie nicht recht zuordnen konnte. Im Nu war sie hellwach. Sie fuhr kerzengrade hoch und spähte aus dem Fenster und sah, wie Johnny Taylor sich mit einem Kuss an ihrer Janie verging.

»Janie!«

In der Stimme der alten Frau lag so wenig Schärfe und Tadel und so viel Gebrochenheit, dass Janie halb glaubte, Nanny hätte sie nicht gesehen. Sie streckte sich aus ihrem Traum hinaus und ging ins Haus hinein. Das war das Ende ihrer Kindheit.

Nannys Kopf und Gesicht sah aus wie der Wurzelstock eines alten Baumes, den ein Sturm aus dem Boden gerissen hatte. Grundstock uralter Macht, die nichts mehr vermochte. Die kühlenden Christuspalmblätter, die Janie ihrer Oma mit einem weißen Stoffstreifen um den Kopf gewickelt hatte, hatten sich gelöst und hingen welk herab, wie mit der Frau verwachsen. Ihre Augen blickten nicht scharf und stechend. Vor ihnen verwuschen und verschmolzen Janie, das Zimmer und die Welt in eine einzige Erkenntnis.

»Janie, du bist eine Frau jetzt, darum –«

»Naw, Nanny, naw Ah ain't no real 'oman yet.«

Nein, sie war noch keine richtige Frau, nein. Der Gedanke war Janie zu neu und zu schwer. Sie stieß ihn von sich.

Nanny schloss die Augen und nickte viele Male ein langsames, müdes Doch, bevor sie es in Worte fasste.

»Doch, Janie, an dir ist alles dran, was zu 'ner Frau gehört. Da will ich dir auch endlich sagen, was ich schon 'ne ganze Weile mit mir rumtrage. Ich will, dass du auf der Stelle heiratest.«

»Ich, heiraten? Nein, Nanny, bloß nicht, ma'am! Was soll ich mit 'nem Mann anfangen?«

»Was ich grad eben gesehen hab, reicht mir völlig, honey, ich will nicht, dass so ein lumpiger Nigger, so 'ne halbe Portion wie Johnny Taylor sich an deinem Körper die Füße abtritt.«

Auf einmal sah Janies Kuss am Türpfosten wie ein Misthaufen nach dem Regen aus.

»Sieh mich an, Janie. Lass nicht so bockig den Kopf hängen. Sieh deine alte Oma an!« Ihre Stimme verhakte sich an den Spitzen ihrer Gefühle. »Es macht mir keinen Spaß, so mit dir zu reden. Wie oft hab ich meinen Schöpfer auf den Knien angefleht – er soll bitte, *bitte* die Last nicht zu schwer machen, die er mir aufpackt.«

»Nanny, ich hab doch bloß … ich hab mir nichts Böses dabei gedacht.«

»Und genau das macht mir Angst. Du denkst dir nichts Böses. Du merkst es nicht mal, wenn wo was Böses dran ist. Ich bin alt. Ich kann dich nicht immerzu vor allem Bösen und Gefährlichen bewahren. Ah wants to see you married right away.«

»Wen soll ich denn heiraten, so hopplahopp? Ich kenn doch gar niemand.«

»Der Herrgott wird's geben. Er weiß, ich hab die Last getragen in der Hitze des Tags. Schon vor längerem hat mich jemand angesprochen wegen dir. Ich hab nichts dazu gesagt, weil ich was anderes mit dir im Sinn hatte. Ich wollte, dass du die Schule fertig machst und dir dann 'ne süßere Beere pflückst von höher oben. Aber du willst das gar nicht, das sehe ich jetzt.«

»Nanny, wer … wer war das, der wegen mir gefragt hat?«

»Brother Logan Killicks. Ein guter Mann, das muss man sagen.«

»Naw, Nanny, no ma'am! War das deswegen, dass er sich hier immer rumgedrückt hat? Der sieht aus wie so'n oller Totenkopf auf dem Friedhof.«

Die alte Frau setzte sich kerzengrade hin, stellte die Füße fest auf den Boden und wischte sich die Blätter aus dem Gesicht.

»Ach, du willst dich also nicht anständig verheiraten, was? Du willst bloß poussieren und knutschen und erst mit dem einen rummachen und dann mit dem andern, hn? Du willst mir noch mal denselben Kummer zu löffeln geben, wie's deine Mama gemacht hat, ja? Mein alter Kopf ist dir noch nicht grau genug. Mein Buckel ist noch nicht krumm genug für deinen Geschmack!«

Die Vorstellung von Logan Killicks entweihte den Birnbaum, aber Janie wusste nicht, wie sie Nanny das sagen sollte.

Sie krümmte sich bloß zusammen und schmollte den Fußboden an.

»Janie.«

»Yes, ma'am.«

»Gib Antwort, wenn ich mit dir rede! Sitz nicht so da und schmoll mich an, nach allem, was ich für dich durchgemacht hab!«

Sie gab dem Mädchen eine kräftige Ohrfeige und riss ihr den Kopf zurück, so dass ihre Blicke sich kreuzten wie Klingen. Die Hand zum zweiten Schlag erhoben sah sie die große Träne, die aus Janies Herz emporquoll und in beiden Augen stand. Sie sah den schrecklichen Schmerz, sah die zusammengepressten Lippen den Schrei zurückhalten, und sie ließ ab. Sie stand bloß da, strich Janie das schwere Haar aus dem Gesicht und litt und liebte und weinte innerlich um sie beide.

»Komm zu deiner Oma, honey. Setz dich auf ihren Schoß, wie du's früher immer gemacht hast. Deine Nanny würde dir doch kein Härchen krümmen. Und wenn sie's verhindern kann, soll das auch sonst keiner tun. Schätzchen, nach meiner ganzen Erfahrung ist der weiße Mann der Herr über alles. Vielleicht gibt's irgendwo weit draußen im Ozean ein Fleckchen, wo der schwarze Mann die Macht hat, aber wir können nur das kennen, was wir sehen, sonst nichts. Darum ist es so, dass der weiße Mann den Bettel hinschmeißt und sagt dem Niggermann, er soll ihn aufheben. Der hebt ihn auf, weil er muss, aber tragen tut er ihn nicht. Er lädt ihn seinem Weibervolk auf. Nach meiner Erfahrung ist die Niggerfrau der Muli der Welt – de nigger woman is de mule uh de world. Und ich hab so gebetet, dass es bei dir mal anders kommt. Lawd, Lawd, Lawd!«

Lange schaukelte sie hin und her, das Mädchen fest an die eingefallene Brust gedrückt. Janies lange Beine baumelten über eine Stuhllehne und auf der andern Seite hingen ihr lang die Zöpfe herunter. Nanny sang halb, halb schluchzte sie eine Gebetsleier über den Kopf des weinenden Mädchens hinweg.

»Lawd have mercy! Lang hat's gedauert, aber irgendwann hat es wohl kommen müssen. O Jesus! Mach du, Jesus! Ich hab getan, was ich konnte.«

Schließlich beruhigten sich beide.

»Janie, wie lange lässt du dich schon von Johnny Taylor küssen?«

»Nur das eine Mal, Nanny. Ich lieb ihn kein bisschen. Gekommen ist das bloß, weil ich – ach, ich weiß es nicht.«

»Thank yuh, Massa Jesus.«

»Ich will's auch bestimmt nicht wieder tun, Nanny. Bitte sag, dass ich Mr Killicks nicht heiraten muss.«

»Von mir aus müsste es nicht Logan Killicks sein, baby, aber einer, der dich beschützt, das muss sein. Es ist ja nicht so, dass ich alt *werde*, Schätzchen. Ich *bin* alt. Der Tag kommt, und er kommt bald, da wird der Engel mit dem Schwert hier vor der Tür stehen. Tag und Stunde ist mir verborgen, aber lang ist es nicht mehr hin. Wenn ich dich als Kind auf dem Arm hatte, hab ich zum Herrn gebetet, dass er mich am Leben lässt, bis du erwachsen bist, und er hat mich den Tag erleben lassen. Jetzt ist mein täglich Gebet, dass er diese goldenen Stunden noch um ein paar Tage verlängert, bis ich dich sicher an den Mann gebracht hab.«

»Lass mich noch warten, Nanny, bitte, bloß noch ein klein wenig.«

»Du darfst nicht denken, ich hätte kein Herz für dich, Janie. Das hab ich doch. Ich könnte dich nicht mehr lieben, und wenn ich dich selbst unter Schmerzen geboren hätte. Ich sag dir eins, ich lieb dich ein ganzes Ende mehr als deine Mama, und die *hab* ich geboren. Aber du darfst nicht vergessen, dass du kein gewöhnliches Kind bist wie die meisten andern. Du hast keinen Papa und 'ne Mama im Grunde auch nicht, jedenfalls keine, von der du was hast. Du hast gar niemand außer mir, und mein Kopf ist alt und neigt sich zum Grab. Und allein auf eigenen Füßen stehen kannst du auch noch nicht. Dass du rumgeschubst und ausgenutzt wirst, der Gedanke tut mir zu weh. Mit jeder Träne, die du weinst, wird meinem Herzen ein Becher Blut abgepresst. Ich muss zusehen, dass du versorgt bist, bevor ich ausgeschnauft hab.«

Janie entrang sich ein schluchzender Seufzer. Die alte Frau tätschelte sie begütigend.

»You know, honey, us colored folks is branches without roots – Zweige ohne Wurzeln sind wir Farbigen, und da kommen komische Sachen bei raus. Du ganz besonders. Ich bin noch in der Sklaverei geboren, da war gar nicht dran zu denken, dass ich meine Träume wahr machen konnte, davon was eine Frau sein soll und machen soll. Da hat schon die Sklaverei den Riegel vorgeschoben. Aber das Wünschen kann einem keiner verbieten. Und wenn du einen noch so tief auf den Boden drückst und knüppelst, den eigenen Willen kannst du ihm nicht nehmen. Ich wollte nicht als Arbeitsochse und Zuchtsau rangenommen werden, und für meine Tochter wollte ich das genauso wenig. Dass es dann so kam, wie es gekommen ist, das hab ich ganz bestimmt nicht gewollt. Schon dass du so auf die Welt kommen musstest, was hab ich das gehasst. Aber trotzdem hab ich mir gesagt, Gott sei's gedankt, da hab ich 'ne zweite Chance. Ich wollte eine große Predigt halten über farbige Frauen und wie sie obenan sitzen sollen, aber es hat keine Kanzel für mich gegeben. Als die Freiheit kam, hatte ich eine kleine Tochter im Arm, also hab ich mir gesagt, gut, jetzt nehm ich mir Besen und Kochtopf und bau für sie eine Straße durch die Wildnis. Dann kann sie der Welt verkünden, was ich mir denke. Aber irgendwie ist sie von der Straße abgekommen, und ehe ich richtig kucken konnte, warst du auf der Welt. Na schön, hab ich mir gesagt, wenn ich dich nachts versorgt hab, dann heb ich mir die Predigt für dich auf. Ich hab lange gewartet, Janie, aber was ich durchgemacht hab, war alles nicht zu viel, wenn du nur obenan zu sitzen kommst, wie ich's mir erträumt hab.«

Die alte Nanny schaukelte Janie wie ein kleines Kind und dachte weit, weit zurück. Mit den inneren Bildern kamen die Gefühle, und die Gefühle zerrten aus den hintersten Winkeln ihres Herzens die Dramen hervor.

»Auf der großen Plantage bei Savannah war's, da kam einen Morgen ein Reiter angaloppiert mit der Meldung, Sherman hat Atlanta genommen. Master Roberts Sohn war am Chickamauga gefallen. Da nimmt er sein Gewehr und steigt auf sein bestes Pferd und reitet mit den noch übrigen grauhaarigen Männern und Jungen los, um die Yankees zurück nach Tennessee zu treiben.

Alle haben gejohlt und geschrien und den Männern zuge-jubelt, die da losritten. Ich konnte nichts sehen, weil deine Mama erst eine Woche alt war und ich platt auf dem Rücken lag. Aber es dauert nicht lange, da sagt er, er hätte noch was vergessen, und kommt zu mir in die Hütte gelaufen und ich muss noch ein letztes Mal mein Haar für ihn aufmachen. Er wickelt so die Hand rein, zupft mich am großen Zeh, wie er's immer gemacht hat, und dann ab wie der Blitz hinter den andern her. Ich hab noch den letzten Juchzer gehört, den sie ihm hinterhergeschickt haben. Dann ist es ernst und still geworden im Herrenhaus und in den Hütten.

Es war schon kühl geworden am Abend, als die Mistress zur Tür reinkam. Sie reißt die Tür sperrangelweit auf und steht da und kuckt mich an mit *solchen* Augen und *so* einem Gesicht. Kuckt wie hundert Jahre Januar und nicht einen Tag Frühling im Leben. Dann hat sie sich an mein Bett gestellt.

›Nanny, ich will das Baby sehen, das du gekriegt hast.‹

Ich hab versucht, den Eishauch von ihrem Gesicht nicht zu fühlen, aber es wurde so kalt da im Zimmer, dass ich fast erfroren wär unter den Decken. Deshalb hab ich nicht gleich spuren können, wie ich eigentlich wollte. Aber ich wusste, ich muss mich beeilen und ihr gehorchen.

›Sieh zu, dass du die Decke von dem Balg wegnimmst, und zwar dalli!‹, schnauzt sie mich an. ›Du weißt wohl nicht, wer die Herrin hier auf der Plantage ist, Madam. Aber ich werd's dir schon zeigen.‹

Da hatte ich dann mein Baby endlich so weit aufgedeckt, dass sie den Kopf und das Gesicht sehen konnte.

›Jetzt verrat mir mal, Nigger, wieso dein Baby graue Augen und blonde Haare hat!‹ Und los ging's mit Backpfeifen links und rechts, ever which a'way. Die ersten hab ich gar nicht gespürt, weil ich so damit zu tun hatte, dass ich mein Kind wieder zugedeckt krieg. Aber der letzte Schlag brannte wie Feuer. Ich hatte so viele Gefühle durcheinander, dass ich keinem davon folgen konnte, deshalb hab ich gar nicht geweint und gar nichts. Aber sie hört nicht auf und fragt immer wieder, wieso sieht mein Baby weiß aus? Fünfundzwanzig- oder dreißigmal hat sie mich das gefragt, wie wenn sie nicht anders könnte und müsste das ständig sagen. Da hab ich zu ihr gesagt: ›Ich mach doch bloß, was ich gesagt bekomme, 'cause Ah ain't nothin' but uh nigger and uh slave.‹

Statt dass sie das beruhigt, wie ich dachte, wird sie nur noch böser. Nigger! Sklavin! Aber wahrscheinlich war sie müde und erledigt, denn sie hat mich nicht weiter geschlagen. Sie ist ans Fußende vom Bett gegangen und hat sich die Hände an ihrem Taschentuch abgewischt. ›Ich mach mir doch an dir nicht die Hände schmutzig. Aber morgen in aller Frühe kommt dich der Aufseher holen und bindet dich auf den Knien an den Geißelpfahl und zieht dir das Fell von deinem dreckigen Mulattenrücken. Einhundert Hiebe mit der Peitsche auf den nackten Rücken. Ich lass dich auspeitschen, bis du mit den Füßen im Blut stehst! Die Hiebe werd ich persönlich zählen. Und wenn du dabei draufgehst, na, den Verlust kann ich verschmerzen. So oder so, sobald das Balg einen Monat alt ist, wird es verkauft.‹

Sie walzte ab und ließ ihr Winterwetter bei mir zurück. Ich wusste, dass mein Körper noch nicht geheilt war, aber darauf konnte ich keine Rücksicht nehmen. In stockfinsterer Nacht hab ich mein Baby eingewickelt, so gut es ging, und so bin ich bis zum Sumpf am Fluss gekommen. Ich wusste, dass es da nur so wimmelt von Mokassinottern und andern bissigen Schlangen, aber noch mehr Angst hatte ich davor, was hinter mir war. Tag und Nacht hab ich ich mich da verkrochen und die Kleine jedes

Mal sofort gestillt, wenn sie zu weinen anfing, damit nur ja niemand sie hört und mich findet. Ich will nicht behaupten, ein oder zwei Freunde hätten mir in meiner Not nicht beigestanden. Und der liebe Gott hat auch dafür gesorgt, dass ich nicht geschnappt wurde. Ich weiß wirklich nicht, warum meine Milch mein Kind nicht vergiftet hat, so voll von Angst und Sorgen, wie ich die ganze Zeit war. Die Eulen haben mir Angst gemacht mit ihren Rufen, die Zypressenäste sind lebendig geworden und rumgekrochen, wenn es dunkel wurde, und zwei-, dreimal hab ich einen Puma rumstreichen gehört. Aber mir ist nie ein Leid geschehen, 'cause de Lawd knowed how it was.

Da hör ich eines Nachts die Kanonen böllern wie Donner. Die ganze Nacht ging das durch. Und am nächsten Morgen seh ich ein großes Schiff in der Ferne und 'nen großen Menschenauflauf. Da hab ich Leafy in Moos eingepackt und fest in einen Baum gehängt und bin zur Anlegestelle geschlichen. Die Männer waren ganz in Blau, und ich hab die Leute sagen hören, Sherman würde die Schiffe in Savannah empfangen und wir Sklaven wären alle frei. Da bin ich los und hab mein Baby geholt und bin mit Leuten in Diskurs gekommen und hab was gefunden, wo ich unterkommen konnte.

Aber danach hat's wieder lange gedauert bis zur großen Kapitulation in Richmond. Da hat die große Glocke in Atlanta geläutet und die Grauröcke mussten alle nach Moultrie und ihre Schwerter in der Erde begraben, um zu zeigen, dass sie nie wieder einen Krieg um die Sklaverei anzetteln wollen. Da wussten wir dann, dass wir frei waren.

Ich hab niemand heiraten wollen, obwohl ich oft genug gekonnt hätte, weil ich nicht wollte, dass irgendwer meine Kleine schlecht behandelt. Ich bin dann an gute Weiße geraten und hier in Westflorida in Stellung gegangen, damit Leafy ein Leben im Sonnenschein hat und ohne die Schattenseiten.

Meine Madam hat mir mit ihr geholfen, genau wie später mit dir. Ich hab sie auf die Schule geschickt, als es irgendwann eine Schule für sie gab. Ich hab gehofft, dass sie mal Lehrerin wird.

Aber einen Tag ist sie nicht zur gewohnten Zeit heimgekommen und ich hab gewartet und gewartet, aber sie ist die ganze Nacht nicht gekommen. Ich hab eine Lampe genommen und überall rumgefragt, aber niemand hatte sie gesehen. Am nächsten Morgen kommt sie auf Händen und Knien angekrochen. War das ein Anblick! Der Lehrer da in der Schule hatte mein kleines Mädchen die ganze Nacht im Wald festgehalten und vergewaltigt, und als es Morgen wurde, ist er getürmt.

Sie war doch erst siebzehn, und dann so was! Dass sich der Herrgott erbarm! Lawd a'mussy! Jetzt ist es, als ob ich das alles wieder vor mir seh. Lang hat's gedauert, bis sie sich erholt hatte, und da wussten wir schon, dass du unterwegs warst. Und als du dann da warst, fing sie an zu trinken und nachts wegzubleiben. War nicht zu bewegen hierzubleiben und anderswo auch nicht. Weiß der Himmel, wo sie jetzt ist. Tot ist sie nicht, das würde ich fühlen, wenn es so wär, aber manchmal wünschte ich, sie hätte ihren Frieden.

Ach, Janie, vielleicht war es ja alles nicht viel, aber was ich konnte, hab ich für dich getan. Ich hab geknapst und geknickert und hab dies kleine Stück Land gekauft, damit du nicht hintenraus bei den Weißen wohnen musst und musst vor den andern Kindern in der Schule den Kopf einziehen. Das war gut und schön, solange du klein warst. Aber als du dann groß genug warst, um vernünftig zu sein, da wollte ich, dass du auf dich achtgibst. Ich will nicht, dass Leute dir Sachen an den Kopf werfen und dir die Flügel stutzen. Und ich kann nicht ruhig sterben, wenn ich denken muss, die Männer, ob weiß oder schwarz, könnten dich als Spucknapf hernehmen. Tu mir das nicht an. Schon mich ein bisschen, Janie, ich bin ein alter gesprungener Teller.«

3 Es gibt Jahre, die stellen Fragen, und Jahre, die geben Antwort. Janie hatte keine Gelegenheit gehabt, Erfahrungen zu machen, deshalb musste sie fragen. Beendete die Ehe die kosmische Einsamkeit der Ungesellten? Zog die Ehe zwangsläufig die Liebe nach sich wie die Sonne den Tag?

In den wenigen Tagen, die ihr blieben, bevor sie zu Logan Killicks mit seinen vielbeschrienen sechzig Morgen zog, wandte sich Janie mit ihren Fragen nach innen wie nach außen. Immer wieder kehrte sie sinnend und grübelnd zum Birnbaum zurück. Schließlich gewann sie aus Nannys Erzählungen und ihren eigenen Mutmaßungen eine Art tröstliche Zuversicht. Ja, sie würde Logan lieben, wenn sie erst mal verheiratet waren. Sie sah nicht, wie das kommen sollte, aber Nanny und die Alten hatten es gesagt, also musste es so sein. Wenn zwei Mann und Frau waren, liebten sie sich, nichts anderes hieß verheiratet sein. So war das einfach. Der Gedanke machte Janie froh, denn das ließ es nicht mehr so niederdrückend und nichtsig erscheinen. Sie würde nicht mehr einsam sein.

Janie und Logan wurden an einem Samstagabend in Nannys guter Stube getraut. Es gab drei Torten und große Platten mit Kaninchen- und Hühnerbraten, überhaupt reichlich von allem. Dafür hatten Nanny und Mrs Washburn gesorgt. Aber niemand hatte den Bock des Wagens für die Fahrt zu Logans Haus festlich geschmückt. Man saß dort so einsam und verloren wie auf einem Baumstamm mitten im Wald, wo noch nie ein Mensch gewesen war. Auch das Haus war kein bisschen ansprechend. Aber was half's, Janie betrat es, um darauf zu warten, dass die Liebe losging. Der Neumond war dreimal voll geworden und wieder geschwunden, ehe sie anfing, sich Sorgen zu machen. Am Backtag für Schmalzbrötchen suchte sie schließlich Nanny in Mrs Washburns Küche auf.

Nanny strahlte vor Freude übers ganze Gesicht, und Janie musste zum Backbrett kommen und sich küssen lassen.

»Lawd a'mussy, honey, was freu ich mich, mein Kind mal wieder zu sehen! Geh rein und sag Mis' Washburn Bescheid, dass du da bist. Mmh! Mmh! Mmh! Und wie geht's deinem Mann so?«

Janie ging nicht zu Mrs Washburn hinein. Sie ging auch nicht auf Nannys freudigen Ton ein. Sie ließ sich einfach auf einen Stuhl plumpsen und saß stumm da. Vor lauter Brötchenbacken und stolzem Strahlen nahm Nanny das zunächst gar nicht wahr. Aber nach einer Weile fand sie das Gespräch etwas einseitig und sie sah Janie an.

»Was hast du, sugar? So richtig übersprudeln tust du nicht heute Morgen.«

»Och, nichts Besonderes. Ich hätte nur mal gern 'ne kleine Auskunft von dir.«

Die alte Frau blickte verwundert, dann brach sie in schallendes Gelächter aus. »Sag bloß nicht, bei dir hat's schon geschnackelt! Mal nachrechnen – diesen Samstag sind's zwei Monate und zwei Wochen.«

»No, ma'am. Glaub ich jedenfalls nicht.« Janie wurde ein bisschen rot.

»Du musst dich doch nicht schämen, Schätzchen, du bist eine verheiratete Frau. Du hast deinen rechtmäßigen Ehemann genau wie Mis' Washburn oder sonst jemand!«

»Das ist mir schon klar. Ich *weiß*, dass da nichts bei ist.«

»Habt ihr euch gestritten, du und Logan? Lieber Gott, das gibt's doch nicht, dass dieser elende Nigger mit seiner Bullenwampe und seinen Schlabberlippen jetzt schon hin ist und hat mein Kindchen geprügelt! Ich nehm mir 'nen Bengel und schlag ihn schwindelweich!«

»No, ma'am, mit Schlägen hat er noch nicht mal gedroht. Sagt, er will nie die Hand im Groll gegen mich erheben. Er hackt alles Holz, dass er meint, das ich brauch, und dann schafft er's mir in die Küche. Macht mir immer beide Wassereimer voll.«

»Mmh! Glaub ja nicht, das bleibt alles so. Wenn er weiter so ein Wesen um dich macht, dann küsst er dir nicht den Mund, dann küsst er dir die Füße, und das Füßeküssen hält kein Mann lange durch. Den Mund küssen ist was Gegenseitiges und das ist natürlich, aber wenn sie sich bücken müssen für die Liebe, dann dauert's nicht lange und sie kommen wieder hoch.«

»Yes, ma'am.«

»Na schön, wenn er das alles macht, was kommst du dann hier an und ziehst ein Gesicht so lang wie mein Arm?«

»Weil du mir gesagt hast, ich werd ihn irgendwann lieben müssen, und ich tu's nicht. Vielleicht könnt ich's ja lernen, wenn mir jemand sagen würde wie.«

»Kommt an und redet dummes Zeug, wo hier grade so viel zu tun ist! Da hast du 'nen sicheren Halt im Leben bis an dein seliges Ende und allen Schutz, den du brauchst, und alle müssen sich an den Hut tippen und Mis' Killicks zu dir sagen, und du machst mir hier so ein Geschiss um 'n bisschen Liebe.«

»Aber Nanny, ich will ihn auch mal wollen wollen. Ich will nicht, dass es immer nur er ist, der will.«

»Das solltest du dir schleunigst angewöhnen, dass du ihn willst. Da hast du in deiner guten Stube das einzige Harmonium im ganzen Ort stehen, unter den Farbigen. Hast ein eigenes Haus, voll abbezahlt, und sechzig Morgen Land direkt an der Hauptstraße und ... Herr, erbarm dich! Das ist genau der Stachel, an dem wir schwarzen Frauen immer alle hängen bleiben. Dis love! Genau deshalb sind wir ständig mit Ziehen und Schleppen und Schwitzen und Machen zugange von stockfinsterer Früh bis stockfinstere Nacht. Darum sagen die Alten auch, dass Dummheit einen nicht umbringt. Sie bringt dich bloß ins Schwitzen. Ich wette, du hättest gern so'n feinen Pinkel, der immer, wenn er über die Straße will, erst mal nachsehen muss, ob er noch genug Leder an der Schuhsohle hat. Solche Typen kannst du im Dutzend kaufen mit dem, was du hast. Nachgeschmissen kriegst du die.«

»Mit der Sorte hab ich überhaupt nichts im Sinn. Aber an dem ollen Stück Land liegt mir grad so wenig. Davon könnte ich leicht jeden Tag zehn Morgen über den Zaun schmeißen und würde mich nicht mal umkucken, wo sie hingefallen sind.

Und mit Mr Killicks geht's mir genauso. Es gibt Leute, die kann man nicht lieben, und da gehört er dazu.«

»Wieso das denn?«

»Weil ich's scheußlich finde, wie sein Kopf oben so lang ist und so platt an den Seiten und was er hinten im Nacken für 'ne Speckschwarte hat.«

»Seinen Kopf hat er nicht selber gemacht. Du redest dummes Zeug.«

»Ist mir egal, wer ihn gemacht hat, ich find ihn vermurkst. Und sein Bauch ist auch zu dick, und Zehennägel hat er wie Mulihufe. Und er denkt gar nicht dran, dass er sich am Abend die Füße wäscht, bevor er ins Bett kommt. Wär kein großes Ding, schließlich stell ich ihm das Wasser hin. Lieber lass ich mich mit Reißnägeln erschießen, als dass ich mich umdreh im Bett und den kleinsten Luftzug mache, wenn er neben mir liegt. Er sagt überhaupt nie was Schönes.«

Sie fing an zu weinen.

»Ah want things sweet wid mah marriage – ich hätt so gern, dass es liebevoll zugeht in meiner Ehe, wie wenn man unter 'nem Birnbaum sitzt und vor sich hin denkt. Ich ...«

»Jetzt heul nicht, Janie, das hat keinen Taug. Deine Oma ist selber ein paar Straßen abgetippelt im Leben. Irgendwas gibt's immer zu heulen. Am besten, man lässt alles so, wie es ist. Du bist noch jung. Wer weiß, was noch wird, bis du stirbst. Wart ein Weilchen, baby. Du wirst deine Meinung noch ändern.«

Nanny schickte Janie mit strenger Miene nach Hause, aber den restlichen Tag schwächelte sie immer mehr bei der Arbeit. Und als sie schließlich in den eigenen vier Wänden ihrer kleinen Hütte war, lag sie dort so lange auf den Knien, dass sie sich selbst darüber vergaß. Es gibt ein Becken in der Seele, wo die Worte auf den Gedanken schwimmen und die Gedanken auf Gehörtem und Gesehenem. Darunter gibt es eine Gedankentiefe, in die keine Worte reichen, und noch tiefer einen Abgrund formloser Gefühle, in den kein Gedanke reicht. Auf ihren alten Knien liegend ging Nanny wieder in diese Unendlichkeit reinen Schmerzempfindens ein. Gegen Morgen murmelte sie: »Lawd, you know mah heart. Ich hab getan, was ich konnte. Alles Weitere liegt bei dir.« Sie rappelte sich auf und ließ sich schwer aufs Bett fallen. Einen Monat später war sie tot.

Janie wartete eine Blühezeit ab und eine Grünezeit und eine Orangenzeit. Doch als der Blütenstaub abermals die Sonne umflorte und auf die Welt niederrieselte, fing sie an, am Tor zu stehen und auf etwas zu warten. Worauf? Sie wusste es nicht genau. Ihr Atem ging heftig und schnell. Sie wusste Sachen, die ihr niemand je gesagt hatte. Zum Beispiel die Worte der Bäume und des Windes. Oft sprach sie zu den fallenden Samen und sagte: »Ich hoffe, du fällst auf weiche Erde«, weil sie gehört hatte, wie die Samen das im Vorbeifliegen zueinander sagten. Sie wusste, dass die Welt ein Hengst war, der sich auf der blauen Weide des Äthers wälzte. Sie wusste, dass Gott jeden Abend die alte Welt einriss und zu Sonnenaufgang eine neue baute. Es war wunderbar zu beobachten, wie die Welt mit der Sonne Gestalt annahm und sich aus dem grauen Staub erhob, aus dem sie gemacht war. Die vertrauten Menschen und Dinge hatten Janie enttäuscht, deshalb lehnte sie sich über das Tor und blickte die Straße hinauf in die Ferne. Sie wusste jetzt, dass aus der Ehe keine Liebe folgte. Janies erster Traum war tot, damit wurde sie zur Frau.

4 Lange bevor das Jahr um war, merkte Janie, dass ihr Mann kein Süßholz mehr für sie raspelte. Vorbei die Zeit, wo er ihr langes schwarzes Haar bestaunt und befingert hatte. Vor sechs Monaten hatte er ihr erklärt: »Wenn ich dir hier das Holz ranschaffe und hacke, dann wird man wohl erwarten können, dass du es ins Haus trägst. Meine erste Frau ist nie angekommen, dass ich ihr das Holz hacken soll. Die hat sich die Axt gegriffen und die Stücker weggeschafft wie ein Mann. Saumäßig verwöhnt, das ist es, was du bist.«

Worauf ihm Janie zurückgegeben hatte: »In die Kerbe kann ich genauso hauen. Wenn dir das nichts ausmacht, dass du kein Holz mehr hacken und tragen tust, dann macht es dir bestimmt auch nichts aus, dass du kein Essen kriegst. 'Scuse mah freezolity, Mist' Killicks – du musst schon entschuldigen, wenn ich das so kaltschnurzig sage, aber ich denk gar nicht dran, auch nur ein Stückchen zu hacken.«

»Aach, ich hack schon weiter das Holz für dich, das weißt du ganz genau. Selbst wenn du mich knapp hältst wie nur was.

Deine Oma und ich auch, wir haben dich einfach verwöhnt, da werd ich jetzt wohl mit leben müssen.«

Bald darauf rief er sie eines Morgens aus der Küche in den Stall. Er hatte den Muli fix und fertig gesattelt am Tor stehen.

»Kuck mal her, LilBit, hilf mir mal mit was. Schneid mir die Saatkartoffeln hier klein. Ich muss was besorgen gehen.«

»Wo willst du denn hin?«

»Nach Lake City, da hat einer 'n Muli abzugeben.«

»Zu was brauchst du zwei Mulis? Oder willst du den hier tauschen?«

»Nein, ich brauch dies Jahr zwei Mulis. Im Herbst wird's massig Kartoffeln geben. Die bringen dann ordentlich Geld. Ich hab vor, mit zwei Pflügen zu arbeiten, und der Mann, wo ich hinwill, hat einen Muli, der ist so lammfromm, dass selbst 'ne Frau damit zurechtkommt.«

Logan hielt seinen Priem ganz still im Mund wie ein Thermometer für seine Gefühle. Dabei beobachtete er Janies Gesicht und wartete darauf, dass sie etwas sagte.

»Und da dacht ich, den könnte ich mir mal anschauen gehen.« Er malmte weiter und schluckte, um Zeit zu schinden, aber Janie sagte nichts weiter als: »Ich werd dir die Kartoffeln schneiden. Wann kommst du wieder?«

»Weiß nicht genau. So wenn's dunkel wird, denk ich mal. Der Weg zieht sich – vor allem wenn ich beim Zurückkommen noch einen am Halfter führe.«

Als Janie im Haus fertig war, setzte sie sich mit den Kartoffeln in den Stall. Aber der Frühling stöberte sie da drinnen auf, und so zog sie mit ihren Sachen an einen Platz im Hof um, wo sie die Straße im Blick hatte. Die Mittagssonne schillerte durch die Blätter der prächtigen Eiche und zeichnete dort, wo sie saß, Spitzenmuster auf den Boden. Sie saß schon ziemlich lange so, als sie auf der Straße ein Pfeifen näher kommen hörte.

Es war ein stadtfeiner, modisch gekleideter Mann, den Hut keck auf dem Ohr – zu keck für die Gegend. Das Jackett hatte er über dem Arm hängen, aber er musste es gar nicht anhaben, um adrett auszusehen. Allein das Hemd mit den seidenen Ärmelhaltern hätte überall Eindruck gemacht. Er pfiff, wischte sich das Gesicht und schritt aus wie einer, der wusste, wo er hinwollte. Seine Haut war dunkelbraun, doch Janie kam er wie Mr Washburn oder so jemand vor. Wo mochte so ein Mann herkommen und wo ging er hin? Er blickte nicht in ihre Richtung und auch sonst nirgends hin als stur gradeaus, so dass Janie zur Pumpe lief und beim Pumpen tüchtig den Schwengel betätigte. Es gab ein lautes Kreischen und ihr üppiges Haar löste sich. Da blieb er stehen und sah genau hin, und dann bat er sie um einen kühlen Schluck Wasser.

Janie pumpte ausgiebig und nahm derweil den Mann in Augenschein. Er plauderte freundlich, während er trank.

Joe Starks was the name, yeah, Joe Starks from in and through Georgy – aus Georgia und durch Georgia durch. Hatte sein Lebtag für die Weißen gearbeitet und sich was zusammengespart – um die dreihundert Dollar, yes indeed, hier in der Tasche. Hatte immer reden hören von 'nem neuen Staat, den sie hier unten in Florida bauen wollten, und irgendwie Lust bekommen mitzumachen. Andererseits verdiente er gut Geld, wo er war. Aber als er dann die Geschichte hörte von der Gemeinde nur mit Farbigen, die da am Entstehen war, da hatte er gewusst: dat was de place he wanted to be. Er hatte schon immer irgendwo den Ton angeben wollen, aber wo er her war, und überall anders genauso, da hatten die Weißen das Sagen, nur nicht in dieser Gemeinde, die sich die Farbigen da bauten. Genauso gehörte sich das. Wer was baute, musste auch bestimmen. Sollten sich die Farbigen doch selbst was aufbauen, wenn sie sich wo dicketun wollten. Er war heilfroh, dass er so viel Geld gespart hatte. Er wollte dorthin, solange die Gemeinde noch in den Kinderschuhen steckte. Er wollte groß einsteigen. Es war schon immer sein ganzer Wunsch gewesen, mal den Ton anzugeben – to be a big voice. Fast dreißig hatte er werden müssen, bis sich ihm jetzt endlich die Gelegenheit bot. Wo waren Janies Papa und Mama?

»Die werden wohl tot sein. Ich weiß nicht, was mit ihnen ist, weil ich bei meiner Oma aufgewachsen bin. Die ist auch tot.«

»Auch tot! Ja und wer kümmert sich dann um so'n kleines Mädelchen wie dich?«

»Ich bin verheiratet.«

»Verheiratet? Du kannst doch gerade mal abgestillt sein. Ich wette, du lutschst noch gern Lutschbeutel, stimmt's?«

»Ja klar, und ich mach mir welche und lutsch sie, wenn ich Lust dazu hab. Zuckerwasser trink ich auch.«

»Das trink ich auch gern. So alt ich werde, süßes Zuckerwasser werd ich wohl nie überkriegen, wenn es kühl und frisch ist.«

»Wir haben massig Saft im Stall. Zuckerrohrsaft. Wenn Sie mögen…«

»Wo ist Ihr Mann denn hin, Mis' hm-hm?«

»Janie Mae Killicks heiß ich, seit ich verheiratet bin. Vorher war's Janie Mae Crawford. Mein Mann ist 'n Muli kaufen gegangen, wo ich mit pflügen soll. Ich hab hierbleiben müssen und Saatkartoffeln schneiden.«

»Sie und hinterm Pflug! Sie haben mit 'nem Pflug so wenig zu schaffen wie 'ne Wildsau mit Ostern! Und Saatkartoffeln schneiden ist auch nichts für Sie. Ein hübsches Knuddelpüppchen wie Sie ist dazu da, im Schaukelstuhl auf der Veranda zu sitzen und sich zu fächeln und die Kartoffeln zu essen, die andere Leute extra für Sie anbauen.«

Janie lachte und zapfte zwei Liter Saft aus dem Fass und Joe Starks pumpte den Eimer mit kühlem Wasser voll. Sie setzten sich unter den Baum und unterhielten sich. Er war unterwegs in den neuen Teil von Florida, aber mal rasten und plaudern, das konnte nicht schaden. Nach einer Weile beschloss er, dass er ohnehin eine Pause gebrauchen konnte. Es würde ihm guttun, ein oder zwei Wochen Pause einzulegen.

Danach suchten und fanden sie jeden Tag Gelegenheit, sich in den Buscheichen auf der andern Straßenseite zu treffen und darüber zu reden, wie es sein würde, wenn er eines Tages ein großer Anführer war und sie die Früchte zu ernten bekam. Janie zögerte lange, denn er stand nicht gerade für Sonnenaufgang und Pollen und blühende Bäume, aber mit ihm eröffnete sich der weite Horizont. Mit ihm eröffneten sich ungeahnte neue Möglichkeiten. Trotzdem blieb sie zögerlich. Was Nanny ihr eingeprägt hatte, war immer noch stark und mächtig.

»Janie, wenn du denkst, ich will dich bloß abschleppen und hinterher behandel ich dich wie'n Hund, dann liegst du falsch. Ich will dich zu meiner Frau machen.«

»Ehrlich, Joe?«

»Den Tag, wo du deine Hand in meine legst, da versprech

ich dir, dass wir den Abend nicht ledig erleben. Ah'm uh man wid principles. Du hast ja keine Ahnung, wie es ist, als Dame behandelt zu werden, und ich will der Mann sein, der dir das zeigt. Sag Jody zu mir, wie du's manchmal machst.«

»Jody«, sie lächelte zu ihm auf, »aber mal angenommen –«

»Das Annehmen und das alles überlass mal mir. Ich werd morgen früh kurz nach Sonnenaufgang ein Stück die Straße runter auf dich warten. Du kommst mit mir mit. Dann kannst du dein ganzes restliches Erdenleben so leben, wie's sich für dich gehört. Komm, küss mich und schüttel noch mal die Haare. Wenn du das machst, dann ist es, wie wenn die Sonne aufgeht.«

Janie besprach die Angelegenheit nächtens im Bett.

»Logan, schläft du?«

»Wenn, dann hättst du mich jetzt aufgeweckt gekriegt.«

»Ich hab gründlich über uns nachgedacht; über dich und mich.«

»Zeit wird's. Du tust hier manchmal mächtig unabhängig, wenn man's bedenkt.«

»Wenn man was bedenkt zum Beispiel?«

»Wenn man bedenkt, dass du ohne eigenes Dach überm Kopf geboren bist, du und deine Mama genauso, und dass ihr hintenraus bei den Weißen aufgewachsen seid.«

»Da hast du keinen Ton von gesagt, als du Nanny in den Ohren gelegen hast, du wolltst mich heiraten.«

»Ich dachte halt, du wärst dankbar, wenn man gut zu dir ist. Dachte, ich mach was Ordentliches aus dir. Man könnte glatt meinen, du hältst dich für 'ne Weiße, so wie du dich aufführst.«

»Mal angenommen, ich lauf irgendwann weg und verlass dich.«

Da! Da hatte Janie seine stillen Befürchtungen ausgesprochen. Die brachte es fertig und lief wirklich weg. Bei dem Gedanken breitete sich ein schrecklicher Schmerz in Logans Körper aus, aber er hielt es für das Beste, geringschätzig zu tun.

»Ich werd müde, Janie. Hören wir auf zu reden. Gibt nicht viele Männer, die dir trauen würden, so bekannt, wie deine Sippschaft ist.«

»Vielleicht find ich ja doch einen, der mir traut, und verlass dich.«

»Quack! So'n Trottel wie mich gibt's nicht noch mal. Schöne Augen werden dir viele Männer machen, aber arbeiten und dich ernähren? Nä! Du wirst nicht weit kommen und es nicht lang machen, das sag ich dir. Wenn erst mal der Magen knurrt und der Hunger zupackt, dann wird das Schnuckilein froh sein, wenn es hier wieder ankommen kann.«

»Für dich gibt's nichts anderes auf der Welt wie Schweinebauch und Maisbrot.«

»Ich bin müde. Wegen so Spinnereien werd ich mir gewiss nicht den Magen verknoten.« Erbittert warf er sich auf die Seite und gab vor zu schlafen. Er hoffte, er hatte sie genauso verletzt wie sie ihn.

Am nächsten Morgen stand Janie mit ihm auf und hatte das Frühstück halb fertig, als er aus dem Stall brüllte.

»Janie!«, rief Logan barsch. »Komm und hilf mir diesen Misthaufen umsetzen, bevor es heiß wird. Du interessierst dich nicht die Bohne für den Hof. Das hat keinen Taug, dass du den ganzen Tag bloß in der Küche rumdödelst.«

Janie trat an die Tür und schaute zum Stall hinüber, in der Hand den Topf, in dem sie weiter den Maisteig rührte. Die

Sonne bedrohte die Welt aus dem Hinterhalt mit roten Dolchen, aber um den Stall waren die Schatten grau und fast wie körperlich. Logan mit seiner Schaufel sah aus wie ein schwarzer Bär, der auf den Hinterbeinen einen täppischen Tanz aufführte.

»Du brauchst meine Hilfe da draußen nicht, Logan. Du hast deinen Platz und ich hab meinen.«

»Dein Platz ist da, wo ich dich hinhaben will, und nirgendwo anders. Beweg dich gefälligst, und ein bisschen plötzlich.«

»Meine Mama hat mir nie was erzählt, ich hätt's eilig gehabt, auf die Welt zu kommen. Wie käm ich dann dazu, mich jetzt zu hetzen? Sowieso ist das gar nicht der Grund, warum du dich ärgerst. Du ärgerst dich, weil ich vor deinen sechzig Morgen nicht auf die Knie falle. Mein Wunschtraum war das nicht, dass du mich heiratest. Und wenn du das hier verheiratet sein nennst, da kann ich gerne drauf verzichten. Du ärgerst dich, weil ich ausspreche, was du eh schon weißt.«

Logan warf die Schaufel hin und machte zwei oder drei schwerfällige Schritte auf das Haus zu, dann blieb er abrupt stehen.

»Untersteh dich und gib mir noch mehr Widerworte heut Morgen, Janie, sonst zieh ich andere Saiten mit dir auf! Da hab ich dich praktisch bei den Weißen aus der Küche geholt und dich mit dem Allerwertesten hier auf den Thron gesetzt, und du kommst her und pöbelst mich an! Wenn du so weitermachst, komm ich mit der Axt und bring dich um! Halt ja die Klappe da drin! Ich bin zu ehrlich und fleißig für jemand von deiner Sippschaft, bloß deshalb willst du mich nicht!« Der letzte Satz war halb geschluchzt und halb geschrien. »Wahrscheinlich poussiert irgend so ein hundsföttischer Nigger mit dir rum und lügt dir die Hucke voll. Der Teufel soll dich holen!«

Janie wandte sich von der Tür ab, ohne zu antworten, und blieb mitten im Raum still stehen, ohne es zu merken. Ihr kehrte sich das Innerste nach außen, während sie einfach dastand und nachspürte. Als sich das Flattern ein wenig gelegt hatte, dachte sie gründlich über Logans Worte nach und legte sie zu anderen Sachen ab, die sie gesehen und gehört hatte. Als sie damit fertig war, kippte sie den Teig in die Pfanne und strich ihn mit der Hand glatt. Sie war überhaupt nicht wütend. Logan machte ihr ihre Mama, ihre Oma und ihre Gefühle zum Vorwurf, und an alledem konnte sie nicht das Geringste ändern. Der Schweinebauch in der Kasserolle musste gewendet werden. Sie drehte ihn auf die andere Seite und schob ihn zurück. Tat etwas kaltes Wasser in die Kanne, dass sich der Kaffee setzte. Wendete mit einem Teller das Maisbrot und stieß dann ein kurzes Lachen aus. Wozu noch lange herumtun? Ein Gefühl überkam sie, dass plötzlich alles neu und anders war. Janie eilte vorne zum Tor hinaus und wandte sich nach Süden. Selbst wenn Joe nicht da war und auf sie wartete, weggehen war auf jeden Fall das Richtige.

Die Morgenluft auf der Straße war wie ein neues Kleid. Da merkte sie, dass sie noch die Schürze umgebunden hatte. Sie zog sie aus, warf sie auf einen niedrigen Strauch am Straßenrand und fing an, im Weitergehen Blumen zu pflücken, einen ganzen Strauß. Danach kam sie an die Stelle, wo Joe Starks mit einer gemieteten Kutsche auf sie wartete. Er war sehr feierlich und half ihr auf den Platz neben ihm. Mit ihm darauf wirkte der Bock wie ein hoher Herrscherthron. Von jetzt an bis zu ihrem Tod wollte sie alles mit Blütenstaub und Frühling bestreut haben. Eine Biene für ihre Blüte. Ihre alten Gedanken durften jetzt gerne wiederkommen, aber neue Worte mussten für sie erfunden und gesprochen werden.

»Green Cove Springs«, wies er den Kutscher an. Und noch vor dem Abend waren sie verheiratet, genau wie Joe gesagt hatte. Mit neuen Kleidern aus Seide und Wolle.

Sie saßen auf der Veranda der Herberge und sahen die Sonne in denselben Spalt in der Erde tauchen, aus dem die Nacht aufstieg.

5 Am nächsten Tag im Zug raspelte Joe ihr zwar nicht viel Süßholz, doch er kaufte ihr die besten Sachen, die der mitfahrende Verkäufer hatte, Äpfel etwa und Bonbons in einer Glaslaterne. Hauptsächlich sprach er davon, was er in der Gemeinde auf die Beine stellen wollte, wenn er erst mal da war. Einer wie er wurde dort bestimmt gebraucht. Janie besah ihn sich viele Male, und was sie sah, machte sie stolz. Nett beleibt wie so reiche Weiße. Auch nicht einzuschüchtern von fremden Zügen und Menschen und Orten. In Maitland, wo sie ausstiegen, nahm er sofort einen Buggy, der sie in die Farbigengemeinde brachte.

Es war früh am Nachmittag, als sie dort ankamen, und Joe meinte, sie sollten erst mal einen Spaziergang machen und sich umschauen. Sie hakten sich ein und bummelten von einem Ende des Orts zum andern. Joe musterte das knappe Dutzend verschämter Häuschen, die verstreut im Sand und zwischen den Palmwurzeln standen, und sagte: »Gott, das soll eine Gemeinde sein? Das ist doch nichts weiter als ein Notlager im Wald.«

»Es ist ein ganzes Ende kleiner, als ich dachte«, gestand Janie ihre Enttäuschung ein.

»Hab ich mir schon gedacht«, sagte Joe. »Gerede ohne Ende und niemand, der was tut. Igott, wo ist der Bürgermeister?« Er fragte jemanden. »Ich will den Bürgermeister sprechen.«

Zwei Männer saßen unter einer riesigen Lebenseiche auf den Schulterblättern. Beim Klang seiner Stimme setzten sie sich beinahe aufrecht hin. Sie starrten Joes Gesicht an, seine Kleidung, seine Frau.

»Wo kommt ihr denn her, dass ihr's so eilig habt?«, fragte Lee Coker.

»Mittelgeorgia«, antwortete Starks kurz angebunden. »Joe Starks is mah name, from in and through Georgy.«

»Wollt ihr bei uns brüderlich mitmachen, Sie und Ihre Tochter?«, erkundigte sich die andere hingefläzte Gestalt. »Freut mich mächtig. Hicks ist mein Name. Guv'nor Amos Hicks aus Buford in South Carolina. Frei, ledig, ungebunden.«

»Igott, ich bin nicht annähernd alt genug, um 'ne erwachsene Tochter zu haben. Das ist meine Frau hier.«

Hicks ließ sich zurücksinken und verlor augenblicklich das Interesse.

»Wo ist der Bürgermeister?«, hakte Starks nach. »Mit *dem* will ich reden.«

»Da sind Sie'n bisschen sehr früh dran«, erklärte ihm Coker. »Wir haben noch gar keinen.«

»Keinen Bürgermeister! Und wer sagt euch dann, was ihr zu tun habt?«

»Niemand. Wir sind alle erwachsen. Wahrscheinlich haben wir auch einfach noch nicht dran gedacht. Ich gewiss nicht.«

»Ich hab mal einen Tag dran gedacht«, sagte Hicks verschlafen, »aber dann hab ich's vergessen und seitdem hab ich nicht wieder dran gedacht.«

»Kein Wunder, dass hier nichts läuft«, bemerkte Starks. »Ich werd mich hier einkaufen, und zwar im großen Stil. Sobald wir 'n Platz für die Nacht gefunden haben, müssen wir Männer 'ne Versammlung einberufen und 'n Ausschuss bilden. Dann können wir hier bisschen Schwung in den Laden bringen.«

»Ich kann euch sagen, wo ihr schlafen könnt«, erbot sich Hicks. »Da hat einer sein Haus fertig gebaut und die Frau ist noch nicht da.«

Starks und Janie entfernten sich in die angegebene Richtung, während Hicks und Coker ihnen mit ihren Blicken Löcher in den Rücken bohrten.

»Der Mann hat 'n Ton am Leib wie'n Streckenvorarbeiter«, bemerkte Coker. »Mächtig kommandantorisch.«

»Quatsch!«, sagte Hicks. »Meine Hosen sind genauso lang wie dem seine. Aber die Frau von dem! Ich will gebacken werden, wenn ich nicht nächstens nach Georgia geh und mir auch so eine besorge.«

»Und mit was?«

»Wid mah talk, man – mit Schwadronieren.«

»Um hübsche Frauen zu ernähren, braucht's Geld. Schwadronage kriegen die mehr als genug.«

»Nicht von meiner Sorte. Die sind ganz wild drauf, mich schwadronieren zu hören, weil sie's nicht verstehen. Bei mir ist noch so viel untendrunter, was mitläuft.«

»Mmh!«

»Das glaubst du nicht, was? Du würdst kucken, was für Weiber alles nach meiner Pfeife tanzen, wenn ich will.«

»Mmh!«

»Du hast mich noch nie erlebt, wenn ich mal anfang, mich zu verlustieren und die Weiber dazu.«

»Mmh!«

»Der kann von Glück sagen, dass er die geheiratet hat, bevor sie mich gesehen hat. Ich kann's ganz schön rappeln lassen im Karton, wenn mir danach ist.«

»Mmh!«

»Mit Frauensleuten bin ich ein richtiger Satansbraten – Ah'm uh bitch's baby round lady people.«

»Das würd ich alles viel lieber sehen als bloß von hören. Komm, wir gehen mal kucken, was er hier mit dem Dorf anstellen will.«

Sie standen auf und schlenderten zu dem Haus, wo Starks fürs Erste untergekommen war. Der Ort hatte die Fremden schon entdeckt. Joe redete auf der Veranda mit einem Grüppchen Männer. Durchs Schlafzimmerfenster sah man Janie sich häuslich einrichten. Joe hatte das Haus für einen Monat gemietet. Die Männer umringten ihn, und er war dabei, ihnen Fragen zu stellen.

»Wie heißt der Ort hier richtig?«

»Manche sagen West Maitland, manche sagen Eatonville. Das kommt daher, weil Cap'n Eaton uns Land gegeben hat, und Mr Laurence auch. Aber das erste Stück war von Cap'n Eaton.«

»Wie viel haben sie euch gegeben?«

»So um die fünfzig Morgen.«

»Wie viel habt ihr jetzt?«

»So ungefähr dasselbe.«

»Das reicht hinten und vorne nicht. Wem gehört das Land, das an euers grenzt?«

»Cap'n Eaton.«

»Und wo *ist* dieser Cap'n Eaton?«

»Drüben in Maitland, wenn er nicht grad woanders hin ist.«

»Gut, ich sag kurz meiner Frau Bescheid, dann geh ich mit dem Mann reden. Man kann keine Gemeinde haben ohne Land, wo man sie drauf bauen kann. Auf so'm Fleckchen, wie ihr hier habt, könnt ihr keine Katze schimpfen, ohne dass ihr gleich den Mund voll Haaren habt.«

»Der hat kein Land mehr zu verschenken. Man braucht 'n Haufen Geld, wenn man mehr haben will.«

»Ich hab vor, es ihm abzukaufen.«

Die Vorstellung fanden sie köstlich und sie hätten am liebsten gelacht. Sie gaben sich alle Mühe, es sich zu verbeißen, aber was ihnen an ungläubigem Lachen aus den Augen leuchtete und aus den Mundwinkeln leckte, machte hinreichend deutlich, was sie bei sich dachten. Da brach Joe abrupt auf. Die meisten gingen mit, um ihm den Weg zu zeigen und dabei zu sein, wenn er Farbe bekennen musste.

Hicks ging nicht weit. Er kehrte zum Haus um, sobald er das Gefühl hatte, sein Fehlen würde nicht weiter auffallen, und trat auf die Veranda.

»Evenin', Miz' Starks.«

»Good evenin'.«

»You reckon you gointuh like round here – was meinen Sie, wird's Ihnen hier gefallen?«

»Ich mein schon.«

»Wenn ich Ihnen mit irgendwas behilflich sein kann, müssen Sie's nur sagen.«

»Schönen Dank.«

Ein längeres Schweigen trat ein. Komischerweise wollte die Frau ihre Chance gar nicht nutzen. Sie schien kaum zu merken, dass er da war. Zeit, dass die mal wachgerüttelt wurde.

»Die Leute müssen ziemlich zugeknöpft sein, da wo Sie herkommen.«

»Stimmt. Aber bei Ihnen zuhause muss das ganz anders sein.«

Er überlegte lange, aber schließlich verstand er und stolperte mit einem mürrischen »'Bye« die Stufen hinunter.

»Good bye.«

Am Abend erkundigte sich Coker danach.

»Ich hab gesehen, wie du zu Starks seinem Haus umgebogen bist. Und, wie ist es gelaufen?«

»Wer, ich? Da bin ich nicht mal in die Nähe gekommen, Mann. Ich bin unten am See gewesen, um mir'n Fisch zu angeln.«

»Mmh!«

»So furchtbar hübsch ist die Frau gar nicht, wenn man genauer hinkuckt. Ich hab auf dem Rückweg irgendwie an ihrem Haus vorbeigemusst und sie mir mal angeschaut. Nichts dran an der Alten außer die langen Haare.«

»Mmh!«

»Und sowieso ist mir der Mann eigentlich ganz sympathisch. Dem würd ich so was nicht antun wollen. Sie macht eh nicht halb so viel her wie ein Mädchen, das ich mal in South Cal'lina hab sitzenlassen.«

»Hicks, ich würd sauer werden und sagen, du lügst, wenn ich dich nicht so gut kennen würde. Du redst dir das doch bloß selber schön mit deinem großen Mundwerk. Du würdst gern wollen, aber es ist zu wenig dahinter bei dir. 'n ganzer Haufen Männer haben dasselbe gesehen wie du, aber sie haben mehr Verstand, wie du hast. Das müsste selbst dir klar sein, dass du 'nem Mann wie dem nicht so 'ne Frau ausspannen kannst. 'nem Mann, der hingeht und kauft auf einen Schlag zweihundert Morgen Land und zahlt sie bar auf die Kralle.«

»Nein! Das hat er nicht wirklich, oder?«

»Doch, hat er. Alles besiegelt und die Papiere in der Tasche, wie er ab ist. Für morgen hat er 'ne Versammlung auf seiner Veranda einberufen. Einen Farbigen von so 'nem Kaliber hab ich mein Lebtag nicht gesehen. Er will 'n Laden aufmachen und 'n richtig amtliches Postamt herholen.«

Das verstimmte Hicks, er wusste gar nicht warum. Er war ein normaler Sterblicher. Da hatte er sich mal an den Lauf der Welt gewöhnt und dann hatte sie die Frechheit, plötzlich anders zu laufen. Er war noch nicht bereit, sich Farbige in Postämtern vorzustellen. Er lachte lauthals.

»Ihr lasst euch von diesem hergelaufenen Kerl wirklich jeden Bären aufbinden! Ein Farbiger, der im Postamt sitzt!« Er machte ein obszönes Geräusch.

»Der wird das hinkriegen, Hicks. Hoff ich jedenfalls. Wir Farbigen sind einfach immer zu neidisch einer auf den andern. Deshalb bringen wir's auch nicht weiter, als wie wir's bringen. Wir beschweren uns groß, dass die Weißen uns nicht hochkommen lassen. Quack! Müssen die gar nicht. Da sorgen wir schon selber für, dass wir nicht hochkommen.«

»Wer sagt denn, ich will nicht, dass der Mann hier ein Postamt herholt? Von mir aus kann er König von Jerusalem werden. Aber das ist noch lange kein Grund, dass er Lügen erzählt, bloß weil ein Haufen Leute es nicht besser wissen. Das sagt einem doch der gesunde Menschenverstand, dass die Weißen ihm das nicht erlauben werden, dass er hier ein Postamt aufmacht.«

»Woher wollen wir das wissen, Hicks? Er sagt, er kann's, und ich glaube, er weiß, was er redet. Ich würde mal meinen, wenn Farbige 'ne eigene Gemeinde haben, dann können sie auch Postämter haben und was sie sonst lustig sind, ganz egal. Weil andererseits werden sich die Weißen wahrscheinlich sowieso den Deibel drum scheren, wenn sie nur weit genug ab sind vom Schuss. Warten wir's ab.«

»Klar doch, ich warte. Wahrscheinlich werd ich warten, bis die Hölle zufriert.«

»Ach, reg dich ab! Die Frau will dich nicht. Du musst mal begreifen, dass nicht alle Frauen auf der Welt aus der Terpentinbrennerei kommen oder der Sägewerkssiedlung. Es gibt halt Frauen, die sind einfach nicht deine Kragenweite. *Die da* kannst du dir nicht mit 'nem Fischbrötchen angeln.«

Sie stritten noch ein Weilchen, dann begaben sie sich zu dem Haus, wo Joe eingezogen war, und trafen ihn in Hemdsärmeln an, wie er breitbeinig dastand, Fragen stellte und eine Zigarre rauchte.

»Wo ist das nächste Sägewerk?« Die Frage war an Tony Taylor gerichtet.

»Ungefähr sieben Meilen Richtung Apopka«, gab Tony ihm Auskunft. »Wollen Sie gleich mit dem Bauen anfangen?«

»Igott, klar. Aber nicht das Haus, wo ich drin wohnen will. Das kann warten, bis ich entschieden habe, wo es hinsoll. Nein, was wir alle schleunigst brauchen, denk ich mal, ist ein Laden.«

»Ein Laden?«, rief Tony verwundert aus.

»Jawohl, ein Laden hier mitten im Ort, mit allem, was ihr braucht. Das hat doch keinen Taug nicht, dass alle für'n bisschen Mehl und Grieß bis nach Maitland zockeln, wenn sie's direkt hier bekommen könnten.«

»Das wär tatsächlich ganz schön, Brother Starks, jetzt wo Sie's sagen.«

»Igott, freilich wär das schön! Und dann ist so ein Laden auch noch zu andern Sachen nutz. Es muss eine Anlaufstelle geben, wenn Leute kommen, um Land von mir zu kaufen. Und außerdem muss alles einen Mittelpunkt haben und ein Herz – uh town ain't no different from nowhere else. Der Laden wär so was wie der natürliche Treffpunkt für den ganzen Ort.«

»Stimmt hundert Prozent.«

»In null Komma nichts, sag ich, werden wir diesen Ort auf Vordermann haben. Vergesst ja nicht, morgen zur Sitzung zu kommen.«

Kurz bevor sich der Ausschuss am nächsten Tag auf seiner Veranda treffen sollte, kam die erste Wagenladung Bauholz angefahren und Jody ging den Männern zeigen, wo sie es abladen sollten. Wies Janie an, den Ausschuss nicht wegzulassen, bis er wieder da war, er wolle das Treffen nicht ausfallen lassen, aber er habe vor, dieses Holz Fuß für Fuß nachzuzählen, bevor es den Boden berührte. Er hätte sich seinen Atem sparen und Janie hätte ihre Arbeit einfach weitermachen können. Erst mal kamen sowieso alle zu spät. Und kaum dass sie hörten, wo Jody war, marschierten sie schnurstracks weiter zu der Stelle, wo das neue Bauholz vom Wagen polterte und unter der großen Lebenseiche gestapelt wurde. Dort fand dann auch die Versammlung statt mit Tony Taylor als Vorsitzendem und Jody als dem, der die Reden schwang. Ein Tag wurde für Straßen angesetzt und alle kamen überein, mit Äxten und anderem Gerät anzurücken und zwei Straßen in alle vier Richtungen zu schlagen. Das galt für alle außer Tony und Coker. Die verstanden sich auf Zimmermannsarbeiten und Jody stellte sie an, am nächsten Morgen in aller Herrgottsfrühe mit der Arbeit an seinem Laden anzufangen. Jody selbst wollte sich aufmachen und von Ort zu Ort fahren, um den Leuten von Eatonville zu erzählen und ihnen den Umzug dorthin schmackhaft zu machen.

Janie staunte, wie schnell das Geld, das Jody für das Land ausgegeben hatte, zu ihm zurückkam. Binnen sechs Wochen kauften zehn neue Familien Parzellen und zogen in die Gemeinde. Sie kam kaum noch mit, so groß und rasant war das alles. Bevor das Dach des Ladens komplett gedeckt war, hatte Jody schon Konserven am Boden aufgestapelt und verkaufte so viel, dass ihm keine Zeit blieb, noch auf seine Werbetouren zu gehen. Ihre erste Erfahrung als Herrin über die Dorfversorgung machte sie an dem Tag, als alles fix und fertig war. Jody wollte, dass sie sich feinmachte und den ganzen Abend im Laden stand. Alle Welt werde sich zu dem Anlass recht und schlecht herausputzen, und er wünsche nicht, dass die Frau von irgendwem anders mit ihr mithalten konnte. Sie müsse sich selbst als die Leitkuh betrachten, die andern Frauen seien das Herdenvieh. Also zog sie eines ihrer gekauften Kleider an und schritt ganz in Weinrot auf der neu gebahnten Straße ortseinwärts. Ihre seidenen Rüschen umrauschten und umraschelten sie. Die andern Frauen hatten Perkal und Nessel an, die älteren hier und da auch ein Tuch um den Kopf geschlungen.

Niemand kaufte an dem Abend etwas. Dazu waren sie nicht gekommen. Sie wollten Willkommen feiern. Anlass genug für Joe, ein Fass mit Kräckern aufzumachen und Käse aufzuschneiden.

»Nur heran, alle Mann, und fröhlich gefeiert! Igott, heute geht alles auf mich.« Jody ließ sein lautes Hö-hö-Lachen hören und trat zurück. Janie schenkte die Limonade aus, wie er ihr aufgetragen hatte. Für jeden einen großen Blechbecher voll. Tony Taylor war so rundum zufrieden, als alles verputzt war, dass er sich berufen fühlte, eine Rede zu halten.

»Ladies and gent'men, wir haben uns hier alle zusammen versammelt, um in unserer Mitte einen Mann willkommen zu heißen, dem es gut gedungen hat, sein Los unter uns zu werfen. Und er ist auch nicht bloß allein gekommen. Es hat ihm gut gedungen, auch seine, äh, äh, das Licht von seinem Heim und Herd mitzubringen, und das ist seine Frau unter uns auch. Sie könnte nicht besserer und nicht vornehmerer aussehen, wenn sie die Königin von England wär. Es ist uns eine Freude, sie hier unter uns zu haben. Brother Starks, wir heißen Sie willkommen und alles, was Sie gut gedungen haben, unter uns mitzubringen: Ihre geliebte Frau, Ihren Kaufladen, Ihr Land –«

Eine böllernde Lachsalve schnitt ihm das Wort ab.

»Nun langt's aber, Tony«, brüllte Lige Moss. »Mist' Starks ist ein patenter Mann, das wollen wir alle gern bestätigen, aber dass er hier mit zweihundert Morgen Land über der Schulter die Straße langgewankt kommt, das will ich erst mal erleben.«

Abermals laut prustendes Gelächter. Tony war ein wenig eingeschnappt, dass ihm seine eine Rede im Leben auf die Art verdorben wurde.

»Ihr wisst schon alle, was gemeint war. Ich weiß nicht, warum –«

»Weil du hier aufspringst und Reden hältst und gar nicht weißt wie, darum«, sagte Lige.

»Ich hab geredet, wie sich's gehört, bis du hier unbedingt den Schnabel aufreißen musstest.«

»Hast du eben nicht, Tony. Dafür hast du gar nicht die Kompetentheit. Du kannst nicht 'nen Mann und seine Frau willkommen heißen und nicht den Vergleich mit Isaak und Rebekka am Brunnen bringen, else it don't show de love between 'em if you don't.«

Genau. Das fanden alle andern auch, dass sonst die Liebe zwischen ihnen gar nicht klar werden würde. Ein bisschen ärmlich wäre es schon von Tony, nicht zu wissen, dass er keine Rede halten konnte, ohne das zu sagen. Einige gickelten über seine Ahnungslosigkeit. Verärgert erklärte Tony: »Wenn jetzt alle fertig sind und nicht noch wer den Affen machen muss, dann wären wir Brother Starks für eine Antwort dankbar.«

Darauf trat Joe Starks mit seiner Zigarre in die Mitte.

»Ich danke euch allen für den herzlichen Willkomm und dass ihr mir die rechte Hand zum Brudergruß bietet. In dieser Gemeinde herrscht Eintracht und Liebe, das sehe ich. Ich will hier die Hand an den Pflug legen und will mit jeder Faser dafür arbeiten, dass unsere Gemeinde die Metreopole vom ganzen Land wird. Darum sollte ich euch vielleicht sagen, falls ihr es noch nicht wisst, dass wenn wir es zu was bringen wollen, dann müssen wir uns ordentlich anerkennen lassen wie jede andere Gemeinde auch. Wir müssen uns anerkennen lassen, und wir müssen einen Bürgermeister haben, wenn hier was laufen soll, und zwar richtig. Ich heiße euch alle in diesem Laden willkommen, auch im Namen meiner Frau, und dass sich hier was entwickeln möge. Amen.«

Tony klatschte als Erster los und stand schon in der Mitte, als der laute Beifall endete.

»Brothers and sisters, da wir eh keine bessere Wahl treffen können, stelle ich gleich den Antrag, dass wir fürs Erste Brother Starks zu unserm Bürgermeister machen.«

»Für den Antrag!!!« Alle meldeten sich gleichzeitig, so dass gar nicht erst darüber abgestimmt werden musste.

»Und jetzt würden wir gern ein paar Worte zur Auferbauung von unserer Frau Bürgermeister Starks hören.«

Der Beifallssturm wurde von Joe abgeschnitten, der selbst wieder vortrat.

»Danke für die Ehre, but mah wife don't know nothin' 'bout no speech-makin'. Fürs Redenhalten hab ich meine Frau nicht geheiratet, da hat sie keine Ahnung von. Sie ist 'ne Frau und ihr Platz ist im Haus.«

Janie verzog ihr Gesicht nach kurzem Zögern zu einem Lachen, aber es fiel ihr nicht leicht. Sie hatte noch nie daran gedacht, eine Rede zu halten, und wusste nicht, ob sie das überhaupt hätte wollen können. Es musste die Art sein, wie Joe seine Erklärung abgab, ohne ihr die Gelegenheit zu lassen, sich so oder so zu äußern, was allem den Schmelz nahm. Wie auch immer, als sie an dem Abend hinter ihm her nach Hause ging, war ihr kalt. Im Vollgefühl seiner neuen Würde schritt er forsch aus und dachte und plante laut vor sich hin, ohne von ihren Gedanken etwas zu ahnen.

»Der Bürgermeister von so einer Gemeinde kann nicht laufend zuhause rumhocken. Der Ort muss erst mal aufgebaut werden. Janie, ich besorg jemand, der im Laden mithilft, dann kannst du da nach dem Rechten sehen und ich mach derweil anderweitig Dampf.«

»Ach, Jody, mit so 'nem Laden komm ich nicht zurecht, wenn du nicht da bist. Ich kann vielleicht dazukommen und dir helfen, wenn viel los ist, aber –«

»Igott, was soll denn da dran so schwer sein? Du brauchst nur 'n Fingerhut voll Grips, dann gibt es überhaupt keinen Grund, warum du das nicht können solltest. Du musst, basta. Ich hab als Bürgermeister zu viel andere Sachen am Hals. Die Gemeinde braucht schnellstens 'ne Straßenbeleuchtung.«

»Nn-hn, ein bisschen duster ist es hier wirklich.«

»Das kannst du laut sagen. Hat doch keinen Taug, im Dunkeln über die ganzen Stumpen und Wurzeln zu stolpern. Ich werde sofort 'ne Sitzung einberufen wegen der Dunkelheit und den Wurzeln. Die Sache nehm ich mir als Erstes vor.«

Gleich am nächsten Tag bestellte er auf eigene Kosten bei Sears, Roebuck and Company die Straßenlaterne und rief das Dorf am Donnerstag drauf zusammen, um darüber abstimmen zu lassen. Bis dahin hatte noch niemand an Straßenlaternen gedacht und einige fanden es überflüssig. Am Ende stimmten sie sogar dagegen, aber die Mehrheit setzte sich durch.

Doch als sie dann kam, war sie bald der Stolz der ganzen Gemeinde. Das lag daran, dass der Bürgermeister sie nicht einfach aus der Kiste holte und an einen Pfosten montierte. Er packte sie aus und ließ sie sorgfältig abwischen und stellte sie eine Woche lang in einen Schaukasten, wo alle sie bewundern konnten. Dann gab er einen Termin für das Anzünden bekannt und ließ in ganz Orange County verkünden, alle sollten zur großen Laterneneinweihung kommen. Er schickte Männer in den Sumpf, damit sie die schönste und geradeste Zypressenstange fällten, die sie finden konnten, und schickte sie dann noch mal und noch mal los, bis sie schließlich eine gefunden hatten, die ihm zusagte. Wie er sich die Bewirtung vorstellte, hatte er seinen Mitbürgern schon vorher erklärt.

»Ihr wisst, dass wir nicht einfach Leute zu uns ins Dorf einladen können und lassen sie dann auf dem Trocknen sitzen. Igott, das geht überhaupt nicht. Wir müssen ihnen was zu essen vorsetzen, und nichts mögen die Leute lieber als einen guten Spießbraten. Ich werde höchstpersönlich ein ganzes Schwein stiften. Ich denke, wenn ihr alle zusammenlegt, müssten dabei noch mal zwei rumkommen. Sagt euern Frauen, sie sollen Pies und Kuchen und Süßkartoffelbrot dazu backen.«

Gesagt, getan. Die Frauen machten die süßen Sachen und die Männer waren für das Herzhafte zuständig. Am Tag vor der Laterneneinweihung hoben sie hinter dem Laden eine große Grube aus und füllten sie mit Eichenholz und ließen das zu einem glühenden Kohlenbett herunterbrennen. Sie waren die ganze Nacht damit beschäftigt, die drei Schweine zu braten. Hambo und Pearson hatten das Kommando und die andern halfen ab und an das Fleisch wenden, während Hambo es von oben bis unten mit der Soße bestrich. Dazwischen wurden Geschichten erzählt, Witze gerissen, wieder Geschichten erzählt und Lieder gesungen. Sie trieben allerhand Schabernack und beschnupperten das Fleisch, das sich langsam immer mehr der Vollendung näherte, je tiefer die Würze auf die Knochen drang. Die kleineren Jungen mussten Sägeböcke mit Brettern aufstellen, die die Frauen als Tische nehmen konnten. Dann ging die Sonne auf, und wer nicht gebraucht wurde, ging nach Hause, um sich für das Fest auszuruhen.

Gegen fünf wimmelte es im Dorf von Fahrzeugen aller Art und überall tummelten sich die Menschen. Sie wollten miterleben, wie diese Laterne zur Dämmerstunde angezündet wurde. Als der Zeitpunkt nahte, versammelte Joe alle vor dem Laden auf der Straße und hielt eine Rede.

»Liebe Leute, die Sonne geht unter. Der Sonnenschöpfer scheucht sie am Morgen hoch, und der Sonnenschöpfer schickt sie am Abend zu Bett. Wir armen schwachen Menschlein können rein gar nichts tun, dass sie schneller wandert oder langsamer wandert. Wenn wir nach ihrem Untergehen oder vor ihrem Aufgehen Licht haben wollen, bleibt uns nichts anderes übrig, als uns selber welches zu machen. Aus dem Grund wurden die Lampen erfunden. Heute Abend haben wir uns alle hier versammelt, um feierlich eine Lampe anzuzünden. An diesen Tag werden wir uns alle erinnern bis an unser seliges Ende. Die erste Straßenlaterne in einer Farbigengemeinde. Hebt eure Augen auf und schaut sie an. Und wenn ich jetzt das Streichholz an den Lampendocht halte, dann lasst das Licht auch in euerm Innern leuchten – let it shine, let it shine, let it shine. Brother Davis, stimmen Sie uns ein mit einem schönen Gebet. Beten wir dafür, dass diese Gemeinde ganz besonders viel Segen abbekommt.«

Während Davis eine traditionelle Gebetshymne mit seinen persönlichen Abwandlungen sang, stieg Joe auf die Kiste, die zu dem Zweck hingestellt worden war, und öffnete die Messingklappe der Laterne. Als das Amen gesprochen war, hielt er das brennende Streichholz an den Docht, und Mrs Bogles Alt erscholl:

> We'll walk in de light, de beautiful light
> Come where the dew drops of mercy shine bright
> Shine all around us by day and by night
> Jesus, the light of the world.

Die dort Versammelten, einer wie der andere, alle stimmten sie ein und sangen es wieder und wieder:

> Wir wandeln im Licht einst, in Licht und in Pracht
> Herbei, wo uns leuchtend der Gnadentau lacht
> Wo er uns leuchtet bei Tag und bei Nacht
> Jesus, das Licht der Welt.

Sie sangen so lange, bis das Lied völlig ausgelutscht war und keine neuen Wechsel von Ton und Tempo mehr denkbar waren. Dann verstummten sie und aßen Spießbraten.

Als alles vorbei war und sie endlich im Bett lagen, erkundigte sich Jody bei Janie, wie es ihr gefiel, Frau Bürgermeister zu sein: »Well, honey, how yuh lak bein' Mrs Mayor?«

»So weit ganz gut, glaub ich, aber findest du nicht, dass wir ganz schön unter Druck stehen?«

»Druck? Du meinst, mit Leute Bekochen und Bedienen?«

»Nein, Jody, aber es ist irgendwie, als würde uns das in 'ne Situation bringen, wo wir nicht mehr natürlich miteinander sind. Du bist ständig irgendwo unterwegs, Reden halten und Sachen regeln, und ich komm mir vor, als wär ich die ganze Zeit nur am Zeittotschlagen. Ich hoffe bloß, es geht bald vorbei.«

»Vorbei, Janie? Igott, ich hab noch nicht mal richtig angefangen. Hab ich dir nicht gleich wie's anfing mit uns erklärt, dass ich mal irgendwo den Ton angeben will? Du solltest dich freuen, denn das macht dich zu 'ner großen Frau.«

Ein Gefühl der Kälte und Furcht ergriff Janie. Sie fühlte sich fern von allem und einsam.

Schon bald bekam Janie den Einfluss von Ehrfurcht und Neid empfindlich zu spüren. Sie hatte gedacht, die Frau des Bürgermeisters wäre einfach eine Frau wie alle andern auch, aber das war sie nicht. Sie schlief mit der Obrigkeit und damit war sie für die Allgemeinheit ein Teil davon. An die meisten Leute kam sie menschlich nur so und so nahe heran. Besonders spürbar wurde das, nachdem Joe durchgesetzt hatte, dass an der Straße vor dem Laden ein Entwässerungsgraben ausgehoben wurde. Die Sklaverei sei vorbei, hatten sie entrüstet gemurrt, und dann hatte doch jeder Mann seinen Teil getan.

Es war etwas an Joe Starks, das alle kuschen ließ. Nicht aus Angst vor seiner Körperkraft. Er verschaffte sich nicht mit der Faust Respekt. Im Vergleich zu andern Männern war er nicht sehr stattlich. Er war auch nicht gebildeter als die andern. Es lag an etwas anderem, dass die Männer vor ihm den Schwanz einzogen. Ihm stand das Befehlen einfach im Gesicht geschrieben, und mit jedem Schritt, den er tat, wurde das manifester.

Ein gutes Beispiel war sein neues Haus. Es hatte ein Erd- und ein Obergeschoss, dazu Veranden, Geländer und solche

Sachen. Das übrige Dorf wirkte dagegen wie die Gesindehütten um das Herrenhaus. Und im Unterschied zu allen andern im Ort zog er so lange nicht ein, wie es nicht gestrichen war, innen und außen. Und wie er es strich! Protzblitzweiß! Genauso paradeweiß wie die Häuser von Bischof Whipple, W. B. Jackson und den Vanderpools. Man traute sich kaum noch, ihn anzusprechen – er war deutlich nicht einfach irgendwer. Dann kam noch die Sache mit den Spucknäpfen dazu. Kaum saß er fest im Sattel als Bürgermeister – Postvorsteher – Grundbesitzer – Ladeninhaber, da kaufte er sich einen Schreibtisch, wie Mr Hill oder Mr Galloway in Maitland einen hatten, dazu einen von diesen drehbaren Stühlen. Wenn er so auf seinem Stuhl saß und sich hierhin und dorthin drehte, Zigarre zwischen den Zähnen und recht knauserig mit Worten, das schüchterte die Leute ein. Und dann spuckte er in diese goldglänzende Vase, die sich jeder andere stolz und froh auf den Wohnzimmertisch gestellt hätte. Ein Spuckgefäß sei das, erklärte er, genau wie sein früherer Boss in seiner Bank in Atlanta eins gehabt hatte. Der habe nicht jedes Mal aufstehen und zur Tür gehen müssen, wenn er spucken musste. Habe aber auch nicht auf den Fußboden gespuckt. Habe dafür praktischerweise so 'nen vergoldeten Spucknapf gehabt. Aber damit nicht genug. Er kaufte für Janie ein Näpfchen in Damengröße, in das sie spucken konnte. Stellte es mitten ins Wohnzimmer, mit kleinen Blütenzweigen rings auf die Seiten gemalt. Das verdutzte die Leute, weil die meisten Frauen zwar schnupften und natürlich einen Spucknapf im Haus hatten. Aber woher sollten sie wissen, dass der moderne Mensch jetzt in solche kleinen Dinger mit Blümchen drauf spuckte? Das gab allen andern das

Gefühl, dass sie vom Schicksal benachteiligt worden waren. Als wäre ihnen was vorenthalten worden. Vielleicht waren ihnen ja noch andere Sachen auf der Welt außer Spucknäpfen verheimlicht worden und deshalb wussten sie es nicht besser, als in Tomatendosen zu spucken. Schlimm genug schon mit Weißen, aber wenn einer von deiner eigenen Hautfarbe so anders war, da konnte man echt bedenklich werden. Als wenn sich die eigene Schwester vor einem in einen Alligator verwandeln würde. Bekannt und fremd zugleich. Man sah ständig die Schwester im Alligator und den Alligator in der Schwester und hätte doch lieber nicht. Es war kein Zweifel, dass das Dorf ihn respektierte und ihn in gewisser Hinsicht sogar bewunderte. Aber jeder Mann, der Macht und Besitz vor sich herträgt, wird unweigerlich Missgunst erregen. Wenn sich daher bei entsprechenden Anlässen Redner erhoben und »Unser geliebter Bürgermeister« sagten, dann war das eine von diesen Äußerungen, die jeder im Mund führt, aber keiner wirklich glaubt, so wie »Gott ist überall«. Es war nur eine Kurbel, mit der man die Zunge aufzog. Als mit der Zeit die Wohltaten, die er der Gemeinde erwiesen hatte, in weitere Ferne rückten, saßen sie auf seiner Ladenveranda, während er drinnen zu tun hatte, und diskutierten über ihn. So auch an dem Tag, als er Henry Pitts mit einer Wagenladung Zuckerrohr erwischte, das ihm gehörte, und Pitts die Ladung abnahm und ihn aus dem Dorf jagte. Einige waren der Meinung, das hätte Starks nicht tun sollen. Er hatte so viel Zuckerrohr und alles andere auch. Aber solange Joe Starks auf der Veranda war, sagten sie nichts davon. Erst als die Post aus Maitland kam und er hineinging, um sie zu sortieren, legten alle los.

Sim Jones fing an, sobald er sicher war, dass Starks ihn nicht hören konnte.

»Eine Sünde und Schande ist das, wie er den armen Kerl hier weggejagt hat. Unter Farbigen sollte man nicht so hart miteinander umspringen.«

»Das seh ich ganz anders«, sagte Sam Watson barsch. »Die Farbigen sollen ruhig lernen, für die Sachen zu arbeiten, die sie haben wollen, wie andere Leute auch. Niemand hat Pitts davon abgehalten, selber Zuckerrohr anzupflanzen, wie er wollte. Starks hat ihm Arbeit gegeben, was will er mehr?«

»Das weiß ich auch«, sagte Jones, »aber, Sam, Joe Starks packt die Leute zu hart an. Was er hat, das hat er alles aus uns rausgeholt – all he got he done made it offa de rest of us. Wie er herkam, hat er das alles nicht gehabt.«

»Schon, aber das alles, was du hier siehst und wo du drauf sitzt, war auch nicht da, wie er hergekommen ist. Du musst dem Teufel sein Recht lassen.«

»Ach was, Sam, du weißt genau, dass er ständig bloß den Wanst aufbläst und andern vorschreibt, was sie tun sollen. Er möchte am liebsten, dass alle strammstehen, wenn er nur die Stimme erhebt.«

»Du spürst richtig die Rute in seiner Hand, wenn er mit dir redet«, beschwerte sich Oscar Scott. »Diese strafende Art, die er am Leib hat, davon kriegt einer glattweg gaströse Frunuckel im Magen.«

»Er ist 'n Wirbelwind unter lauter lauen Lüftchen«, warf Jeff Bruce ein.

»Apopo Wind, er ist der Wind und wir sind das Gras. Wir beugen uns, grad wie er bläst«, stimmte Sam Watson zu, »aber wir brauchen ihn auch. Wenn wir ihn nicht hätten, wär mit der Gemeinde nichts los. Da darf er auch 'n bisschen den Boss spielen. Manche Leute brauchen Throne und Herrschersitze und Kronen, dass man ihre Macht spürt. Er nicht. Er trägt seinen Thron im Hosenboden mit sich rum.«

»Was mir an dem Mann nicht passt, ist, dass er immer so bescheidwisserisch tut, wenn er mit nicht so gebildeten Leuten redet«, beklagte sich Hicks. »Gibt groß mit seiner Bildung an. Man würd's vielleicht nicht meinen bei mir, aber ich hab einen Bruder, der in der Gegend von Ocala pastert, und der ist tüchtig gebildet. Wenn der hier wäre, den würde Joe Starks nicht so dumm dastehen lassen, wie er es mit uns andern macht.«

»Ah often wonder how dat lil wife uh hisn makes out wid him – ich frag mich oft, wie sein kleines Frauchen es mit ihm aushält, weil er einer ist, der alles umkrempelt, aber selber lässt er nichts an sich ran.«

»Allerdings, das hab ich mir auch schon oft gedacht. Schon allein, wie er ihr manchmal aufs Dach steigt, wenn sie im Laden die kleinste Kleinigkeit falsch macht.«

»Wieso hat sie im Laden immer 'n Tuch um den Kopf wie 'n altes Weib? Wenn ich so Haare hätte, würde mich kein Schwein dazu kriegen, mir so 'n Lappen umzuwickeln.«

»Vielleicht zwingt er sie dazu. Vielleicht hat er Angst, wir andern Männer könnten im Laden hingehen und ihre Haare begrabbeln. Mir ist das wirklich ein Rätsel mit sieben Siegeln.«

»Viel reden tut sie gewiss nicht. Die Art, wie er im Laden manchmal wild wird und rumtobt, wenn sie 'nen Fehler macht, ist richtig verboten, aber ihr scheint das gar nichts auszumachen. Sie werden sich halt gut verstehen, denk ich mal.«

Das Dorf dachte allerhand Gutes und Schlechtes über Joes Ämter und Habschaften, aber niemand hatte den Schneid, ihn offen anzugehen. Lieber kuschten sie vor ihm, weil er war, wie er war, und er war, wie er war, weil das ganze Dorf vor ihm kuschte.

6 Jeden Morgen wälzte sich die Erde herum und legte das Dorf vor der Sonne bloß. Das hieß für Janie: der nächste Tag. Und jeder Tag hieß für sie: im Laden stehen, nur der Sonntag nicht. An sich war sie ganz gern im Laden, wenn sie nur nichts hätte verkaufen müssen. Wenn die Leute auf der Veranda herumsaßen und die Bilder ihrer Gedanken zur allgemeinen Betrachtung herumreichten, das war nett. Dass die Gedankenbilder immer Vergrößerungen des täglichen Lebens mit groben Kreidestrichen waren, machte es noch netter, ihnen zuzuhören.

Ein gutes Beispiel war Matt Bonners »yellow mule«, sein hellbrauner Muli. Jeden Tag, den Gott werden ließ, wurde er von ihnen durchgehechelt. Erst recht, wenn Matt selbst unter den Zuhörern war. Sam und Lige und Walter waren die Wortführer bei diesem Muligehechel. Die andern warfen ein, worauf sie halt so kamen, aber es hatte den Anschein, als bekämen Sam und Lige und Walter von diesem Muli mehr zu hören und zu sehen als das restliche County zusammen. Sie mussten nur Matts lange, dürre Gestalt die Straße langkommen sehen, und wenn er schließlich an der Veranda anlangte, konnte es losgehen.

»Hello, Matt.«

»Evenin', Sam.«

»Mighty glad you come 'long right now, Matt. Was'n Glück, dass du grade vorbeikommst, weil ich und 'n paar andere wollten eben los und dich suchen gehen.«

»Wieso denn das, Sam?«

»Ganz böse Geschichte, Mann. Böse!!«

»Yeah, man«, schob Lige schmerzlich bewegt ein. »Da musst du dich dringend drum kümmern. Verlier man ja keine Zeit.«

»Worum geht's denn? Jetzt macht doch endlich und sagt schon.«

»Wahrscheinlich sollten wir's dir lieber nicht hier vorm Laden erzählen. Der ist zu weit weg, das bringt nichts. Am besten, wir gehen alle Mann mit dir zum Lake Sabelia.«

»Was ist los, Mann? Dass mir das nicht wieder eine von euern Blödeleien ist.«

»Dieser Muli von dir, Matt. Um den musst du dich unbedingt kümmern. Schlimm, wie's dem geht.«

»Wieso denn? Ist er in den See getappt und ein Alligator hat ihn erwischt?«

»Noch schlimmer. Das Weibervolk hat sich deinen Muli geschnappt. Als ich gegen Mittag am See vorbei bin, hatten meine Frau und noch'n paar andere ihn flach am Boden liegen und haben seine Seiten als Waschbrett benutzt.«

Die ganze Lachladung, die sie zurückgehalten haben, explodiert. Sam verzieht keine Miene. »Tatsache, Matt, der Muli ist

so klapprig, da nehmen die Frauen jetzt die Rippen als Rubbel-
brett her und an den Haxen hängen sie Sachen zum Trocknen
auf.«

Matt merkt, dass sie ihn wieder mal reingelegt haben, und
das Gelächter macht ihn ganz wütend, und wenn er wütend
wird, stottert er.

»Du bist ein stinkender Lügner, Sam. Du hast ja 'ne Schraube
locker, d-d-d-du …!«

»Ach komm, jetzt hab dich nicht so. Du weißt doch selber,
dass du den Muli nicht fütterst. Wie soll er da dick werden,
bitte schön?«

»I-i-ich f-f-fütter ihn wohl! Er k-k-kriegt jedes Mal 'nen vollen Napf Mais.«

»Von deinem ›Napf Mais‹ kann Lige was erzählen. Er hat sich
mal bei dir im Stall versteckt und dir zugekuckt. Das ist kein
Futternapf, wo du ihm den Mais drin gibst. Das ist 'ne Teetasse.«

»Ich fütter ihn wohl. Der will bloß aus Gemeinheit nicht dick
werden. Die pure Bosheit ist das, dass er so dürr und knochig
bleibt. Die reine Angst, er müsste vielleicht was arbeiten.«

»Jaja, du fütterst ihn. Fütterst ihm ›Hüa!‹ und würzt es ihm
mit der Peitsche.«

»Wohl wird der gefüttert, das bockige Mistvieh! Ich kann
machen, was ich will, das Vieh pariert einfach nicht. Den Pflug
will er keinen Zoll weit ziehen, und er legt sogar die Ohren
zurück und tritt und beißt, wenn ich in den Verschlag komme
und will ihn füttern.«

»Reg dich ab, Matt«, beschwichtigte Lige. »Wir wissen alle,
dass er bösartig ist. Ich hab mal erlebt, wie er auf der Straße
hinter einem von den Robertsbengeln her ist und hätte ihn auch

erwischt und vielleicht sogar totgetrampelt, wer weiß, wenn nicht urplötzlich der Wind gedreht hätte. Der Junge rennt auf den Zaun von Starks' Zwiebelfeld zu und der Muli ist ihm dicht auf den Fersen und kommt mit jedem Satz näher, da kommt plötzlich 'ne Bö und pustet den Muli zur Seite, weil er eben so furchtbar klapprig ist, und bevor das elende Mistvieh sich wieder berappelt hat, ist der Bengel über den Zaun und weg.« Die Veranda lachte und Matt wurde wieder wütend.

»Vielleicht geht der Muli ja deshalb auf jeden los«, sagte Sam, »weil er denkt, jeder, den er kommen hört, ist Matt Bonner und will ihn wieder mit leerem Magen zur Arbeit zwingen.«

»Erlaube mal! Das nimmst du sofort zurück!«, empörte sich Walter. »Der Muli denkt doch nicht, dass ich wie Matt Bonner aussehe. So dumm kann er gar nicht sein. Wenn ich ihn für so blind halten würde, dann würde ich mich knipsen lassen und dem Muli das Foto geben, damit er das einsieht. So würde ich mich nie von dem beleidigen lassen.«

Matt versuchte krampfhaft, etwas zu sagen, aber da seine Zunge den Dienst versagte, sprang er von der Veranda und stampfte fuchsteufelswild davon. Aber an dem Muligehechel änderte das gar nichts. Ständig gingen neue Geschichten darüber um, wie dürr das Biest war; wie alt; wie bösartig veranlagt; was es letztens wieder getrieben hatte. Alle machten dabei mit. Das Tier kam an Bedeutung gleich nach dem Bürgermeister und gab viel mehr Gesprächsstoff her.

Janie liebte die Wortgefechte und manchmal dachte sie sich selber gute Geschichten über den Muli aus, aber Joe hatte ihr verboten, sich zu beteiligen. Er wollte nicht, dass sie solchem Gesocks nach dem Mund redete. »Du bist die Frau Bürgermeister Starks, Janie. Mrs Mayor Starks! Igott, ich seh nicht ein, was 'ne Frau von deiner Intellegenz an dem Sabber von Leuten finden sollte, denen nicht mal das Haus gehört, wo sie drin schlafen. Das hat doch überhaupt keinen Taug nicht. Die sind nichts weiter als Mickerlinge, die vor den Zehen der Zeit rumspielen.«

Janie fiel auf, wie gern er dabeisaß und über den Muli lachte, auch wenn er selbst nicht mitlästerte. Wie laut sein Hö-hö dröhnte. Aber wenn dann Lige oder Sam oder Walter oder einer der andern großen Bilderschwadroneure eine Seite der Welt als Leinwand hernahm, scheuchte Joe seine Frau zum Verkaufen in den Laden. Das schien ihm Vergnügen zu machen. Warum konnte er nicht auch mal selber gehen? Mittlerweile hatte sie diesen Laden sowieso gründlich satt. Den Postschalter genauso. Immer genau im falschen Moment kam jemand an und fragte nach Post. Wenn sie gerade dabei war, etwas zusammenzu-zählen oder in ein Bestellbuch einzutragen. Das machte sie so fuchtig, dass sie bei den Briefmarken falsch herausgab. Außerdem konnte sie nicht von allen die Handschrift lesen. Manche Leute krakelten so komisch und schrieben Sachen anders, als sie es gewohnt war. In der Regel ordnete Joe die Post selber ein, aber wenn er weg war, musste sie das manchmal machen, und das endete immer mit Knatsch.

Überhaupt hörte der Laden nicht auf, ihr Kopfweh zu machen. Die Arbeit, irgendwas vom Regal zu holen oder aus einem Fass, war nicht der Rede wert. Und solange die Leute bloß eine Dose Tomaten oder ein Pfund Reis haben wollten, war es gut. Aber angenommen, sie wollten dann noch anderthalb Pfund Speck und ein halbes Pfund Schmalz? Dann wurde aus einmal

Hingehen und Sichlangmachen ein elendes Rechengekniffel. Oder der Käse kostete vielleicht siebenunddreißig Cent das Pfund und jemand kam und verlangte Käse für einen Zehner. Wegen solcher Sachen durchlebte sie viele stille Revolten. Was für eine Verschwendung von Leben und Zeit! Aber Joe sagte immer, sie könnte das, wenn sie wollte, und er wollte, dass sie ihre gehobene Stellung nutzte. Das war der Felsen, an den sie geschlagen war.

Die Sache mit dem Kopfverhüllen ärgerte sie maßlos. Aber Jody bestand darauf. Ihre Haare durften im Laden NICHT zu sehen sein. Es kam ihr völlig unsinnig vor. Das lag daran, dass Joe ihr nicht sagte, wie eifersüchtig er war. Er sagte Janie nicht, wie oft er die andern Männer förmlich darin hatte baden sehen, wenn sie sich im Laden zu schaffen machte. Und eines Abends hatte er Walter dabei ertappt, wie er hinter ihr stand, mit dem Handrücken ganz leicht an den Spitzen ihres Zopfes hin und her strich und das Gefühl auskostete, ohne dass Janie was davon merkte. Joe stand hinten im Laden und Walter sah ihn nicht. Er wäre am liebsten mit dem Fleischermesser los und hätte die unflätige Hand abgehauen. Am selben Abend noch befahl er Janie, ihre Haare im Laden hochzubinden. Weiter nichts. Sie war im Laden, damit *er* sie ankucken konnte, nicht die andern. Aber solche Sachen sprach er niemals aus. Das brachte er einfach nicht fertig. Ein Beispiel dafür war auch die Sache mit dem »yellow mule«.

Eines Nachmittags spät kam Matt von Westen mit einem Halfter in der Hand an. »Bin hinter meinem Muli her. Hat ihn wer gesehen?«, fragte er.

»Heute Morgen hab ich ihn hinter der Schule gesehen«, sagte Lum. »So um zehn rum. Er muss die ganze Nacht draußen gewesen sein, dass er so früh schon da drüben war.«

»War er«, erwiderte Matt. »Am Abend hab ich ihn noch gesehen, aber nicht mehr einfangen können. Heute Abend muss ich ihn erwischen, weil ich morgen was pflügen muss. Hab versprochen, dass ich zu Thompson auf die Plantage komm.«

»Und du meinst, mit dem Klappergestell von Muli kriegst du das hin?«, fragte Lige.

»Ooch, das Vieh ist mordskräftig. Bloß bösartig und will sich nicht führen lassen.«

»Das stimmt. Ich hab mir sagen lassen, dass er es war, der dich hier ins Dorf gebracht hat. Eigentlich hättst du nach Micanopy gewollt, aber der Muli hat mehr Verstand gehabt und ist mit dir hierhergekommen.«

»Das ist g-g-gelogen! Ich hab genau hier hingewollt, als ich von Westflorida weg bin.«

»Willst du mir erzählen, du wärst den ganzen Weg von Westflorida bis hier auf dem Muli geritten?«

»Klar ist er das, Lige. Aber er wollt's gar nicht. Er war ganz zufrieden, da wo er war, aber der Muli nicht. Und einen Morgen, wo er sich auf den Muli gehockt hat, ist der mit ihm auf und davon. Schlaues Vieh, der Muli. Die Leute da oben essen nur einmal die Woche Weißmehlbrot.«

Ein bisschen Ernst war immer mit dabei, wenn sie Matt verspotteten, deshalb machte es niemand was aus, wenn er einschnappte und sich trollte. Er kaufte den Bauchspeck scheibchenweise, das war bekannt. Ließ sich Tütchen mit Grieß und Mehl dazugeben. Es schien ihm nicht sonderlich peinlich zu sein, solange es ihn nichts kostete.

Ungefähr eine halbe Stunde, nachdem er gegangen war, hörten sie den Muli am Waldrand schreien. Es war damit zu rechnen, dass er sehr bald am Laden vorbeikam.

»Komm, wir fangen den Muli für Matt ein und machen uns 'n Jux.«

»Mensch, Lum, du weißt doch, dass dieser Muli sich nicht fangen lässt. Zeig mir mal, wie du das anstellen willst.«

Als der Muli vor dem Laden war, machte Lum sich an ihn heran. Das Tier riss den Kopf hoch, klappte die Ohren zurück und ging zum Sturmangriff über. Lum musste sich schleunigst in Sicherheit bringen. Noch weitere fünf oder sechs Männer kamen von der Veranda und umzingelten den Wüterich, zwickten ihn in die Seiten und brachten ihn tüchtig in Rage. Aber er hatte mehr Temperament als Kondition. Bald schon stand er schnaufend vor Überanstrengung da und konnte sein altes Gerippe nicht mehr herumwirbeln. Allen machte das Mulitriezen Vergnügen. Allen außer Janie.

Sie drehte abrupt den Kopf von dem Spektakel weg und murmelte vor sich hin: »Die sollten sich was schämen! Das arme Tier so zu ärgern! Erst wird es halb zu Tode geschunden und so misshandelt, dass es völlig verdorben wird, und jetzt geben sie ihm mit Hetzen und Quälen endgültig den Rest. Wenn ich mit denen könnte, wie ich wollte – wisht Ah had mah way wid 'em all.«

Sie verließ die Veranda und suchte sich ganz hinten im Laden eine Beschäftigung, so dass sie es nicht mitbekam, als Jody zu lachen aufhörte. Sie wusste nicht, dass er sie gehört hatte, aber sie hörte es, als er schrie: »Lum, igott, das reicht jetzt! Ihr habt alle euern Spaß gehabt. Hört auf mit dem Blödsinn und geht Matt Bonner sagen, dass ich mit ihm reden will, und zwar sofort.«

Janie kam wieder nach vorn und ließ sich nieder. Sie sagte nichts und Joe auch nicht. Doch nach einer Weile blickte er auf seine Füße und sagte: »Janie, es wär mir recht, wenn du mir die alten schwarzen Hausschuhe bringen würdest. Von diesen braunen Schuhen hier brennen mir die Füße wie Feuer. Jede Menge Luft drin, aber drücken tun sie trotzdem.«

Sie stand auf, ohne ein Wort zu sagen, und ging die Schuhe holen. Ein kleiner Krieg zur Verteidigung hilfloser Geschöpfe tobte in ihrem Innern. Die Leute konnten mit hilflosen Geschöpfen ruhig ein bisschen schonend umgehen. Am liebsten hätte sie es laut herausgeschrien. »Aber ich hasse Zankereien und Zwistigkeiten, also halte ich lieber den Mund. Damit macht man sich bloß das Leben schwer.« Sie beeilte sich nicht. Sie kramte so lange herum, bis man ihrem Gesicht nichts mehr ansah. Als sie wieder auftauchte, redete Joe schon mit Matt.

»Fünfzehn Dollar? Igott, bei dir piept's wohl! Fünf Dollar.«

»M-m-machen wir'n Kompomiss, Brother Mayor. Sagen w-wir zehn.«

»Fünf Dollar.« Joe drehte seine Zigarre im Mund und wandte gelangweilt die Augen ab.

»Wenn der Muli *dir* was wert ist, Brother Mayor, dann ist er mir auch was wert. Erst recht, wo ich morgen was zu arbeiten hab.«

»Fünf Dollar.«

»Na schön, Brother Mayor. Wenn du unbedingt 'nem armen Mann das Einzige wegnehmen willst, wo er sein Brot mit verdienen kann, dann nehm ich halt die fünf Dollar. Den Muli hab ich dreiundzwanzig Jahre gehabt. Kommt mich unheimlich hart an.«

Bürgermeister Starks wechselte in aller Ruhe die Schuhe, bevor er in die Tasche griff und das Geld hervorholte. Inzwischen zuckte und krümmte sich Matt wie ein Huhn auf einem heißen Backstein. Aber kaum hatte sich seine Hand um das Geld geschlossen, erschien ein breites Grinsen auf seinem Gesicht.

»Jetzt hab ich dich aber mal reingelegt, Starks! Der Muli ist mit Sicherheit tot, bevor die Woche rum ist. Aus dem holst du keinen Schlag Arbeit mehr raus.«

»Zum Arbeiten hab ich ihn nicht gekauft. Igott, ich hab das Vieh gekauft, dass es seinen Frieden kriegt. Dafür warst du ja nicht Manns genug.«

Ein allgemeines respektvolles Schweigen trat ein. Sam sah Joe an und sagte: »Das ist mal 'ne neue Einstellung zu Viechern, Bürgermeister Starks. Aber mir gefällt das gut – Ah laks it mah ownself. Sehr nobel, so was zu machen.« Dem pflichteten alle bei.

Janie stand unbewegt da, während alle ihre Kommentare abgaben. Als das geschehen war, stellte sie sich vor Joe hin und sagte: »Jody, das war 'n mächtig feiner Zug von dir. Darauf wär wirklich nicht jeder gekommen, weil das kein Jedermanngedanke ist. Dass du den Muli freigelassen hast, macht 'n mächtig großen Mann aus dir. So wie George Washington und Lincoln. Der Abraham Lincoln, der hatte die ganzen Vereinigten Staaten unter sich, und da hat er die Neger freigelassen. Du hast ein Dorf, und da hast du den Muli freigelassen. Nur wenn einer Macht hat, kann er jemand anders freilassen, und das macht dann aus dir fast so was wie'n König.«

Hambo sagte: »Deine Frau ist der geborene Redner, Starks. Das haben wir ja noch gar nicht gewusst. Sie hat genau die richtigen Worte gefunden für das, was wir denken.«

Joe biss kräftig auf seine Zigarre und strahlte in die Runde, aber er sagte kein Wort. Das Dorf kaute es drei Tage lang durch und alle meinten, genau das hätten sie auch gemacht, wenn sie so reich wären wie Joe Starks. Ein freier Muli im Ort gab jedenfalls neuen Gesprächsstoff. Starks schüttete Futter unter den großen Baum bei der Veranda, und der Muli trieb sich meistens in der Nähe des Ladens herum wie die andern Einwohner auch. Fast alle gewöhnten sich an, eine Handvoll Futter mitzubringen und auf den Haufen zu werfen. Er wurde beinahe dick und alle waren mächtig stolz auf ihn. Neue Märchen über sein Treiben als freier Muli entstanden. Wie er eines Nachts bei Lindsays die Küchentür aufgestoßen und drinnen geschlafen hatte und nicht wieder gehen wollte, bis sie ihm Kaffee zum Frühstück machten; wie er bei den Pearsons den Kopf zum Fenster reingestreckt hatte, als die Familie gerade bei Tisch saß, und Mrs Pearson ihn fälschlich für Reverend Pearson hielt und ihm einen Teller reichte; wie er Mrs Tully wegen ihrer hässlichen Figur vom Krocketfeld jagte; wie er auf dem Weg nach Maitland Becky Anderson verfolgte, weil er in der prallen Sonne den Kopf unter ihren Schirm halten wollte, und sie schließlich auch einholte; wie er es sattbekam, sich Redmonds langatmiges Gebet mit anzuhören, und in die baptistische Kirche eindrang und den Gottesdienst sprengte. Bei ihm war alles möglich, hieß es, nur aufzäumen und zu Matt Bonner reiten ließ er sich nicht.

Doch nach einer Weile starb er. Lum fand ihn unter dem großen Baum auf dem knochigen Rücken liegen, alle viere in die Luft gestreckt. Das war unüblich und sah nicht natürlich aus, aber Sam meinte, es wäre noch unnatürlicher gewesen, wenn er sich auf die Seite gelegt hätte und gestorben wäre wie eins von den andern Tieren. Er hatte den Tod kommen sehen und ihm die Zähne gezeigt und ihn bekämpft wie ein richtiger Mann. Er hatte gekämpft bis zum letzten Atemzug. Natürlich blieb ihm gar nicht die Zeit, sich ordentlich hinzulegen. Der Tod musste ihn nehmen, wie er ihn vorfand.

Als die Meldung sich herumsprach, war eine Stimmung wie bei Kriegsende oder so ähnlich. Wer konnte, ließ seine Arbeit liegen und kam an, um herumzustehen und zu reden. Am Ende aber blieb nur, ihn aus dem Dorf zu schleifen, wie man es mit allen toten Tieren machte. Hinaus an den Rand der Baumgruppe, die weit genug weg stand, um den hygienischen Anforderungen in der Gemeinde zu genügen. Alles Weitere erledigten die Geier. Alle machten sich auf, um bei der Abfuhr dabei zu sein. Die Meldung hatte Bürgermeister Starks vorzeitig aus dem Bett geholt. Seine zwei Grauen standen draußen unter dem Baum und die Männer machten sich mit dem Geschirr zu schaffen, als Janie mit Joes Frühstück am Laden eintraf.

»Igott, Lum, schließ mir ja den Laden gut ab, bevor du gehst, ist das klar?« Er aß hastig und verfolgte beim Reden mit einem Auge das Geschehen durch die Tür.

»Warum soll er abschließen, Jody?«, fragte Janie verwundert.

»Weil niemand hier sein wird, um nach dem Laden zu sehen. Ich werd selber auch zu der Abfuhr gehen.«

»Ich hab heute nicht groß was Wichtiges zu tun, Jody. Kann ich nicht mit dir mitkommen?«

Joe verschlug es einen Moment die Sprache. »Sag mal, Janie! Du willst doch nicht im Ernst dabei sein, wenn so ein Kadaver weggeschafft wird, oder? Mit Hinz und Kunz dicht an dicht stehen und die fangen an zu schubsen und zu drängeln mit ihren Rüpelmanieren? Kommt gar nicht in Frage!«

»Du wärst doch bei mir, oder nicht?«

»Schon, aber ich bin ein Mann, auch wenn ich der Bürgermeister bin. Aber die Frau vom Bürgermeister, das steht auf'm andern Blatt. Außerdem werden sie wollen, dass ich über dem Kadaver ein paar Worte spreche, weil das ein besonderer Fall ist. Aber *du* hältst dich bittschön raus aus dem Getümmel von diesem ungehobelten Pack. Ich muss mich wundern, dass du überhaupt fragst.«

Er wischte sich die Schinkensoße von den Lippen und setzte seinen Hut auf. »Mach die Tür hinter dir zu, Janie. Lum ist zu sehr mit den Pferden beschäftigt.«

Es wurden noch etliche Ratschläge und Anweisungen und unnütze Kommentare gebrüllt, dann geleitete das Dorf den Kadaver hinaus. Nein, der Kadaver zog in Begleitung des Dorfes hinaus und ließ Janie in der Tür stehend zurück.

Draußen im Sumpf veranstalteten sie um den Muli ein großes Spektakel. Sie äfften die ganze Trauerfeier für einen Menschen nach. Starks machte den Anfang mit einer großen Lobrede auf unseren verstorbenen Mitbürger, unseren prominentesten Mitbürger, dessen wir mit Trauer im Herzen gedenken, und die Rede begeisterte alle. Sie verlieh ihm mehr Gewicht, als es der Bau der Schule getan hatte. Statt auf einem Podest stand er auf dem geblähten Bauch des Mulis und gestikulierte. Als er hinunterstieg, hievten sie Sam hoch, und der redete erst mal über den Muli wie ein Lehrer in der Schule. Dann setzte er seinen Hut auf wie John Pearson und machte dessen Art zu predigen nach. Er schilderte die Freuden des Mulihimmels, in den der geliebte Bruder nach diesem Jammertal gekommen war; die umherfliegenden Muliengel; die Meilen und Abermeilen von grünem Mais und kühlem Wasser, eine Weide aus purer Kleie, durch die ein Fluss aus Sirup floss; und, was das Allerherrlichste war, *kein* Matt Bonner, der mit Pflugsträngen und Halftern ankam und alles vermieste. Dort oben hatten die Muliengel Menschen zum Draufreiten, und von seinem Platz neben dem funkelnden Thron aus konnte der liebe verstorbene Bruder in die Hölle hinunterkucken und sehen, wie der Teufel Matt Bonner den ganzen Tag lang in der höllenheißen Sonne den Pflug ziehen ließ und ihm mit der Peitsche das Fell gerbte.

Darauf erhoben die Frauen ein großes künstliches Jubelgeschrei und mussten von den Männern gebremst werden. Alle amüsierten sich königlich, und zu guter Letzt wurde der Muli den schon ungeduldig wartenden Geiern überlassen. Die hielten hoch über den Köpfen der Trauernden ein großes Lufttreffen ab und auch einige der Bäume in der Nähe waren schon von den buckligen Gestalten bevölkert.

Sobald die Menschenmenge nicht mehr zu sehen war, zogen sie ihre Kreise immer enger. Die nah dran waren kamen noch näher und die weit weg waren kamen nahe heran. Sie kreisten, sie landeten, sie hopsten mit ausgebreiteten Flügeln heran. Näher, immer näher, bis einige der Hungrigeren oder Mutigeren sich auf den Kadaver hockten. Sie hätten furchtbar gern angefangen, aber der Pastor war noch nicht da, deshalb wurde ein Bote zu dem Baum geschickt, auf dem der Obergeier saß.

Der Schwarm musste auf den weißköpfigen Anführer warten, doch das fiel allen schwer. Mit hungriger Gereiztheit schubsten sie sich und hackten sich die Köpfe. Einige schritten das Tier von Kopf bis Schwanz ab, Schwanz bis Kopf. Der Pastor saß regungslos ungefähr zwei Meilen entfernt auf einer toten Kiefer. Er hatte den Braten mindestens so schnell gerochen wie die andern, aber um der Form Genüge zu tun, musste er sich gedankenverloren geben, bis er benachrichtigt wurde. Dann schwang er sich gewichtig in die Luft und kreiste und ging tiefer, kreiste und ging noch tiefer, bis die andern bei seinem Nahen vor Freude und Hunger tanzten.

Endlich landete er am Boden und schritt um den Körper herum, um festzustellen, ob der wirklich tot war. Spähte ihm in Nüstern und Maul. Untersuchte ihn gründlich von einem Ende zum andern und sprang darauf und verbeugte sich, was die andern tanzend erwiderten. Als das geschehen war, wiegte er sich und fragte, was diesen Mann getötet habe:

»What killed this man?«

Der Chor antwortete: »Bare, bare fat.«

»What killed this man?«

»Bare, bare fat.«

»What killed this man?«

»Pures Fett.«

»Wer sorgt für seine Beerdigung?«

»Wir!!!!!«

»Na, dann wollen wir mal.«

Damit pickte er feierlich die Augen aus und das Fest nahm seinen Lauf. Der »yaller mule« war für das Dorf gestorben und lebte nur noch in den Verandageschichten fort und bei den

Kindern, die aus Abenteuerlust hin und wieder seine verbleichenden Gebeine aufsuchten.

Vergnügt und gutgelaunt kehrte Joe zum Laden zurück, aber er wollte nicht, dass Janie es merkte, weil er sah, dass sie schmollte, und das ärgerte ihn. Nach seiner Sicht der Dinge hatte sie kein Recht dazu. Sie wusste das gar nicht zu schätzen, was er alles tat, dabei hatte sie allen Grund dazu. Da überschüttete er sie nur so mit Glanz und Gloria, baute ihr einen Ehrenstuhl, auf dem sie thronen und die Welt überschauen konnte, und sie zog ihm dafür einen Flunsch! Nicht dass er eine andere wollte, aber unzählige Frauen wären froh, an ihrer Stelle zu sein. Er sollte ihr anständig eine knallen! Aber ihm war heute nicht nach Streiten zumute, deshalb griff er sie hintenrum an.

»Ich hab über die Leute lachen müssen heute Morgen da im Wald, Janie. Bei dem Quatsch, den sie machen, kann man gar nicht anders als lachen. Aber trotzdem würde ich mir wünschen, die Unsrigen würden mehr Geschäftssinn entwickeln und nicht so viel Zeit mit Blödeleien verplempern.«

»Es können nicht alle so wie du sein, Jody. Es muss auch Leute geben, die lachen und spielen wollen.«

»Wer will das nicht, lachen und spielen?«

»Du tust jedenfalls so, als würdst du dir nichts draus machen.«

»Igott, ich tu gar nicht so, das lügst du! Nur halt alles zu seiner Zeit. Aber es ist doch ein Trauerspiel, dass so viele Leute nichts anderes im Kopf haben, als sich den Bauch vollzuschlagen und sich hinterher irgendwo hinzuhauen und zu schlafen. It makes me sad sometimes and then agin it makes me mad – traurig und wütend macht mich das. Manchmal könnte ich wirklich beinahe platzen vor Lachen über die Sprüche, die sie machen, aber ich lach extra nicht, um's ihnen zu verleiden.« Janie wich dem Zusammenstoß aus. Sie änderte ihre Meinung nicht, aber mit dem Mund stimmte sie zu. Ihr Herz sagte: »Trotzdem musst du deswegen noch lange nicht rummaulen.«

Manchmal jedoch musste selbst Joe aus vollem Hals lachen, wenn Sam Watson und Lige Moss mit ihrem ewigen Geplänkel loslegten. Es fand nie ein Ende, weil es nicht darum ging, ein Ende zu finden. Es war ein Wettstreit in Großmäuligkeit und wurde überhaupt nur zu diesem Zweck geführt.

Zum Beispiel saß Sam auf der Veranda und Lige kam dazu. Wenn kein lohnendes Publikum da war, passierte auch nichts. Aber wenn das halbe Dorf da war wie samstagabends immer, näherte sich Lige schon mit sehr ernstem Gebaren. Konnte nicht mal sagen, wie spät es war, so vertieft war er ins Nachdenken. Wenn man ihn dann fragte, was los war, um ihm sein Stichwort zu geben, sagte er etwa: »Da ist so 'ne Frage, die piesackt mich wie verrückt. Und Sam, der kennt sich doch immer mit allem aus, der soll mich mal aufklären da drüber.«

Dann war es an Walter Thomas, die Sache weiter voranzutreiben. »Na klar, Sam kennt sich mit mehr Sachen aus, wie ihm zu irgendwas nutze ist. Der kann dich bestimmt über alles aufklären, was du wissen willst.«

Sam gibt sich bewusst den Anschein, dem Kräftemessen ausweichen zu wollen. Damit zieht er alle auf der Veranda in Bann.

»Wie kommst du drauf, mich zu fragen? Wenn man dich sonst hört, hat der liebe Gott grad mit dir an der Ecke gestanden und seine innersten Angelegenheiten mit dir diskariert. Das hat doch keinen Taug, dass du *mich* was fragst. *Ich* werd *dich* ins Gebet nehmen – 'tain't no use in you askin' *me* nothin'. Ah'm questionizin' *you*.«

»Wie willst du das anstellen, Sam, wo ich das Gespräch doch erst iniziert hab? *Ich* frag *dich*.«

»Was denn überhaupt? Du hast mir noch gar nicht das Thema gesagt.«

»Werd ich auch nicht! Ich werd dich schön im Dunkeln tappen lassen. Wenn du so schlau bist, wie du immer tust, kannst du das selber rausfinden.«

»Du traust dich nicht, mir zu sagen, worum's geht, weil du genau weißt, dass ich dir das im Nu zerpflücke. Man muss doch ein Thema haben, was man redet, sonst kann man auch nicht reden. Wenn einer nicht irgendwo 'ne Grenze zieht, dann redet er über alles und nichts.«

Inzwischen sind die beiden der Mittelpunkt der Welt.

»Also gut. Wenn du zugibst, dass du nicht schlau genug bist, um rauszufinden, über was ich rede, sag ich dir's halt. Was ist es, was jemand abhält, sich an 'nem glutheißen Ofen zu verbrennen – die Vorsicht oder die Natur?«

»Wie läppisch! Ich dachte, du wolltest mich richtig was Schweres fragen. So was kann dir auch Walter sagen.«

»Wenn die Debatte zu tief für dich ist, warum sagst du's dann nicht gleich und bist still? Walter kann mir so was überhaupt nicht sagen. Ich bin ein Mann mit Bildung, mir kann keiner 'n X für 'n U vormachen, und wenn ich mir die ganze Nacht den Kopf drüber zerbrochen habe, dann wird Walter mir ganz bestimmt nicht weiterhelfen können. Ich brauch einen Mann wie dich.«

»Von mir aus, Lige, dann sag ich dir halt, wie es ist. Ich werd dir das alles haarklein zerfiseln von Läusebein zu Mückenschiss. Was einen vom glutheißen Ofen abhält, ist natürlich die Natur.«

»Nn-hn! Wusst ich's doch, dass du in das Loch kriechen würdest! Aber da werd ich dich eins zwei fix rausräuchern. Es ist überhaupt nicht die Natur, es ist die Vorsicht, Sam.«

»Von wegen! Die *Natur* sagt einem, dass man von 'nem glutheißen Ofen die Finger weglassen soll, und deshalb lässt man das bleiben.«

»Kuck mal, Sam, wenn es die Natur wär, dann müsste auch niemand aufpassen, dass kleine Kinder nicht an den Ofen langen, stimmt's? Dann würden sie den einfach von Natur nicht anlangen. Aber sie machen's doch. Es ist also die Vorsicht.«

»Ist es nicht, es ist die Natur, weil die Natur die Vorsicht macht. Sie ist das Mächtigste, was Gott je gemacht hat, sag ich dir. Überhaupt das Einzige, was Gott je gemacht hat. Er hat die Natur gemacht und alles andere hat dann die Natur gemacht.«

»Hat die Natur überhaupt nicht. 'n Haufen Sachen sind überhaupt noch gar nicht gemacht worden.«

»Sag mir eine Sache, die die Natur nicht gemacht hat.«

»Sie hat das nicht gemacht, dass man auf 'ner hornlosen Kuh reiten und sich an den Hörnern festhalten kann.«

»Von mir aus, aber das ist nicht dein Thema.«

»Ist es doch.«

»Nein, ist es nicht.«

»Und was *ist* dann mein Thema?«

»Bis jetzt hast du noch gar keins.«

»Hat er doch«, warf Walter ein. »Der glutheiße Ofen ist sein Thema.«

»Er mag ja viel wissen, aber gezeigt hat er's noch nicht.«

»Sam, ich sage, es ist die Vorsicht und nicht die Natur, was die Leute von 'nem glutheißen Ofen abhält.«

»Wie soll denn der Sohn vor dem Vater kommen? Die Natur steht am Anfang von allem. Seit der Mensch ein Mensch ist, hält die Natur ihn von heißen Öfen ab. Deine Vorsicht, mit der du's hier hast, ist der reine Mumpitz. Sie ist 'ne Mücke, der nichts gehört, was sie hat. Sie hat Augen wie von was anderm, Flügel wie von was anderm – alles! Selbst das Summen, das sie macht, ist der Ton von was anderm.«

»Man, whut you talkin' 'bout? Die Vorsicht ist das Größte, was es gibt auf der Welt. Wenn die Vorsicht nicht wär –«

»Zeig mir mal was, was die Vorsicht gemacht hat, irgendwas! Und dann kuck dir dagegen die Natur an. In 'nem schwarzen Huhn ist so viel Natur drin, dass es weiße Eier legen muss. Und nun sag du mir, warum und was in den Menschen gefahren ist, dass ihm Haare um den Mund rum wachsen? Die Natur!«

»Das hat überhaupt nichts –«

Mittlerweile war die Veranda am Kochen. Starks überließ den Laden Hezekiah Potts, dem Lieferburschen, und nahm auf seinem Chefstuhl Platz.

»Kuck dir dieses mordsmäßige Mörderbiest da drüben an Halls Tankstelle an – ein mordsmäßiges Mörderbiest. Erst frisst es alle Leute im Haus auf und dann frisst es das Haus obendrein.«

»Ach was, so'n Vieh gibt's nirgends nicht, was ein Haus auffressen kann – 'tain't no sich a varmint nowhere dat kin eat no house! Das ist gelogen. Ich war erst gestern da und ich hab davon nichts gesehen. Wo soll das sein?«

»Gesehen hab ich's auch nicht, aber es wird irgendwo hinterm Haus sein. Schließlich haben sie sein Bild vorne hängen. Sie waren grade dabei, es anzunageln, als ich heute Abend vorbei bin.«

»Na schön, wenn es Häuser auffrisst, warum frisst es dann die Tankstelle nicht auf?«

»Na, weil sie es angebunden haben, damit es nicht kann, darum. Sie haben da ein Riesenbild hängen, wo draufsteht, dass es soundso viele Gallonen von dem hochkompermierten Sinclair-Benzin auf einmal saufen kann und dass es über eine Million Jahre alt ist.«

»*Nichts* ist eine Million Jahre alt!«

»Das Bild hängt da vorne, wo alle Leute es sehen können. Die können doch kein Bild von nichts machen, was sie nicht gesehen haben, oder was?«

»Woher wollen die wissen, dass es 'ne Million Jahre alt ist? Da war überhaupt noch niemand geboren.«

»Von den Ringen am Schwanz wahrscheinlich. Mann, irgend'n Dreh haben die Weißen immer, um alles rauszukriegen, was sie wissen wollen.«

»Na, und wo hat es dann die ganze Zeit gesteckt bis heute?«

»Die haben es in Ägypten eingefangen. Anscheinend hat es sich da rumgetrieben und die Grabsteine von den Pharaos gefressen. Gibt's ein Bild von, wie es grade dabei ist. In so 'nem Vieh ist ganz viel Natur drin. Natur und Salz. Da ist auch ein starker Mann wie Big John de Conquer voll von. Das war einer, der hatte Salz im Leib. Was der machte, war immer gesalzen.«

»Schon, aber das war einer, den kannst du mit niemand vergleichen. Solche wie den gibt's heute nicht mehr. Der buddelt nicht Kartoffeln und der harkt kein Heu, er lässt sich nicht peitschen und er hat vor nichts Scheu.«

»Doch, das könnte auch jemand anders, wenn er wirklich wollte. Ich zum Beispiel, ich *hab* Salz im Leib. Wenn ich einen fressen wollte, das könnte ich alle Tage machen, weil manche sind so was von jammerlappig, die würden sich nicht mal wehren.«

»Lawd, Ah loves to talk about Big John. Kommt, Leute, erzählen wir uns 'n paar Lügenmärchen über Ole John.«

Aber da kommen Bootsie und Teadi und Big 'oman die Straße lang und halten sich offensichtlich für unwiderstehlich, ihrem Gang nach zu urteilen. Sie haben diese knackige Frische an sich von jungen Senfkohlstängeln im Frühling, und die jungen Männer auf der Veranda können gar nicht anders, als ihnen schönzutun und was zu spendieren.

»Die kommen ja wie bestellt«, verkündet Charlie Jones, und schon ist er von der Veranda runter und geht ihnen entgegen. Aber er hat reichlich Konkurrenz. Allgemeines Drängeln und Schieben und Charmeversprühen. Alle bestürmen die Mädchen, sich doch bitte bitte zu nehmen, was sie nur wollen. Sie kriegen alles spendiert. Joe wird gebeten, alle Leckereien einzupacken, die er auf Lager hat, und gleich nachzubestellen. Alle Erdnüsse und Limonade – alles!

»Gal, Ah'm crazy 'bout you«, legt sich Charlie zur allgemeinen Belustigung ins Zeug. »Ich bin total verrückt nach dir. Ich mach alles für dich, was du willst, außer arbeiten und dir mein Geld geben.«

Die »gals« lachen und alle andern mit. Sie wissen genau, dass hier niemand ernsthaft den Hof gemacht gekriegt. Es wird nur so getan und alle spielen mit. Alles dreht sich um die drei Mädchen, bis Daisy Blunt im Mondschein die Straße langkommt.

Daisy schreitet auf einen Trommelrhythmus. Wenn man sie so gehen sieht, hört man ihn beinahe. Sie ist schwarz im Sinne von schwarz und sie weiß, was ihr steht, deshalb zieht sie Weiß an, wenn sie sich feinmacht. Sie hat große schwarze Augen mit reichlich schimmerndem Weiß drin, so dass sie wie brandneue Münzen glänzen, und sie weiß genau, wofür der liebe Gott den Frauen Wimpern gegeben hat. Ihre Haare sind nicht richtig glatt. Es sind Negerhaare, aber sie haben so eine weiße Note. Vergleichbar dem Bindfaden an einem Schinken. Er ist kein Schinken, aber er war am Schinken dran und schmeckt danach. Sie hängen ihr voll und schwer über die Schultern und sehen unter einem weiten weißen Hut perfekt aus.

»Lawd, Lawd, Lawd«, ruft abermals Charlie Jones aus und stürzt auf Daisy zu. »Im Himmel muss heute Feiertag sein, so wie Petrus seine Engel ausschwärmen lässt. Du hast eh schon drei Männer, die sich für dich auf den Tod bekämpfen, und hier kommt der nächste Knallkopf, der dabei mitmischen will.«

Inzwischen wird Daisy von allen andern ledigen Männern umlagert. Sie ist stolz und verlegen zugleich.

»Wenn du einen kennst, der wegen mir sterben würde, dann weißt du mehr als ich«, zickt Daisy. »Wisht Ah knowed who it is.«

»Na hör mal, Daisy, du weißt ganz genau, dass Jim und Dave und Lum sich bald den Schädel einschlagen wegen dir. Jetzt stell dich nicht hin und zieh die Nie-von-gehört-Nummer ab.«

»Na wenn, dann tun sie mächtig geheim damit. Mir haben sie nie was davon gesagt.«

»Nn-hn, jetzt hast du zu schnell geschossen. Kuck, Jim und Dave sind da auf der Veranda und Lum ist drinnen im Laden.«

Eine donnernde Lachsalve über Daisys Unbehagen. Und die Burschen mussten ihre Rivalität jetzt austragen. Nur war diesmal ein bisschen Ernst mit dabei, und alle wussten es. Das änderte nichts daran, dass die Veranda das Spiel genoss und jeder gern einsprang, wenn Not am Mann war.

David sagte: »Jim und Daisy lieben? Von wegen. Der liebt dich nicht so wie ich.«

Jim grölte entrüstet: »Wer liebt Daisy nicht? Mich kannst du nicht meinen, so viel ist sicher.«

Dave: »Na schön, das wollen wir gleich mal feststellen. Das werden wir gleich festgestellt haben, wer die Frau hier am meisten liebt. How much time is yuh willin' tuh make fuh Daisy?«

Jim: »Zwanzig Jahre würd ich für Daisy sitzen!«

Dave: »Siehst du? Hab ich dir doch gesagt, der Nigger liebt dich nicht. Ich würde den Richter anflehen, dass er mich hängt, und unter lebenslänglich würd ich's nicht machen.«

Von der Veranda kam langes schallendes Gelächter. Jetzt musste Jim einen Beweis verlangen.

»Dave, was würdst du denn für Daisy tun, wenn sie den Rappel kriegen würde und würd dich zum Mann nehmen?«

»Das haben ich und Daisy schon längst ausbaldowert, aber wenn du's unbedingt wissen musst: ich würde Daisy 'nen Personenzug kaufen und ihr schenken.«

»Mmh! Mehr nicht? Ich würde ihr 'n Dampfer schenken und dann würde ich noch Arbeiter anstellen, die ihn für sie fahren.«

»Daisy, geh diesem Jim bloß nicht auf den Leim mit seinem Gerede. Der hat nicht im Traum vor, für dich was zu tun. Ein popeliger kleiner Dampfer, pff! Daisy, du musst nur einen Ton sagen und ich geh hin und schipp für dich den Atlantik leer bis auf den letzten Tropfen.« Dröhnendes Gelächter erscholl, dann verstummten wieder alle und spitzten die Ohren.

»Daisy«, begann Jim, »du weißt, wie es in meinem Herz und in meinem tiefsten Innersten aussieht. Und du weißt, wenn ich hoch oben am Himmel in 'nem Flugzeug fliegen würde und ich würde runterschauen und dich da gehen sehen und ich wüsste, du müsstest zehn Meilen gehen bis nach Hause, dann würde ich glattweg aus dem Flugzeug springen, bloß um mit dir nach Hause zu gehen.«

Wieder eine dieser laut prustenden Lachsalven, und Janie suhlte sich geradezu darin. Da verdarb Jody ihr den ganzen Spaß.

Mrs Bogle kam die Straße lang auf die Veranda zu. Mrs Bogle, die schon mehrfache Großmutter war, aber so eine bestrickende Art hatte mit der zarten Röte, die ständig ihre eingefallenen Wangen behauchte. Wenn sie so dahinging, sah man förmlich einen wedelnden Fächer vor ihrem Gesicht und Magnolienblüten und verschlafene Teiche im Mondschein. Es gab keinen ersichtlichen Grund dafür, es war einfach so. Ihr erster Mann war Kutscher gewesen, aber um sie zu erobern, hatte er es zum Schöffen gebracht. Er war schließlich Prediger geworden, damit er sie halten konnte bis zu seinem Tod. Ihr zweiter Mann arbeitete bei Fohnes auf der Orangenplantage – aber verlegte sich aufs Predigen, als er ihre Aufmerksamkeit gewann. Er brachte es nicht weiter als bis zum Vorsteher einer Kirchengruppe, aber das war immerhin etwas. Er bewies ihr damit seine Liebe und Hingabe. Sie war ein Wind auf dem Meer. Sie trieb die Männer an, aber das Ruder bestimmte den Hafen. An diesem Abend nun stieg sie die Stufen hinauf, und die Männer gaben auf sie acht, bis sie im Laden verschwand.

»Igott, Janie«, sagte Starks ungeduldig, »wie wär's, du bewegst dich und kuckst, was Mrs Bogle haben möchte? Worauf wartest du noch?«

Janie hätte das Schaugefecht gern zu Ende gehört, doch sie erhob sich widerwillig und ging hinein. Als sie zurückkam, hatte sie sämtliche Stacheln aufgestellt und der Unmut stand ihr im Gesicht geschrieben. Joe sah es und stellte seinerseits die Stacheln ein wenig auf.

Jim Weston hatte sich heimlich einen Zehner geborgt, und bald bekniete er Daisy lautstark, sich von ihm etwas ausgeben zu lassen. Schließlich ließ sie sich erweichen, ein saures Schweinspfötchen von ihm anzunehmen. Janie schrieb gerade eine große Bestellung zusammen, als sie hereinkamen, und so blieb es Lum überlassen, sie zu bedienen. Das heißt, er begab sich nach hinten ans Fass, kam aber ohne das Schweinspfötchen wieder.

»Mist' Starks, die Schweinspfötchen sind alle weg!«, rief er nach draußen.

»Aach, das kann gar nicht sein, Lum. Bei der letzten Lieferung aus Jacksonville war ein komplettes neues Fass dabei. Ist erst gestern gekommen.«

Joe kam und half Lum suchen, doch als er das neue Fass auch nicht finden konnte, ging er zu dem Nagel über seinem Schreibtisch, den er als Ablage benutzte, und suchte nach der Lieferung.

»Janie, wo ist der letzte Frachtbrief hin?«

»Der ist doch da am Nagel, oder?«

»Nein, ist er eben nicht. Du hast ihn nicht hingetan, wo ich gesagt habe. Wenn du nicht ständig mit den Gedanken draußen auf der Straße wärst, sondern bei deiner Arbeit, dann würde vielleicht auch mal was klappen bei dir.«

»Ach, kuck dich doch um, Jody. Der Frachtbrief wird sich schon nicht in Luft aufgelöst haben. Wenn er nicht am Nagel hängt, liegt er auf deinem Tisch. Du wirst ihn schon finden, wenn du mal hinkuckst.«

»Wofür hab ich dich eigentlich, wenn ich ständig selber kucken und suchen muss? Ich hab dir schon hundertmal gesagt, du sollst sämtliche Papiere auf den Nagel da stecken! Du musst nichts weiter machen als hören. Warum kannst du nicht *ein Mal* machen, was ich dir sage?«

»Mir sagen, was ich machen soll, das machst du gern, aber wenn mir mal was auffällt, kann ich dir gar nichts sagen!«

»Weil man dir eben alles sagen *muss*!«, gab er wütend zurück. »Das gäb ein Fiasko, wenn ich das nicht machen würde. Jemand muss einfach für Frauen und Kinder und Hühner und Kühe denken. Igott, von selber denkt ihr doch im Leben nichts.«

»Es gibt Sachen, die weiß ich selber, und denken tun Frauen manchmal auch!«

»Aw naw they don't. Sie denken nur, dass sie denken würden. Wenn ich eine Sache sehe, versteh ich zehn. Du kannst zehn Sachen sehen und verstehst nicht eine.«

Situationen und Szenen wie diese brachten Janie dazu, über die innere Verfassung ihrer Ehe nachzudenken. Es gab Zeiten, da schlug sie mit der Zunge zurück, so gut sie konnte, doch es nützte ihr nichts. Joe setzte dann noch einen drauf. Er wollte ihre Unterwerfung und er machte so lange weiter, bis er für sein Gefühl gewonnen hatte.

Nach und nach biss sie daher die Zähne zusammen und lernte den Mund halten. Die Seele der Ehe zog aus dem Schlafzimmer aus und richtete sich im Wohnzimmer ein. Sie grüßte höflich, wenn jemand zu Besuch kam, aber ins Schlafzimmer zurück zog sie nie wieder. Also ersetzte Janie die Seele dort mit etwas anderem, das wie ein Marienbild in einer Kirche war. Das Bett war keine Margeritenwiese mehr, auf der sie und Joe spielten. Es war ein Möbel, auf das sie sich legte, wenn sie müde war und schlafen wollte.

Sie war nicht mehr blütenoffen mit ihm. Sie war vierundzwanzig Jahre alt und sieben Jahre verheiratet, als ihr das klar wurde. Sie entdeckte es eines Tages, als er sie in der Küche ohrfeigte. Der Anlass war eines von diesen Abendessen, mit denen alle Frauen manchmal gestraft werden. Sie planen und sie kochen und sie machen, und dann hext ihnen ein böser Küchenkobold einen brandigen, pappigen, nach nichts schmeckenden Fraß in die Töpfe und Pfannen. Janie war eine gute Köchin, und Joe hatte sich auf ein Essen gefreut, das ihn für anderes entschädigen sollte. Als daher das Brot nicht aufging und der Fisch nicht ganz durch war und der Reis angebrannt, da schlug er Janie, bis ihr die Ohren klangen, und sagte ihr, was er von ihrem Verstand hielt, bevor er zurück zum Laden stapfte.

Wie aus der Zeit gefallen blieb Janie stehen, wo er sie stehen gelassen hatte, und dachte nach. Sie blieb dort stehen, bis etwas in ihr vom Regal fiel. Da ging sie hinein, um nachzusehen was. Ihr Standbild von Jody war gestürzt und zerbrochen. Doch bei näherer Betrachtung erkannte sie, dass es niemals die Verkörperung ihrer Träume gewesen war. Keine Gestalt aus Fleisch und Blut; nur etwas, das sie sich gegriffen und mit ihren Träumen behängt hatte. Sie kehrte dem am Boden liegenden Bild innerlich den Rücken und hielt Ausschau. Vorbei die Zeit, wo sie sich ihrem Mann blütengleich geöffnet und ihn mit Pollen überstäubt hatte. Keine glänzenden jungen Früchte mehr, wo die Blüten gewesen waren. Sie erkannte, dass sie jede Menge Gedanken hatte, die sie ihm gegenüber noch nie geäußert, und zahlreiche Gefühle, die sie Jody noch nie verraten hatte. Verpackt und verräumt in Winkeln ihres Herzens, wo er sie niemals finden konnte. Sie sparte Gefühle für einen andern Mann auf, den sie noch nicht kannte. Sie hatte jetzt ein Innen und ein Außen, und auf einmal wusste sie, wie sie es anstellte, die beiden nicht zu vermischen.

Sie wusch sich, zog ein frisches Kleid und ein neues Kopftuch an und begab sich zum Laden, bevor Jody Zeit hatte, sie holen zu lassen. Das war ein Zugeständnis an das Äußere.

Jody war auf der Veranda und die Veranda war voll von Eatonville wie um diese Tageszeit üblich. Er triezte gerade Mrs Tony Robbins, wie er es immer machte, wenn sie zum Laden kam. Janie sah, dass Jody sie aus den Augenwinkeln beobachtete, während er seine derben Späße mit Mrs Robbins trieb. Er wollte mit ihr wieder gut Freund sein. Sein böllerndes Lachen war ebenso als Wink an sie wie zur Schmähung gedacht. Er wünschte sich Frieden, aber zu seinen Bedingungen.

»Igott, Mrs Robbins, was fällt Ihnen ein, hier anzukommen und mich zu stören? Sie sehen doch, dass ich grade die Zeitung lese.« Bürgermeister Starks ließ mit gespielter Verärgerung die Zeitung sinken.

Mrs Robbins nahm ihre Leidenspose ein und schlug den passenden Ton an.

»Hungern tu ich, Mist' Starks – und wie. Meine Kinder genauso. Me and mah chillun is hongry. Tony gibt mir nichts zu essen – he don't fee-eed me!«

Darauf hatte die Veranda gewartet. Alle brachen in Gelächter aus.

»Mrs Robbins, wie können Sie behaupten, Sie würden hungern, wenn Tony jeden Samstag hier ankommt und groß einkauft wie sonst was? Sie sollten sich was schämen!«

»Wenn der so groß einkauft, wie Sie sagen, Mist' Starks, dann weiß der Herrgott, was er damit macht. Nach Hause bringt er es jedenfalls nicht, and me and mah po' chillun is *so* hongry! Mist' Starks, ach geben Sie mir doch bitte ein kleines Stückchen Fleisch für mich und meine Kinder.«

»Ich weiß, dass Sie es gar nicht nötig haben, aber kommen Sie rein in Gottes Namen. Sie lassen mich eh nicht lesen, bis Sie was kriegen.«

Mrs Tonys Jauchzen war himmelhoch. »Danke, Mist' Starks. Das ist nobel von Ihnen! Sie sind der gentlemännlichste Mann, den ich je gesehen hab. Ein König sind Sie!«

Der Pökelfleischkasten stand ganz hinten im Laden, und auf dem Weg dorthin pressierte es Mrs Tony dermaßen, dass sie Joe mal in die Hacken trat und ihm mal ein Stück vorauseilte. Ein wenig wie eine hungrige Katze, wenn jemand mit Fleisch in der Hand auf ihren Napf zugeht. Sie läuft mal, mal schmust sie und macht dabei die ganze Zeit kleine Quengeltöne.

»Doch, ich schwör's, Mist' Starks, das ist nobel von Ihnen. Sie haben ein Herz für mich und meine armen Kinder. Tony gibt uns nie was zu essen, and we'se *so* hongry. Tony don't fee-eed me!«

Damit waren sie am Fleischkasten angekommen. Joe nahm sich das große Fleischermesser und wählte zum Abschneiden ein Stück Bauchfleisch aus. Mrs Tony führte beinahe einen Tanz um ihn auf.

»So ist's recht, Mist' Starks! Geben Sie mir ein kleines Stückchen ungefähr so breit.« Sie zeigte eine Breite vom Handgelenk zu den Fingerspitzen an. »Me and mah chillun is *so* hongry!«

Starks nahm ihre Abmessung gar nicht zur Kenntnis. Er hatte sie schon zu oft gesehen. Er setzte die Schneide viel weiter vorne an und schnitt zu. Mrs Tony ging vor Betroffenheit fast zu Boden.

»Lawd a'mussy! Mist' Starks, Sie wollen mir doch nicht dies mieselige kleine Fitzelchen für mich und alle meine Kinder geben, nicht wahr? Lawd, we'se *so* hongry!«

Starks schnitt unbeirrt weiter und griff nach einem Stück Einwickelpapier. Mrs Tony sprang vor der hingehaltenen Scheibe Fleisch zurück wie vor einer Klapperschlange.

»Das rühr ich doch nicht mal an! So ein kleines Krümelchen Speck für mich und alle meine Kinder! Lieber Gott, manche Leute haben alles und dann sind sie so was von knickrig und fies!«

Starks tat so, als wollte er das Fleisch in den Kasten zurückwerfen und den Deckel zuklappen. Mrs Tony schnappte es sich blitzschnell und eilte damit zur Tür.

»Manche Leute haben kein Herz in der Brust. Sie kucken einfach bloß zu, wie 'ne arme Frau und ihre hilflosen Kinder verhungern. Aber es kommt der Tag, da wird der Herrgott sie ins Gefängnis werfen für ihren miesen knickrigen Geiz.«

Sie stieg von der Ladenveranda und rauschte in Rage ab. Einige lachten, andere wurden böse.

»Wenn das *meine* Frau wäre«, sagte Walter Thomas, »die würde ich leichentot schlagen.«

»Erst recht, wenn ich ihr alles gekauft hab, was mein Lohn hergibt, wie Tony es macht«, sagte Coker. »Sowieso würde ich *nie nicht* so viel für 'ne Frau ausgeben wie Tony für *die*.«

Starks kam heraus und nahm wieder seinen Platz ein. Auf dem Weg hatte er noch das Fleisch auf Tonys Rechnung setzen müssen.

»Tja, Tony meint, ich soll ihr den Gefallen tun. Er ist von Nordflorida hergezogen und hat gehofft, er kriegt sie geändert, aber es wird nichts. Er sagt, er kann sich nicht von ihr trennen und umbringen will er sie auch nicht, da bleibt ihm nichts übrig, als sie zu ertragen.«

»Tony hängt einfach zu sehr an der, daran liegt's«, sagte Coker. »Wenn das meine wäre, die würd ich kleinkriegen. Kleinkriegen oder abmurksen. Ehe ich mich vor allen zum Deppen machen lasse.«

»Tony wird die nie im Leben schlagen. Er sagt, Frauen schlagen ist, wie wenn du auf Küken trittst. Er findet, an 'ner Frau ist nirgends 'ne Stelle, wo du draufhauen kannst«, sagte Joe Lindsay abfällig, »aber für so was wie eben würde ich ein neugeborenes Kind umbringen. Sie macht das doch bloß aus hundsgemeiner Bosheit gegen ihren Mann und sonst gar nichts.«

»Das ist bei Gott wahr«, pflichtete Jim Stone bei. »Genau deswegen macht sie's.«

Janie tat etwas, was sie noch nie getan hatte: sie mischte sich in das Gespräch ein.

»Manchmal zieht Gott auch uns Frauen ins Vertrauen und verrät uns seine inneren Angelegenheiten. Mir hat er gesagt, es würde ihn wundern, wie schlau ihr auf einmal daherredet, wo er euch doch anders gemacht hat als uns, und ihr würdet euch noch wundern, wenn ihr erst mal merkt, dass ihr nicht halb so viel über uns wisst, wie ihr meint. Es ist echt billig, hier den Allmächtigen zu spielen, wenn es nur gegen Frauen und Hühner geht.«

»Nimm den Mund nicht so voll, Janie«, wies Starks sie zurecht. »Geh und bring mir das Damebrett, *und* die Steine. Sam Watson, jetzt bist du fällig – you'se mah fish.«

7 Die Jahre tilgten allen Wider-
stand aus Janies Gesicht. Eine Weile dachte sie, auch aus der
Seele. Was Jody auch tat, sie sagte nichts. Sie hatte gelernt,
fünfe grade sein zu lassen. Sie war ein ausgefahrenes Stück
Straße. Reichlich Leben unter der Oberfläche, aber die Räder
walzten es ständig platt. Manchmal streckte sie sich in die Zukunft und träumte von einem anderen Leben. Meistens jedoch
lebte sie zwischen Hut und Hacken und ihre inneren Anwand-
lungen kamen und gingen wie Schattenflecken im Wald – mit
der Sonne. Nur was käuflich war, bekam sie von Jody, und nur
was ihr nichts wert war, schenkte sie her.

Hin und wieder dachte sie an eine Landstraße bei Sonnenaufgang und überlegte zu fliehen. Wohin? Zu wem? Dann sagte
sie sich, dass fünfunddreißig doppelt so viel wie siebzehn ist
und dass nichts mehr so war wie früher.

»Kann ja sein, dass er nichts ist«, redete sie sich gut zu, »aber
in meinem Mund ist er was. Er muss was sein, sonst hätte ich
nichts, wo ich für leben könnte. Ich werd lügen und sagen, er

ist was. Wenn ich das nicht tu, wird mein Leben nicht mehr sein als ein Laden und ein Haus.«

Sie las keine Bücher, deshalb wusste sie nicht, dass sie die Welt und das Himmelszelt war, zum Tropfen zusammengezogen. Der Mensch in seinem ewigen Streben, von seinem Misthaufen zu leidlosen Höhen emporzusteigen.

Eines Tages setzte sie sich und beobachtete ihren Schatten dabei, wie er geschäftig den Laden besorgte und sich vor Jody erniedrigte, während sie selbst dabei die ganze Zeit unter einem schattigen Baum saß und sich den Wind durch Haare und Kleider pusten ließ. Eine, die sich fast rein aus der Einsamkeit einen Sommer baute.

Dies war das erste Mal, doch nach einer Weile geschah es so häufig, dass sie aufhörte, sich zu wundern. Es war wie eine Droge. Irgendwie war es gut, denn es versöhnte sie mit der Welt. Mit der Zeit nahm sie alles, was kam, mit dem Gleichmut der Erde entgegen, die Urin genauso selbstverständlich aufsaugt wie Parfüm.

Eines Tages fiel ihr auf, dass Joe sich nicht hinsetzte. Er stellte sich einfach vor einen Stuhl und ließ sich plumpsen. Darauf nahm sie ihn gründlich in Augenschein. Joe war nicht mehr so jung wie früher. Etwas an ihm war schon erstorben. Er federte nicht mehr in den Knien. Er sackte beim Gehen auf die Fußgelenke. Diese Unbeweglichkeit im Nacken. Seine wohlhabend wirkende Wampe, die früher so streitbar gestrotzt und die Leute eingeschüchtert hatte, hing ihm wie ein Sack von den Lenden. Schien gar nicht mehr zu ihm zu gehören. Auch die Augen leicht abwesend.

Jody musste es auch aufgefallen sein. Vielleicht hatte er es schon lange vor ihr bemerkt und befürchtet, sie könnte es merken. Er fing nämlich an, ständig über ihr Alter zu reden, wie um zu verhindern, dass sie jung blieb, während er alt wurde. Es hieß immer: »Du solltest dir was über die Schultern ziehen, bevor du aus dem Haus gehst. Du bist kein junges Knackhuhn mehr. Du bist jetzt 'ne olle Henne.« Eines Tages pfiff er sie vom Krocketplatz. »Das ist was fürs Jungvolk, Janie. Wenn du da draußen rumspringst, kommst du morgen früh nicht aus dem Bett.« Wenn er sich einbildete, sie damit zu täuschen, irrte er sich. Zum ersten Mal sah sie unter die Schädeldecke in den nackten Kopf eines Mannes. Sah die findigen Gedanken durch die Höhlen und Winkel seines Hirns ein und aus flitzen, lange bevor sie zum Trichter des Mundes hinausschossen. Sie sah, dass er innerlich litt, deshalb ließ sie es durchgehen und sagte nichts. Sie maß ihm lediglich ein wenig Zeit ab und legte sie auf Vorrat beiseite.

Im Laden wurde es immer schlimmer. Je mehr ihm der Rücken wehtat und die Muskeln zu Fett zerrannen und das Fett von den Knochen schmolz, umso zänkischer wurde er mit Janie. Vor allem im Laden. Je mehr Leute da waren, umso mehr Hohn und Spott goss er über ihren Körper aus, um von seinem eigenen abzulenken. Eines Tages wollte Steve Mixon ein Stück Kautabak haben und Janie schnitt es falsch ab. Sie hasste dieses Tabakmesser sowieso. Es schnitt ganz schlecht. Sie säbelte damit herum und schnitt weit neben die Markierung. Mixon nahm es nicht krumm. Er hielt das Stück zum Spaß in die Höhe, um Janie ein bisschen zu veralbern.

»Kuck mal, Brother Mayor, was dein Weib da verbrochen hat.« Es war komisch geschnitten und alle lachten darüber. »'ne Frau und 'n Messer, egal was für eins, das passt nicht zusammen.« Abermals joviales Gelächter über Frauen im Allgemeinen.

Jody lachte nicht mit. Er kam von der Postschalterseite herbeigeeilt, nahm Mixon den Priem ab und schnitt ihm einen neuen. Schnitt ihn exakt an der Markierung und funkelte Janie an.

»I god amighty! Da kann 'ne Frau im Laden stehen, bis sie so alt wie Methusalem ist, und bringt immer noch nicht so was Läppisches zustande wie 'n Priem abschneiden! Jetzt steh nicht so da und verdreh deine Glupschaugen und der Hintern hängt dir fast in die Kniekehlen!«

Lautes Gelächter erhob sich im Laden, aber die Lacher besannen sich und verstummten. Auf den ersten schnellen Blick war es witzig, aber wenn man mal drüber nachdachte, wurde es fies. Es war, wie wenn jemand einer Frau ein Kleidungsstück runterreißt, wenn sie gerade nicht hinschaut, und das auf einer belebten Straße. Da stellte sich Janie mitten im Laden hin, um Jody ihre Meinung ins Gesicht zu sagen, und das war etwas, was es noch nie gegeben hatte.

»Hör mal auf, dass du immer was ich mache und wie ich aussehe in einen Topf schmeißt, Jody. Wenn du fertig bist mit deinen Vorträgen, wie man 'n Priem schneidet, dann kannst du kommen und mir erzählen, ob mein Hintern hängt oder nicht.«

»I-ich hör wohl nicht recht, Janie? Du bist ja nicht ganz bei Trost.«

»Und ob ich bei Trost bin.«

»Bist du nicht. Solche Reden zu schwingen, geht's noch?«

»Du hast damit angefangen, unter die Gürtellinie zu schlagen. Nicht ich.«

»Was soll das Theater eigentlich? Du bist kein junges Mädchen mehr, dass du mords beleidigt tun musst, wenn man mal was über dein Aussehen sagt. Dir laufen die Männer nicht mehr nach wie 'nem jungen Ding. Du bist 'ne alte Frau, bald vierzig.«

»Jawohl, ich bin bald vierzig und du bist schon fünfzig. Wieso kannst du zur Abwechslung nicht mal da drüber reden, statt ständig über mich herzuziehen?«

»Es gibt gar keinen Grund, dass du dich hier groß aufspielst, Janie, bloß weil ich gesagt hab, dass du kein junges Mädchen mehr bist. Von dir will hier keiner was, der auf Brautschau ist. Alt, wie du bist.«

»Stimmt, ich bin kein junges Mädchen mehr, aber 'ne alte Frau bin ich auch nicht. Ich werd so alt aussehen, wie ich halt bin. Aber ich bin jeder Zoll 'ne Frau – Ah'm uh woman every inch of me, and Ah know it. Das ist sehr viel mehr, als du von *dir* behaupten kannst. Du bläst hier den Wanst auf und reißt das Maul auf, aber was rauskommt ist nichts als Getöne. Mmh! *Ich* soll alt aussehen! Wenn du die Hosen runterlässt, siehst du aus wie in dem Leben nicht mehr.«

»Mein lieber Herr Gesangsverein!«, entfuhr es Sam Watson. »Ihr beide lasst heute Abend tatsächlich die Hosen runter.«

»I-ich hör wohl nicht recht«, fuhr Joe auf, dem es am liebsten gewesen wäre, seine Ohren hätten ihn getrogen.

»Na klar hörst du recht, du bist doch nicht blind«, frotzelte Walter.

»Ah ruther be shot with tacks than tuh hear dat 'bout mahself«, bedauerte ihn Lige Moss: »Lieber lass ich mich mit Reißnägeln erschießen, als mir so was sagen zu lassen.«

Da begriff Joe Starks die volle Bedeutung der Worte und er war in seiner Eitelkeit bis ins Mark verletzt. Janie hatte ihn der Illusion unwiderstehlicher Männlichkeit beraubt, an der alle Männer hängen, und das war entsetzlich. Genau dasselbe, was Sauls Tochter David angetan hatte. Aber was Janie getan hatte, war noch schlimmer, denn sie hatte den Männern seine leere Rüstung hingeworfen und sie hatten ihn ausgelacht und würden ihn weiter auslachen. Wenn er fortan mit seinen Besitztümern angab, würde das zweierlei für sie sein. Sie würden mit Neid auf die Sachen sehen und den Mann bedauern, der sie besaß. Wenn er Urteile fällte, würde es genauso sein. Taugenichtse wie Dave und Lum und Jim würden nicht mit ihm tauschen mögen. Denn welche Ausrede kann ein Mann vor andern Männern für seine fehlende Stärke vorbringen? Zerlumpte Hosenscheißer von sechzehn und siebzehn würden ihm mit den Augen ihr gnadenloses Mitgefühl aussprechen, während ihr Mund irgendetwas Ergebenes sagte. Das Leben hatte keinen Sinn mehr. Alles Streben war zwecklos. Und wie grausam ihn Janie getäuscht hatte! Da hatte sie die Ergebene gespielt und ihn dabei die ganze Zeit verachtet! Hatte ihn ausgelacht und stiftete jetzt das ganze Dorf dazu an. Joe Starks wusste nicht, wie er das alles ausdrücken sollte, aber wie er sich fühlte, das wusste er. Deshalb schlug er Janie mit aller Kraft und jagte sie aus dem Laden.

8 Nach jenem Abend zog Joe mit Sack und Pack aus dem Schlafzimmer aus und schlief in einem Zimmer im Erdgeschoss. Er hasste Janie nicht richtig, doch er wollte, dass sie das glaubte. Er hatte sich davongeschlichen, um seine Wunden zu lecken. Auch im Laden redeten sie nicht viel miteinander. Wer nicht Bescheid wusste, hätte meinen können, die Wogen hätten sich geglättet, so still und friedlich wirkte alles. Doch in der Stille schliefen Schwerter. Daher mussten jetzt neue Gedanken gedacht und neue Worte gesprochen werden. Sie wollte so nicht leben. Warum musste Joe es ihr derart nachtragen, dass sie ihn auch mal klein gemacht hatte, wo er das mit ihr doch ständig tat? Schon seit Jahren. Na schön, wenn sie sich in Geduld fassen und mit einem langstieligen Löffel essen musste, bitte sehr. Irgendwann war Jody ja vielleicht über seinen Zorn hinweg und benahm sich ihr gegenüber wieder wie ein Mensch.

Dann fiel ihr außerdem auf, wie schwabbelig Joe am ganzen Leib wurde. Wie wenn Beutel von einem Plättbrett hängen.

Säckchen hingen ihm von den Augenwinkeln und lagen auf den Backenknochen; locker gefüllte Federbeutel hingen ihm von den Ohren und lagen auf dem Hals unterm Kinn. Ein undefinierbarer Wabbelsack hing ihm von den Lenden und lag auf seinen Schenkeln, wenn er sich hinsetzte. Doch selbst das alles zerrann mit der Zeit wie Kerzenfett.

Er knüpfte auch neue Verbindungen. Leute, mit denen er sich niemals abgegeben hatte, schienen auf einmal sein Ohr zu haben. Er hatte immer geringschätzig von »root-doctors« und ihresgleichen gesprochen, jetzt aber lief ihr im Haus fast täglich ein Quacksalber aus Altamonte Springs über den Weg. Immer dämpften sie die Stimmen, wenn Janie in ihre Nähe kam, oder verstummten ganz. Sie ahnte nicht, dass was ihn trieb die verzweifelte Hoffnung war, in alter körperlicher Frische vor sie zu treten. Das mit dem root-doctor bekümmerte sie, weil sie fürchtete, dass Joe für seine Gesundung auf den Schwindler vertraute, dabei brauchte er einen richtigen Arzt, und zwar einen guten. Sie sorgte sich, weil er nichts aß, bis sie entdeckte, dass er die alte Davis für sich kochen ließ. Sie wusste, dass sie eine viel bessere Köchin war als die Alte und auch mehr auf Sauberkeit in der Küche hielt. Also besorgte sie einen Rinderknochen und machte ihm eine Suppe.

»Nein, danke«, wies er sie ab. »Ich hab's auch so schon schwer genug, wieder gesund zu werden.«

Sie war erst verdattert und dann verletzt. Sie begab sich schnurstracks zu ihrer guten Freundin Pheoby Watson und erzählte ihr die Sache.

»Ich wär lieber tot, als dass Jody denkt, ich wollte ihm was Schlechtes«, schluchzte sie Pheoby vor. »Es ist kein reines

Zuckerschlecken mit ihm, du weißt ja, wie sehr Joe immer seine eigenen Leistungen in den Himmel hebt, aber der Herrgott weiß, dass ich nie was tun würde, um jemand zu schaden. Das wär mir zu hintenrum und gemein.«

»Janie, ich dachte, das legt sich vielleicht und du erfährst nie was von, aber seit dem großen Krach bei euch im Laden wird hier gemunkelt, dass Joe verhext wurde – and you wuz de one dat did it.«

»Pheoby, ich hab schon ganz lange das Gefühl, dass da irgendwas ist, aber das ... das ist ... Ach, Pheoby! Was kann ich bloß machen?«

»Du kannst nichts weiter machen als so tun, wie wenn du nichts wüsstest. Dass ihr euch trennt und euch scheiden lasst, dafür ist es zu spät. Geh einfach wieder nach Hause und setz dich auf deinen Allerwertesten und sag gar nichts. Es glaubt sowieso keiner.«

»Da bin ich jetzt zwanzig Jahre mit Jody zusammen und auf einmal soll ich ihn vergiften wollen! Das bringt mich ins Grab, Pheoby. In meinem Herz jagt ein Kummer den nächsten.«

»Dieser dreckige Nigger, der sich 'n ›zweiköpfigen Doktor‹ nennt, der hat Jody diese Lüge eingeredet, um sich bei ihm einzuschleimen. Er hat gesehen, dass Jody krank ist – haben ja alle schon längst gewusst –, und dann wird er gehört haben, dass ihr zwei euch irgendwie in den Haaren habt, und wird sich gedacht haben: das ist meine Chance. Letzten Sommer ist dieser zum Himmel stinkende Schmarotzer hier rumgezogen und hat versucht, Hoodookram zu verhökern!«

»Pheoby, ich glaub nicht mal, dass Jody die Lüge überhaupt glaubt. Auf so einen Quark hat er noch nie was gegeben. Er tut bloß so, als würde er's glauben, weil er mir wehtun will. Ich fall bald tot um vor lauter Rumstehen und krampfhaft Lächeln.«

In den Wochen darauf weinte sie häufig. Joe wurde so schwach, dass er sich um nichts mehr kümmern konnte und im Bett blieb. Aber er verbot ihr strikt, in sein Krankenzimmer zu kommen. Leute kamen und gingen im Haus. Die eine und der andere brachten abgedeckte Teller mit Kraftbrühe und anderer Krankenkost, ohne sie als Joes Frau im Geringsten zur Kenntnis zu nehmen. Leute, die es nie gewagt hätten, den Vorgarten des Herrn Bürgermeisters zu betreten, es sei denn, um irgendeine niedrige Arbeit zu verrichten, stolzierten jetzt als seine Vertrauten ein und aus. Sie kamen in den Laden und beobachteten demonstrativ, was sie machte, und gingen dann ins Haus zurück, um ihm Meldung zu machen. Sagten Sachen wie: »Mr Starks braucht dringend jemand, der für ihn ein bisschen nach dem Rechten sieht, bis er wieder aufstehen und das selber machen kann.«

Aber Jody stand nicht mehr auf. Janie ließ sich von Sam Watson berichten, was es Neues im Krankenzimmer gab, und als er ihr schilderte, wie es stand, ließ sie ihn einen Arzt aus Orlando holen, ohne Joe die Gelegenheit zur Ablehnung zu geben und ohne zu sagen, dass sie das veranlasst hatte.

»Nur eine Frage der Zeit«, sagte der Arzt zu ihr. »Wenn die Nieren überhaupt nicht mehr arbeiten, kann man nicht weiterleben. Ihr Mann hätte sich vor zwei Jahren ärztlich behandeln lassen müssen. Jetzt ist es zu spät.«

Damit zog der Tod in Janies Gedanken ein. Der Tod, dieser unheimliche Geselle mit den mächtigen eckigen Zehen, der weit im Westen wohnte. Der Große, der in dem schlichten Haus wohnte, das wie ein Podest ohne Wände war und ohne Dach. Wozu bräuchte der Tod einen Schutz, und welcher Wind könnte gegen ihn anblasen? Er steht in seinem hohen Haus, das die ganze Welt überblickt. Wachsam und regungslos steht er den ganzen Tag da, das Schwert schlagbereit, und wartet darauf, dass der Bote ihn ruft. Stand schon so da, ehe es überhaupt ein Wo und ein Wann und ein Dann gab. Sie musste täglich darauf gefasst sein, eine Feder von seinen Flügeln vor ihrer Haustür zu finden. Sie war traurig und hatte Angst. Der arme Jody! Das ging doch nicht, dass er da drin seinen Kampf ganz allein führte. Sie schickte Sam mit dem Vorschlag hinein, dass sie nach ihm sehen kam, aber Jody sagte Nein. Diese normalen Ärzte wären gut und schön, wenn einer von Gott krank wäre, aber mit einem Fall wie seinem würden sie sich nicht auskennen. Er würde schon wieder zu Kräften kommen, sobald der Zweiköpfige herausfand, was gegen ihn vergraben worden war. Er würde nicht sterben. Bildete er sich ein. Aber was Sam erzählte, klang anders, daher wusste sie Bescheid. Und sie hätte auch Bescheid gewusst, wenn er ihr nichts erzählt hätte, denn am nächsten Morgen begannen sich Leute im großen Garten unter den Palmen und Paternosterbäumen zusammenzuscharen. Leute, die sich sonst nie getraut hätten, einen Fuß auf das Grundstück zu setzen, stahlen sich herein und kamen nicht zum Haus. Hockten einfach unter den Bäumen und warteten. Das Gerücht, dieser flügellos fliegende Vogel, hatte seinen Schatten über das Dorf geworfen.

Sie stand an dem Morgen mit dem festen Vorsatz auf, hineinzugehen und sich mit Jody auszusprechen. Aber je länger sie sitzen blieb, um so mehr drückten die Wände auf sie. Pressten diese vier Wände ihr die Luft aus. Die Sorge, er könnte entschlafen, während sie zitternd und zagend im Obergeschoss saß, trieb sie dann doch, und ehe sie richtig zu Atem gekommen war, stand sie bei ihm im Zimmer. Die muntere, beiläufige Begrüßung, die sie sich ausgedacht hatte, kam ihr nicht über die Lippen. Etwas stand ihr auf der Zunge wie ein Ochsenfuß, und dann warf Jody, nein, Joe ihr auch noch einen grimmigen Blick zu. Einen Blick von der ganzen unausdenklichen Kälte des Weltalls. Sie musste mit einem Mann sprechen, der zehn Unendlichkeiten weit weg war.

Er lag zur Tür gewandt auf der Seite, als erwartete er irgendwen oder -was. Einen merkwürdig veränderten Blick im Gesicht. Schwach, aber scharf um die Augen herum. Durch die dünne Tagesdecke sah sie, was von seinem Bauch noch übrig war, vor ihm auf dem Bett schlappen wie ein hilfloses, schutzsuchendes Tier.

Das schlecht gewaschene Bettzeug verletzte sie in ihrem Stolz auf Jody. Er war immer so reinlich gewesen.

»Was willst du hier, Janie?«

»Nur mal schauen, wie's dir geht.«

Er gab ein tiefes Knurren von sich wie ein Keiler, der im Sumpf im Sterben lag und einen Störenfried vertreiben wollte. »Ich bin hier rein, dass ich dich quitt bin, aber anscheinend nützt mir das nichts. Mach dich raus. Ich brauch Ruhe.«

»Nein, Jody, ich bin hier, weil ich mit dir reden will, und das werd ich auch tun. Uns beiden zuliebe werd ich das tun.«

Er gab abermals ein geknirschtes Knurren von sich und drehte sich vorsichtig auf den Rücken.

»Jody, ich bin dir vielleicht nicht so 'ne gute Frau gewesen, aber Jody –«

»Weil du zu niemand je richtig freundlich sein kannst. Ein bisschen Gefühl wenigstens könntest du ruhig haben. Du bist doch kein Wildschwein.«

»Aber, Jody, ich hab's doch immer so schrecklich gut gemeint.«

»Nach allem, was ich für dich getan hab. Mich zum Gespött zu machen. Überhaupt kein Gefühl!«

»Nein, Jody, das war nicht, weil ich kein Gefühl gehabt hätte. Das hab ich reichlich gehabt. Ich hab nur nie keine Chance gekriegt, irgendwie damit rauszukommen. Du hast mich ja nicht gelassen.«

»So ist's recht, gib mir nur die Schuld an allem. Ich hab dich nicht freundlich sein lassen! Dabei, Janie, ist das das Einzige, was ich mir je gewünscht hab. Und jetzt willst du mir die Schuld dafür geben!«

»Will ich gar nicht, Jody. Ich will niemand die Schuld für irgendwas geben. Ich will nur, dass du begreifst, was ich für ein Mensch bin, bevor es zu spät ist.«

»Zu spät?«, flüsterte er.

Vor sprachlosem Entsetzen klappte sein Mund auf und trübten sich seine Augen, und sie sah die furchtbare Bestürzung in seinem Gesicht und antwortete darauf.

»Jawohl, Jody, ist mir egal, was dieser zum Himmel stinkende Schmarotzer dir erzählt, um an dein Geld zu kommen: du musst sterben, du kannst nicht weiterleben.«

Ein tiefes Schluchzen kam aus Jodys schwachem Körper. Es klang, als würde eine Basstrommel im Hühnerstall geschlagen. Dann schnellte es in die Höhe, wie wenn eine Posaune gezogen wird.

»Janie! Janie! Erzähl mir nicht, dass ich sterben muss, da will ich gar nicht dran denken.«

»Das wär nicht nötig gewesen, dass du stirbst, Jody, wenn du nur … wenn der Doktor … aber das hat keinen Zweck, jetzt damit anzufangen. Das hab ich die ganze Zeit sagen wollen, Jody. Du hast nicht hören wollen. Zwanzig Jahre hast du mit mir gelebt und du kennst mich überhaupt nicht mal halb. Das hättst du können, aber dir war's immer so wichtig, deine eigenen Leistungen in den Himmel zu heben und alle andern runterzuputzen, da hast du 'n Haufen Sachen vor deiner Nase gar nicht mehr bemerkt.«

»Verschwinde, Janie. Komm hier nicht an und –«

»Das wusst ich schon, dass du mir nicht zuhören würdest. Du krempelst alles um, aber an dich kommt gar nichts ran – nicht mal der Tod. Aber ich werd jetzt nicht rausgehen und ich werd auch nicht den Mund halten. Nein, du wirst mich einmal anhören, bevor du stirbst. Dein Leben lang muss dein Wille geschehen und müssen andere plattgemacht werden, und dann stirbst du lieber, ehe du *dir* mal was sagen lässt. Hör zu, Jody, du bist nicht der Jody, mit dem ich damals durchgebrannt bin. Der ist längst gestorben und du bist das, was noch übrig ist. Ich bin durchgebrannt, damit ich mit dir 'ne Ehe führe, die wunderschön ist. Aber du warst nicht zufrieden mit mir, so wie ich war. Kein bisschen! Ich musste aus mir selbst rausgedrängt und -geekelt werden, damit in mir Platz war für dich.«

»Sei still! Ich wünschte, Donner und Blitz würden dich erschlagen!«

»Das weiß ich. Und jetzt musst du sterben, um rauszufinden, dass du es noch jemand anderm recht machen musst außer dir selbst, wenn du in dieser Welt Liebe und Freundlichkeit haben willst. Du hast nie versucht, es auch mal jemand anders recht zu machen, immer nur dir selbst. Hast nie auf was anderes gehört als auf dein eigenes großes Getöne – yo' own big voice.«

»Diese ewige Miesmacherei!«, flüsterte Jody, während sich ihm auf Gesicht und Armen überall Schweißtröpfchen bildeten. »Scher dich raus!«

»Dieses ewige Buckeln vor dir, dieses Kuschen vor deinem großen Getöne – deswegen bin ich damals nicht getürmt, dass ich das mit dir erlebe.«

Ein rauer Kampflaut in Jodys Kehle, aber seine Augen starrten gebannt in eine Ecke des Zimmers und Janie erkannte, dass er nicht mit ihr so vergeblich rang. Das eisige Schwert des Großen mit den eckigen Zehen hatte ihm den Lebenshauch abgeschnitten und seine Hände in einer Haltung qualvollen Widerstrebens erstarren lassen. Janie gab ihnen Frieden auf seiner Brust, dann betrachtete sie lange sein totes Gesicht.

»Dies Sitzen auf dem Herrenstuhl ist Jody hart angekommen«, murmelte sie. Zum ersten Mal seit Jahren war sie von Mitleid erfüllt. Jody war hart mit ihr und mit andern umgesprungen, aber das Leben hatte auch ihn geschlagen. Der arme Joe! Wenn sie es verstanden hätte, irgendwie anders zu ihm zu sein, vielleicht wäre dann sein Gesicht anders geworden. Aber wie dieses Anderssein hätte aussehen können, war ihr schleierhaft. Sie grübelte hin und her, was wohl geschehen sein mochte in der Verwandlung, die aus einem Mann einen Großtöner gemacht hatte. Dann grübelte sie über sich nach. Vor Jahren hatte sie dem Mädchen, das sie gewesen war, im Spiegel gesagt, es möge auf sie warten. Sie hatte schon lange nicht mehr daran gedacht. Vielleicht sollte sie einmal nachschauen gehen. Sie trat an die Frisierkommode und betrachtete eingehend ihre Haut, ihre Gesichtszüge. Das junge Mädchen war verschwunden, aber an seine Stelle war eine attraktive Frau getreten. Sie riss sich das Tuch vom Kopf und ließ ihr volles Haar herab. Die Masse, die Länge, die Pracht, da waren sie. Sie nahm sich genau in Augenschein, dann kämmte sie sich die Haare und knotete sie wieder hoch. Sie stärkte und bügelte ihr Gesicht, genau wie die Leute es sehen wollten, machte das Fenster auf und rief: »Kommt her, Leute! Jody ist tot. Mein Mann ist von mir gegangen.«

9 Etwas Prachtvolleres als Joes Begräbnis hatte Orange County mit Negeraugen noch nie gesehen. Der motorisierte Leichenwagen, die gemieteten Cadillacs und Buicks; Dr. Henderson in seinem Lincoln; die Scharen von fern und nah. Dann das viele Gold, Rot, Violett, der Prunk und Protz der Geheimorden, jeder mit seinen Emblemen einer Macht und Herrlichkeit, die die Uneingeweihten sich nicht träumen ließen. Leute auf Ackergäulen und Mulis; Kleinkinder huckepack auf Bruders oder Schwesters Rücken. An der Kirchentür aufgestellt die Kapelle der Elks, die »Safe in the Arms of Jesus« mit solch einem dominanten Trommelrhythmus spielte, dass die lange Schlange der Trauergäste exakt im Gleichschritt dazu einmarschieren konnte. Der kleine Kaiser der Straßenkreuzung verließ Orange County, wie er gekommen war – mit einem Machtbeweis.

Janie stärkte und bügelte ihr Gesicht und verschanzte sich beim Begräbnis hinter ihrem Schleier. Er war wie eine Wand aus Stein und Stahl. Außen nahm das Begräbnis seinen Gang.

Alle Förmlichkeiten um Tod und Bestattung wurden gesagt und getan. Aus. Ende. Nichts mehr. Dunkel. Tiefes Loch. Zersetzung. Ewigkeit. Weinen und Wehklagen außen. Innen unter der teuren schwarzen Draperie Auferstehung und Leben. Sie ging mit keiner Geste aus sich hinaus, und das Drumherum des Todes kam nicht zu ihr hinein, störte ihre Ruhe nicht. Sie schickte ihr Gesicht zu Joes Begräbnis, und selbst tollte sie ausgelassen mit dem Frühling durch die Welt. Nach einiger Zeit waren die Leute mit ihrer Feier fertig und Janie ging nach Hause.

Bevor sie sich an dem Abend schlafen legte, verbrannte sie ihre sämtlichen Kopftücher und trug am nächsten Morgen im Haus das Haar zu einem dicken Zopf geflochten, der ihr bis gut über die Taille hing. Das war die einzige Veränderung, die man an ihr bemerkte. Sie führte den Laden wie gewohnt weiter, nur dass sie sich abends auf die Veranda setzte und lauschte und späte Kundschaft drinnen von Hezekiah bedienen ließ. Sie sah keinen Anlass zu überstürzten Veränderungen. Sie konnte noch ihr ganzes restliches Leben tun, was ihr gefiel.

Über Tag war sie die meiste Zeit im und um den Laden, aber später am Abend war sie drüben im großen Haus, und manchmal knackte und knarrte es die ganze Nacht unter der Last der Einsamkeit. Dann lag sie wach im Bett und stellte der Einsamkeit Fragen. Sie fragte, ob sie vielleicht fortgehen und nach Hause zurückkehren und versuchen wollte, ihre Mutter zu finden. Vielleicht das Grab ihrer Großmutter pflegen. Sich ganz allgemein in der alten Heimat umschauen. Bei diesem inneren Forschen und Wühlen stellte sie fest, dass sie an der selten gesehenen Mutter nicht das geringste Interesse hatte. Sie hasste ihre Großmutter und hatte es all die Jahre unter dem Mantel des Mitleids vor sich selbst verborgen. Sie hatte sich seinerzeit rüsten wollen für ihre große Fahrt zum Horizont auf der Suche nach *Menschen*; es war von weltbewegender Wichtigkeit gewesen, dass sie diese fand und die sie. Aber sie war geprügelt worden wie eine Straßentöle und auf den Abweg geraten der Flucht zu den *Dingen*. Alles hing davon ab, wie man was sah. Manche konnten auf eine Dreckpfütze schauen und einen Ozean mit Schiffen sehen. Aber Nanny gehörte zu der andern Sorte, die sich am liebsten mit Fitzelkram abgab. Da hatte Nanny sich das Größte genommen, was Gott geschaffen hatte, den Horizont – denn einer kann gehen, so weit er will, der Horizont ist immer noch unerreichbar fern –, und was hatte sie damit gemacht? Sie hatte ihn zu einem klitzekleinen Ringeldingchen zusammengezwängt und es der Enkelin so eng um den Hals gelegt, dass es sie fast erwürgte. Sie hasste die alte Frau, die sie im Namen der Liebe derart verbogen hatte. Die meisten Menschen liebten sich eh nicht untereinander, und diese Unliebe war so stark, dass selbst Blutsverwandtschaft nicht immer dagegen ankam. Sie hatte tief in ihrem Innern einen Edelstein gefunden, und sie hatte an einen Ort gehen wollen, wo alle sie sehen konnten, und ihn herfunkeln lassen. Aber man hatte sie auf dem Markt feilgehalten. Als Köder benutzt. Als Gott den Menschen geschaffen hatte, da machte er ihn aus einem Stoff, der immerzu sang und überall glitzerte. Darauf wurden einige Engel neidisch und hackten ihn in Millionen Stücke, aber er glitzerte und summte immer noch. Da zerschlugen sie ihn, bis nur noch Funken übrig waren, aber jedes kleine Fünkchen hatte ein Leuchten und ein Lied. Da umhüllten sie jedes einzelne mit Schlamm. Und in ihrer inneren Einsamkeit suchen die Funken einander, aber der Schlamm ist taub und stumm. Wie alle andern trudelnden Schlammkügelchen hatte Janie versucht, ihr Leuchten herzuzeigen.

Janie machte sehr bald die Erfahrung, dass eine Witwe mit etwas Vermögen in Südflorida eine große Anziehungskraft besaß. Bevor Jody einen Monat tot war, fiel ihr auf, wie häufig Männer, die mit Joe gar nicht gut bekannt gewesen waren, beträchtliche Strecken zurücklegten, um sich nach ihrem Wohlergehen zu erkundigen und ihre Dienste als Ratgeber anzubieten.

»Eine alleinstehende Frau ist ein Jammer«, bekam sie immer wieder zu hören. »Die braucht Hilfe und Beistand. Das ist nie Gottes Wille gewesen, dass Frauen auf sich selbst gestellt sind. Sie sind das doch nicht gewohnt, Mis' Starks, dass Sie sich allein durchschlagen. Sie sind immer gut versorgt gewesen, Sie brauchen einen Mann.«

Janie lachte über diese ganzen Freundlichtuer, weil sie wusste, dass die viele alleinstehende Frauen kannten; sie war beileibe nicht die erste, die ihnen je begegnet war. Aber die meisten andern waren arm. Außerdem war sie zur Abwechslung ganz gern einmal einsam. Dieses Freiheitsgefühl war schön. Diese Männer verkörperten nichts, was sie gern näher kennengelernt hätte. Durch Logan und Joe hatte sie bereits ihre Erfahrungen mit ihnen gemacht. Einige hätte sie am liebsten geohrfeigt für die Art, wie sie herumlungerten und sie angrinsten wie Honigkuchenpferde, um möglichst verliebt zu tun.

Ike Green nahm sich ihrer Sache sehr gewissenhaft an, als er eines Abends das Glück hatte, sie allein auf der Ladenveranda abzupassen.

»You wants to be keerful 'bout who you marry, Mis' Starks«, fing er an: »Sie müssen gut aufpassen, wen Sie heiraten. Wo jetzt diese fremden Männer hier ankommen und Ihre Situation ausnutzen wollen.«

»Heiraten!« Janie kreischte beinahe. »Joe hat ja noch nicht mal richtig kalt werden können. Ich denke nicht im Traum dran, zu heiraten.«

»Werden Sie aber. Dass Sie allein bleiben, dazu sind Sie zu jung, und dass die Männer Sie in Ruhe lassen, dazu sind Sie zu hübsch. Sie werden ganz bestimmt wieder heiraten.«

»Will ich nicht hoffen. Das heißt, im Moment hab ich da keinen Sinn für. Joe ist noch keine zwei Monate tot. Er liegt noch gar nicht richtig im Grab.«

»Das sagen Sie jetzt, aber in zwei Monaten wird sich das anders anhören. Den you want tuh be keerful. Frauen lassen sich leicht ausnutzen. Sie müssen achtgeben, dass Sie keinen von diesen hergelaufenen Niggern an sich ranlassen, die hier rumlungern. Die sind wie 'ne Horde Schweine, wenn sie'n vollen Futtertrog sehen. Was Sie brauchen, ist ein Mann, der schon länger um Sie rum ist und den Sie gut kennen, dass der alles Wichtige für Sie regelt und allgemein nach dem Rechten sieht.«

Janie sprang auf. »Lawd, Ike Green, you'se uh case – Sie haben vielleicht Nerven! So wie Sie mit der Tür ins Haus fallen, das gehört sich einfach nicht. Ich geh jetzt rein und helfe Hezekiah das Fass Zucker abwiegen, das grade gekommen ist.« Sie stürmte in den Laden und flüsterte Hezekiah zu: »Ich geh nach Hause. Sag Bescheid, wenn der alte Bettpisser weg ist, dann bin ich gleich wieder da.«

Nach sechs Monaten, die sie Schwarz trug, hatte es noch nicht einer der Freier auf ihre Privatveranda geschafft. Janie plauderte und lachte manchmal im Laden, aber weiter schien sie nicht gehen zu wollen. Sie war glücklich, wenn sie mal vom Laden absah. Im Kopf war ihr klar, dass sie die uneingeschränkte Besitzerin war, aber es kam ihr immer so vor, als arbeitete sie weiterhin für Joe und als würde er demnächst hereinkommen und feststellen, dass sie etwas falsch gemacht hatte. Sie hätte sich beinahe bei den Mietern entschuldigt, als sie das erste Mal die Miete kassieren ging. Fühlte sich wie nicht befugt. Doch sie verbarg dieses Gefühl, indem sie Hezekiah damit beauftragte, der Joe für einen Siebzehnjährigen perfekt nachahmte. Seit Joes Tod hatte er sogar angefangen zu rauchen, und zwar Zigarren, und er versuchte, sie nach Joes Vorbild fest in einen Mundwinkel zu klemmen. Sowie sich die Gelegenheit bot, saß er weit zurückgelehnt auf Joes Drehstuhl und versuchte, seinen flachen Bauch wanstartig vorzustrecken. Dann lachte sie im Stillen über sein harmloses Posieren und stellte sich, als bemerkte sie es nicht. Eines Tages trat sie durch die Hintertür in den Laden und hörte, wie er Tripp Crawford anschnauzte: »Kommt überhaupt nicht in Frage, das machen wir nicht! Igott, du hast schon den letzten Einkauf nicht bezahlt, den du aufgefressen hast. Igott, du wirst hier im Laden nicht mehr bekommen, als wie du Geld zum Bezahlen hast. Igott, wir sind hier doch nicht in Pumphausen – dis ain't Gimme, Florida, dis is Eatonville.« Ein andermal hörte sie ihn die Floskel benutzen, mit der Joe mit Vorliebe den Unterschied zwischen sich und den sorglos dahinlebenden Maulhelden des Ortes herausgestrichen hatte. »Ich bin ein Mann mit Bildung, mir kann keiner ein X für ein

U vormachen.« Sie musste schallend lachen. Seine Angeberei tat niemand weh und sie hätte nicht gewusst, was sie ohne ihn getan hätte. Er spürte das und behandelte sie nach einer Weile wie das kleine Schwesterlein, als wollte er sagen: »Du armes Kleines, überlass das mal dem großen Bruder. Der regelt das für dich.« Sein Besitzerstolz machte ihn auch ehrlich, wenn man mal von einem Jawbreaker-Bonbon hin und wieder absah oder einem Päckchen Sen-Sen. Das Sen-Sen sollte den andern Jungs und den zu gebrauchenden Mädchen zu verstehen geben, dass er eine Alkoholfahne zu kaschieren hatte. So einen Laden zu führen und die Ladenbesitzerin gleich mit, das kostete Nerven. Da musste ein Mann sich ab und an einen genehmigen, dass er das durchstand.

Als Janie anfing, sich zum Zeichen ihrer nicht mehr ganz so tiefen Trauer in Weiß zu zeigen, hatte sie Scharen von Bewunderern aus der näheren und ferneren Umgebung. Alles offen und gradeheraus. Auch durchaus vermögende Männer darunter, aber keiner schien über den Laden hinauszukommen. Sie hatte immer zu viel zu tun, um sie bei sich zuhause zu bewirten. So respektvoll und förmlich, wie alle mit ihr taten, hätte sie glatt die Kaiserin von Japan sein können. Alle fanden, es schicke sich nicht, der Witwe von Joseph Starks was von Leidenschaft zu erzählen. Man sprach lieber von Ehre und Hochachtung. Und was sie auch sagten und taten, es prallte alles an Janies Desinteresse ab und sauste davon in den Schlund des Nichts. Sie und Pheoby Watson besuchten sich gegenseitig und hin und wieder gingen sie an den Seen angeln. Im Großen und Ganzen genoss es Janie in vollen Zügen, frei zu sein und sich keine Gedanken machen zu müssen. Ein Leichenbestatter aus Sanford machte ihr über

Pheoby einen Antrag, und Janie lauschte geschmeichelt, aber in aller Gemütsruhe. Denkbar, dass es ganz nett wäre, ihn zu heiraten. Nur keine Eile. Solche Entscheidungen wollten reiflich bedacht sein, jedenfalls machte sie Pheoby weis, dass sie das tat.

»Es liegt nicht daran, dass Joes Tod mich bedrücken würde, Pheoby. Ich liebe einfach diese Freiheit.«

»Sch-sch-sch. Lass das ja niemand hören, Janie. Sonst sagen die Leute, es täte dir gar nicht leid, dass er tot ist.«

»Lass sie sagen, was sie wollen, Pheoby. Meiner Meinung nach muss man nicht länger trauern, als wie man traurig ist.«

10 Eines Tages wollte Hezekiah zu einem Spiel der Baseballmannschaft gehen und bat darum, freizubekommen. Janie meinte, er müsse sich mit der Rückkehr nicht beeilen. Das eine Mal könne sie den Laden selber dichtmachen. Er schärfte ihr ein, Fenster und Türen gut zu sichern, und stratzte ab nach Winter Park.

Den Tag über war nicht viel los im Laden, weil die Leute scharenweise zum Spiel gegangen waren. Sie beschloss, früh zu schließen, weil es sich kaum lohnte, an so einem Nachmittag länger aufzuhaben. Als Grenze hatte sie sich sechs Uhr gesetzt.

Um halb sechs kam ein hochgewachsener Mann herein. Janie lehnte an der Theke und kritzelte mit dem Bleistift planlos auf einem Stück Einwickelpapier herum. Sie wusste nicht, wie er hieß, aber er kam ihr bekannt vor.

»Guten Abend, Mis' Starks«, sagte er mit einem verschmitzten Grinsen, als gäbe es einen guten Witz, den nur sie beide kannten. Sie war schon angetan von der Geschichte, die ihn zum Lachen brachte, bevor sie sie überhaupt gehört hatte.

»Guten Abend«, antwortete sie freundlich. »Sie haben mir was voraus, denn ich weiß nicht, wie Sie heißen.«

»Ich bin halt nicht so bekannt wie Sie.«

»Na ja, wer im Laden rumsteht, wird bekannt in der Nachbarschaft, das ist wohl so. Ich meine, ich hätte Sie irgendwo schon mal gesehen.«

»Och, ich wohne nicht weit weg, in Orlando. Tags oder abends sieht man mich meistens irgendwo auf der Church Street. Haben Sie Rauchtabak?«

Sie machte die Vitrine auf. »Welche Sorte?«

»Camels.«

Sie reichte ihm die Zigaretten und nahm das Geld. Er riss das Päckchen auf und steckte sich eine zwischen seine vollen, dunkelroten Lippen. Dann fragte er nach Feuer.

»You got a lil piece uh fire over dere, lady?«

Sie lachten beide und Janie reichte ihm zwei Küchenstreichhölzer aus ihrer Reserveschachtel. Er hätte jetzt langsam gehen können, doch er ging nicht. Er stützte sich mit einem Ellbogen auf den Tresen und schoss einen Blick auf sie ab.

»Wieso sind *Sie* eigentlich nicht bei dem Spiel? Alle sind da.«

»Na, wie ich sehe, ist außer mir noch jemand nicht da. Ich hab ihm grade Zigaretten verkauft.« Wieder lachten sie.

»Das liegt bloß daran, dass ich doof bin. Ich hab da was durcheinandergebracht. Ich dachte, das Spiel wäre in Hungerford. Ich hab mich mitnehmen lassen bis da vorn, wo eure Straße vom Dixie Highway abgeht, und bin den Rest zu Fuß gekommen, und was muss ich erfahren? Das Spiel ist in Winter Park.«

Auch das fanden sie beide komisch.

»Und was wollen Sie jetzt machen? Die Autos in Eatonville sind alle weg.«

»Wie wär's, *wir* spielen 'ne Partie Dame? Sie sehen ziemlich unschlagbar aus.«

»Bin ich auch, weil ich das Spiel gar nicht kann – Ah can't play uh lick.«

»Dann mögen Sie es nicht?«

»Doch, ich mag es, das heißt, ich weiß gar nicht, ob ich's mag, weil mir nie jemand gezeigt hat, wie es geht.«

»Mit *der* Ausrede kommen Sie von heute an nicht mehr durch. Haben Sie ein Brett hier?«

»Na klar. Die Männer hier spielen unheimlich gern Dame. Ich hab's halt einfach nie gelernt.«

Er stellte die Steine auf und zeigte ihr, wie es ging, und sie fühlte, wie sie innerlich zu glühen begann. Jemand wollte mit ihr spielen! Jemand fand es natürlich, dass sie spielte! Das war richtig nett. Sie betrachtete ihn eingehend und jeder seiner Pluspunkte machte ihr ein leises Prickeln. Große Augen mit schweren Lidern, von denen die geschwungenen Wimpern wie blanke Krummsäbel abstanden. Sehnige, muskelbepackte Schultern und schmale Hüften. Richtig nett!

Er wollte ihre Dame schlagen! Mit einem Aufschrei protestierte sie dagegen, die mühsam errungene Dame gleich wieder zu verlieren. Ehe sie sich versah, hatte sie seine Hand gepackt, um ihn daran zu hindern. Er bemühte sich auf Kavaliersart, die Hand zu befreien. Das heißt, seine Bemühung ging nicht so weit, dass er einer Frau die Finger verbogen hätte.

»Ich darf mir die nehmen. Sie haben sie mir genau in die Bahn gestellt.«

»Schon, aber ich hatte nur eben mal weggekuckt, da haben Sie Ihre Steine direkt neben meine geschoben. Das ist unfair!«

»Sie dürfen nicht wegkucken, Mis' Starks. Darauf kommt's bei dem Spiel am meisten an: dass man aufpasst. Lassen Sie meine Hand los.«

»Kommt nicht in Frage! Nicht meine Dame! Sie können sich 'n andern Stein nehmen, aber nicht den.«

Sie rangelten miteinander und stießen das Brett um und lachten darüber.

»Egal, es ist eh Zeit für 'ne Coca-Cola«, sagte er. »Ich komm ein andermal wieder und erklär's Ihnen weiter.«

»Erklären dürfen Sie kommen, aber nicht mich beschummeln.«

»Gegen eine Frau kann man nicht gewinnen. Das lassen die sich nicht gefallen – dey jes won't stand fuh it. Aber ich komm und erklär's Ihnen nächstens noch mal. Mit der Zeit werden Sie'n richtig guter Spieler werden.«

»Meinen Sie? Jody hat immer gesagt, ich würde das nie lernen. Das würde mein Gehirn überfordern.«

»Manche spielen es mit Hirn und manche spielen es ohne. Aber Sie haben was auf dem Kasten. Sie werden das lernen. Wie wär's mit was Kühlem? Ich geb einen aus.«

»Na gut, danke. Heute sind reichlich kalte Flaschen über. Hat ja keiner welche gekauft, weil alle zum Spiel sind.«

»Nächstes Mal sollten Sie auch mitgehen. Hat doch keinen Taug, dass Sie hierbleiben, wenn alle andern weg sind. Sie können doch nicht mit sich selber Geschäfte machen, oder?«

»Sie Scherzkeks! Natürlich nicht. Aber wegen Ihnen mach ich mir ein bisschen Sorgen.«

»Wieso? Haben Sie Angst, ich bezahl Ihnen die Getränke nicht?«

»Ach was! Nein, aber wie wollen Sie wieder nach Hause kommen?«

»Hier auf ein Auto warten. Wenn keins kommt, hab ich gute Schuhsohlen. Sind eh nur sieben Meilen. Die geh ich wie nichts. Kein Problem.«

»Wenn ich Sie wäre, würde ich auf den Zug warten. Sieben Meilen zu Fuß ist ganz schön lang.«

»Für Sie vielleicht, weil Sie's nicht gewohnt sind. Aber ich hab Frauen schon weiter gehen sehen. Könnten Sie auch, wenn Sie müssten.«

»Kann sein, aber solange ich Geld für die Fahrkarte habe, nehm ich lieber den Zug.«

»Da brauch ich kein dickes Portmonee zu, um wie die Frauen mit dem Zug zu fahren. Wenn ich Lust hab, fahr ich auch so – egal ob ich Geld hab.«

»Sie sind mir vielleicht einer! Mister äh ... äh ... Sie haben mir gar nicht Ihren Namen gesagt.«

»Hab ich nicht, stimmt. Dachte nicht, dass es nötig wäre. Vergible Woods ist der Name, den ich von meiner Mama hab. Aber alle sagen kurz Tea Cake zu mir.«

»Tea Cake! Also kein Scherzkeks, sondern einer von der süßen Sorte?« Sie lachte und er sah sie kurz mit einem messerscharfen Blick an, nicht ganz sicher, wie sie das meinte.

»Da bin ich überfragt. Sie können ja mal kosten, wie süß Sie mich finden.«

Sie antwortete mit etwas zwischen Lachen und Stirnrunzeln und er rückte seinen Hut gerade.

»Da hab ich wohl einen Bock geschossen. Ich seh lieber zu, dass ich mich dünnmache.« Mit übertriebenen Bewegungen stahl er sich auf Zehenspitzen zur Tür. Dann sah er sich mit einem unwiderstehlichen Grinsen im Gesicht nach ihr um. Wider Willen musste Janie laut lachen. »Doch ein Scherzkeks!«

Er kehrte um und warf ihr seinen Hut vor die Füße. »Wenn sie den nicht nach mir wirft, kann ich's riskieren, wiederzukommen«, verkündete er und spielte, dass er sich hinter einem Pfahl versteckte. Sie hob den Hut auf und warf den mit einem Lachen nach ihm. »Und wenn sie 'nen Backstein hätte, könnte sie einem nichts tun«, erklärte er einem unsichtbaren Kameraden. »Die Frau kann nicht werfen.« Er gab seinem Kameraden ein Zeichen, trat hinter dem imaginären Laternenpfahl hervor, richtete Jacke und Hut und schlenderte zu Janie zurück, als ob er den Laden eben erst betreten hätte.

»Evenin', Mis' Starks. Könnten Sie mir vielleicht ein Pfund Maulschellen bis Samstag anschreiben? Da komm ich bestimmt und bezahl sie.«

»Da brauchen Sie *zehn* Pfund von, Mister Tea Cake. Ich geb Ihnen alle, die ich hab, und das Zurückzahlen dürfen Sie gern vergessen.«

So scherzten sie weiter, bis die ersten Leute hereinkamen. Dann besetzte er einen Platz und unterhielt sich und lachte mit den andern bis Ladenschluss. Als alle gegangen waren, sagte er: »Ich bin wahrscheinlich über die Zeit geblieben, aber ich dachte, Sie könnten jemand brauchen, der Ihnen dichtmachen hilft. Da sonst niemand mehr hier ist, kann ich das ja vielleicht machen.«

»Danke, Mister Tea Cake. Das ist schon etwas mühsam für mich.«

»Seit wann wird denn ein Teekeks Mister genannt! Wenn Sie richtig förmlich tun und mich Mister Woods nennen wollen, dann kann ich das auch nicht ändern. Aber vielleicht könnten wir ja einfach gut Freund sein und du sagst Tea Cake zu mir. Das würde mir gefallen.« Während er das sagte, schloss und verriegelte er eifrig die Fenster.

»Na gut, von mir aus. Danke, Tea Cake. Wie hört sich das an?«

»Wie'n kleines Mädchen im Osterkleidchen. Richtig nett!« Er schloss die Tür ab und rüttelte zur Sicherheit daran, dann reichte er ihr den Schlüssel. »Auf geht's. Ich bring dich noch an die Haustür und mach mich dann auf den Weg – down de Dixie.«

Erst auf der Hälfte des Palmenwegs kam Janie der Gedanke an ihre Sicherheit. Vielleicht hatte dieser Fremde ja was mit ihr im Sinn! Aber dort in der Dunkelheit zwischen dem Haus und dem Laden sollte sie sich ihre Furcht lieber nicht anmerken lassen. Zumal er sie am Arm hielt. Im nächsten Moment war die Anwandlung weg. Tea Cake war kein Fremder. Ihr war, als kannte sie ihn schon ihr Leben lang. Allein wie sie vom ersten Moment an mit ihm hatte reden können! An der Haustür tippte er sich an den Hut und war mit einem kurzen Gutnacht verschwunden.

Sie setzte sich auf die Veranda und sah zu, wie der Mond hochkam. Bald tränkten seine bernsteingelben Fluten die Erde und löschten den Durst des Tages.

11 Janie hätte Hezekiah gern nach Tea Cake befragt, aber sie fürchtete, er könnte das falsch verstehen und meinen, sie wäre an ihm interessiert. Zunächst mal war er zu jung für sie, wie er aussah. Musste so um die fünfundzwanzig sein, dagegen war *sie* an die vierzig. Außerdem sah er nicht so aus, als ob er im Geld schwimmen würde. Vielleicht wollte er sich bloß an sie ranmachen, um sie auszunehmen. Da war es besser, wenn sie ihn nie wiedersah. Er war wahrscheinlich einer von denen, die mal mit dieser, mal mit jener lebten, aber nie eine heirateten. So oder so beschloss sie, ihn so kalt abzufertigen, falls er den Laden je wieder betrat, dass er garantiert nicht mehr wiederkommen und sich dort herumdrücken würde.

Er ließ sich genau eine Woche Zeit, um sich seine Abfuhr bei Janie zu holen. Es war früh am Abend und sie und Hezekiah waren allein. Sie hörte jemanden summen, als suchte er nach dem rechten Ton, und sah zur Tür. Dort stand Tea Cake und tat so, als stimmte er eine Gitarre. Er runzelte die Stirn und drehte an den Wirbeln seines imaginären Instruments, wobei er sie aus den Augenwinkeln beobachtete und in den Mundwinkeln das bekannte verschmitzte Grinsen zuckte. Schließlich lächelte sie und er sang ein C, klemmte sich die Gitarre unter den Arm und kam zu ihr nach hinten.

»'n Abend, zusammen. Ich dachte mir, ihr mögt heute Abend vielleicht ein bisschen Musik hören, und da hab ich meine box mitgebracht.«

»Knallkopf!«, erwiderte Janie übers ganze Gesicht strahlend.

Er nahm das Kompliment mit einem Lächeln entgegen und setzte sich auf eine Kiste. »Mag wer 'ne Coca-Cola mit mir trinken?«

»Ich hatte grad eine«, handelte Janie ihrem Gewissen ab.

»Dann muss es jetzt leider noch eine sein, Gnädigste.«

»Wie das?«

»Weil die erste noch nicht der wahre Genuss war. 'Kiah, gib uns zwei Flaschen von ganz unten im Kasten.«

»Wie ist es dir ergangen seit dem letzten Mal, Tea Cake?«

»Kann nicht klagen. Könnte schlimmer sein. Hab die Woche vier Tage Arbeit gehabt und den Lohn in der Tasche.«

»Dann haben wir ja 'n reichen Mann zu Besuch. Was wird diese Woche gekauft, Personenzüge oder Schlachtschiffe?«

»Was wäre *dir* lieber? Das kommt ganz auf dich an.«

»Och, wenn ich ihn geschenkt kriege, nehme ich, glaub ich, den Personenzug. Wenn der in die Luft fliegt, bin ich wenigstens noch an Land.«

»Nimm ruhig das Schlachtschiff, wenn dir das eigentlich lieber ist. Ich weiß, wo grade eins liegt. Hab's neulich erst vor Key West gesehen.«

138

»Und wie willst du das kriegen?«

»Kinderleicht. Die Admiräle da sind immer uralt. So'n alter Knacker kann mich doch nicht hindern, dir ein Schiff zu beschaffen, wenn du gern eins haben würdest. Ich zieh ihm das Schiff so fix unterm Hintern weg, dass er übers Wasser geht wie Petrus, ehe er's überhaupt mitkriegt.«

Sie spielten wieder den Abend durch. Alle staunten, dass Janie Dame spielte, aber sie fanden es gut. Drei oder vier stellten sich hinter sie und rieten ihr Züge und frotzelten maßvoll mit ihr herum. Schließlich gingen alle außer Tea Cake nach Hause.

»Du kannst schließen, 'Kiah«, sagte Janie. »Ich werd heimgehen.«

Tea Cake begleitete sie und kam diesmal mit auf die Veranda. Also bot sie ihm einen Stuhl an und sie lachten sich wegen nichts scheckig. Gegen elf fiel ihr ein, dass sie noch ein Stück Rührkuchen hatte. Tea Cake ging zu dem Zitronenbaum an der Küchenecke des Hauses, pflückte ein paar Zitronen und quetschte sie für sie aus. Jetzt hatten sie auch Limonade.

»Der Mond ist so schön, da wär's eine Sünde, schlafen zu gehen«, sagte Tea Cake, nachdem sie die Teller und Gläser gespült hatten. »Lass uns angeln gehen.«

»Angeln? So spät in der Nacht?«

»Mm-hm, angeln. Ich weiß, wo die Sonnenbarsche schlafen. Hab sie gesehen, als ich heute Abend um den See rum bin. Wo hast du deine Angeln? Komm, wir setzen uns an den See.«

Es war so verrückt, im Lampenschein Würmer auszubuddeln und nach Mitternacht zum Lake Sabelia aufzubrechen, dass sie sich wie ein Kind fühlte, das etwas Verbotenes tat. Genau aus dem Grund gefiel es Janie. Sie fingen zwei oder drei und waren kurz vor Morgengrauen wieder zuhause. Da musste sie Tea Cake schon zur Hinterpforte hinausschmuggeln, und das machte daraus so was wie ein großes Geheimnis, das sie vor dem Dorf hatte.

»Mis' Janie«, begann Hezekiah griesgrämig am nächsten Tag, »Sie sollten diesem Tea Cake nicht erlauben, dass er sie nach Hause bringt. Ich kann das in Zukunft gern machen, wenn Ihnen das sonst nicht geheuer ist.«

»Was ist an Tea Cake auszusetzen, 'Kiah? Ist er ein Dieb oder was?«

»Ah ain't never heard nobody say he stole nothin' – wüsst ich nicht, dass er je wem was gestohlen hätte.«

»Ist er gemeingefährlich und geht mit Pistolen und Messern auf Leute los?«

»Hat noch nie einer was von gesagt, dass er wen abgestochen oder erschossen hätte.«

»Na, hat er ... äh ... hat er dann 'ne Frau oder so was? Nicht dass es mich was angehen würde.« Mit angehaltenem Atem wartete sie auf die Antwort.

»No, ma'am. Den würde sowieso keine heiraten, wenn sie nicht verhungern will, höchstens eine von seiner Sorte, die's nicht anders gewohnt ist. In frischen Sachen läuft er trotzdem immer rum, das lange Elend, aber weiter hat Tea Cake nichts auf der Naht. Das soll der schön bleiben lassen, sich an jemand wie Sie ranzuwanzen. Ich dachte, ich sag's lieber, dass Sie Bescheid wissen.«

»Oh dat's all right, Hezekiah. Thank yuh mighty much.«

Als sie am nächsten Abend ihre Stufen hinaufstieg, saß Tea Cake schon vor ihr im Dunkeln auf der Veranda. Er hatte ein

paar frisch gefangene Forellen aufgefädelt als Geschenk mitgebracht.

»Ich nehm sie aus, du brätst sie, und dann essen wir«, sagte
er mit der Gewissheit, keinen Korb zu bekommen. Sie gingen in
die Küche und machten noch Maismuffins zu den Bratfischen
und aßen. Dann setzte sich Tea Cake ohne zu fragen ans Klavier
und fing an, Blues zu spielen und zu singen und ihr dabei über
die Schulter zuzugrinsen. Die Töne lullten Janie ein und als sie
aus ihrem sanften Schlummer erwachte, war Tea Cake dabei,
ihr die Haare zu kämmen und die Schuppen von der Kopfhaut
zu kratzen. Ihr wurde noch behaglicher und schläfriger.

»Tea Cake, wo hast du auf einmal den Kamm her und
kämmst mir die Haare?«

»Hab ich für alle Fälle mitgebracht. Ich hatte so'n Gefühl,
dass ich mich heute Abend dran zu schaffen mache.«

»Warum, Tea Cake? Was hast *du* davon, mir die Haare zu
kämmen? Its *mah* comfortable, not yourn.«

»Mir wird's dabei genauso wohl. Ich kann schon über eine
Woche nicht mehr gut schlafen, weil ich mir so sehr wünsche,
deine Haare in meinen Händen zu fühlen. Die sind so schön.
Das ist ein Gefühl am Gesicht wie unterm Taubenflügel.«

»Mmh! Da bist du ja mächtig schnell zufrieden. Ich hab
diese Haare hier an meinem Gesicht, seit ich auf der Welt bin,
und mich haben sie noch nie zu irgendwas gereizt.«

»Da kriegst du deinen Spruch von mir wieder: Du bist mächtig schwer zufriedenzustellen. Ich wette, mit deinen Lippen bist
du auch nicht zufrieden.«

»Stimmt genau, Tea Cake. Die hab ich und benutz ich, wenn
ich sie brauche, aber für mich ist da nichts Besonderes dran.«

»Mmh! Mmh! Mmh! Ich wette, du gehst nie vor den Spiegel und freust dich selber an deinen Augen. Alle Freude dran lässt du den andern und hast selber gar nichts davon.«

»Nö, die kuck ich mir nie im Spiegel an. Wenn jemand anders irgendwas an denen findet, dann hab ich das noch nicht zu hören bekommen.«

»See dat? You'se got de world in uh jug – alle Welt liegt dir zu Füßen und du erzählst hier, du wüsstest nichts davon. Was bin ich froh, dass ich es bin, der dich endlich mal aufklärt.«

»Auf die Art hast du bestimmt schon viele Frauen ›aufgeklärt‹.«

»Ich mach's wie der Apostel Paulus mit den Heiden. Erst verkünd ich's ihnen und dann beweis ich's ihnen.«

»Hab ich mir gedacht.« Sie gähnte und machte Anstalten, vom Sofa aufzustehen. »Du hast mich so müde gemacht mit deinem Kopfkratzen, dass ich's kaum noch ins Bett schaffe.« Sie stand abrupt auf und raffte ihre Haare zusammen. Er blieb sitzen.

»Nein, du bist nicht müde, Janie. Du willst nur, dass ich gehe. Du denkst, dass ich ein Penner bin und ein Hurenbock und dass du eh schon zu viel Zeit mit mir verplempert hast.«

»Aber Tea Cake! Wie kommst du bloß auf die Idee?«

»Wegen der Art, wie du mich angekuckt hast, als ich das eben gesagt hab. Dein Gesicht hat mir so'n Schrecken eingejagt, dass sich mir die Barthaare gekräuselt haben.«

»Wie käm ich dazu, auf irgendwas böse zu sein, was du tust und sagst? Das hast du völlig falsch verstanden. Ich bin dir überhaupt nicht böse.«

»Das weiß ich und das ist es ja grade, was mir so Blamage macht. Ich bin dir einfach zuwider. Dein Gesicht hat sich grade verabschiedet und ist woanders hingegangen. Nein, du bist mir nicht böse. Ich wär froh, du wärst es, denn dann könnte ich vielleicht was machen, dass du mir gut wirst. Aber so ...«

»Mein Geschmack so oder so muss dich doch gar nicht kümmern, Tea Cake. Das ist die Sache von deiner Freundin. Ich bin bloß 'ne Bekannte von dir mal so zwischendurch.«

Janie ging langsam auf die Treppe zu, und Tea Cake blieb sitzen wie festgefroren, als fürchtete er, nie wieder dort sitzen zu können, wenn er einmal aufgestanden war. Er schluckte schwer und sah ihr nach.

»Ich wollte das eigentlich für mich behalten, wenigstens fürs Erste, aber ich lass mich lieber mit Reißnägeln erschießen, als dass du mit mir solche Töne anschlägst. Ich mein's ernst mit dir – you got me in de go-long.«

Janie wirbelte am Treppenpfosten herum und einen Gedankenblitz lang leuchtete sie auf wie verklärt. Mit dem nächsten Gedanken erlosch sie wieder. Er sagt das nur so dahin, weil er meint, damit kriegt er mich rum. Der nächste Gedanke begrub sie tonnenschwer unter kalter Vergeblichkeit. Er spekuliert drauf, dass er jünger ist als ich. Und hinterher lacht er sich krumm über die blauäugige alte Schachtel. Aber ach, was gäb ich nicht dafür, wenn ich zwölf Jahre jünger wär und könnte ihm glauben!

»Ach, Tea Cake, das sagst du bloß heute Abend, weil uns die Fische und das Maisbrot geschmeckt haben. Morgen wirst du das alles ganz anders sehen.«

»Nein, werd ich nicht. Das weiß ich besser.«

»Von mir aus, aber nach dem, was du mir vorhin in der Küche erzählt hast, bin ich fast zwölf Jahre älter als du.«

»Das hab ich mir auch schon überlegt und versucht, es mir aus dem Kopf zu schlagen, aber es geht nicht. Ich kann an mein Jüngersein denken, soviel ich will, gegen dich kommt der Gedanke nicht an.«

»Den meisten Leuten macht das 'ne ganze Menge aus, Tea Cake.«

»So Sachen sind viel mehr Gewohnheit als sonst was, mit Liebe hat das überhaupt nichts zu tun.«

»Tja, ich wüsste zu gern, was du morgen früh bei Sonnenschein darüber denkst. Das sind jetzt bloß deine Nachtgedanken.«

»Du denkst so und ich denk so. Ich hab da 'nen Dollar, der sagt mir, dass du dich irrst. Aber du wirst das nicht machen, denk ich, dass du um Geld wettest.«

»Hab ich bisher noch nie. Aber wie die Alten so sagen, geboren bin ich, aber tot bin ich noch nicht. Keine Ahnung, was ich vielleicht noch mal mache.«

Er stand plötzlich auf und nahm seinen Hut. »Gute Nacht, Mis' Janie. Jetzt sind wir von Höckchen auf Stöckchen gekommen mit unserm Gespräch und fertig für heute. Wiedersehen.« Er rannte beinahe zur Tür hinaus.

Janie hing so lange gedankenversunken über dem Treppenpfosten, dass sie um ein Haar dort eingeschlafen wäre. Bevor sie jedoch ins Bett ging, unterzog sie ihre Haare, Mund und Augen noch einer eingehenden Betrachtung.

Den ganzen nächsten Tag dachte sie im Haus und im Laden mit Abwehrgedanken an Tea Cake. Sie zog sogar innerlich über ihn her und schämte sich ein wenig für die Bekanntschaft. Doch alle ein oder zwei Stunden musste die Sache aufs Neue ausgefochten werden. Sie schaffte es einfach nicht, in ihm nur einen Mann wie alle andern zu sehen. Er sah aus, wie sich Frauen die Liebe vorstellen. Er konnte die Biene zu einer Blüte sein – einer Birnenblüte im Frühling. Es war, als ob er mit seinen Schritten der Welt Düfte auspresste. Als ob er mit jedem Schritt, den er tat, aromatische Kräuter zertrat. Würzgerüche umdufteten ihn. Er war ein Lichtblick von Gott.

Dann kam er an jenem Abend nicht und sie lag im Bett und steigerte sich in abschätzige Gedanken hinein. »Wetten, er treibt sich in irgend so einem Jook rum, wo sie saufen und tanzen. Gut, dass ich ihm die kalte Schulter gezeigt hab. Was sollte ich von so einem nichtsnutzigen Straßennigger wollen? Wetten, er lebt mit irgend so einem Weibsstück zusammen und streut mir bloß Sand in die Augen. Gut, dass ich noch rechtzeitig vernünftig geworden bin.« Auf die Art versuchte sie sich zu trösten.

Am nächsten Morgen wachte sie von einem Klopfen an der Haustür auf. Es war Tea Cake.

»Hallo, Mis' Janie. Ich hoffe, ich hab dich aufgeweckt.«

»Kann man wohl sagen, Tea Cake. Komm rein, leg ab. Wieso bist du so früh am Morgen schon auf den Beinen?«

»Ich dachte, ich schau, dass ich früh genug komme, um dir meine Taggedanken zu sagen. Du musst unbedingt meine Taggefühle erfahren. Bei Nacht krieg ich dir die nicht beigebogen.«

»Du Knallkopf! Und deshalb tauchst du im Morgengrauen hier auf?«

»Klar. Du musst es verkündet und bewiesen bekommen, und genau das werde ich tun. Ein paar Erdbeeren hab ich dir auch gepflückt, ich dachte, die schmecken dir vielleicht.«

»Tea Cake, ich weiß wirklich nicht, was ich von dir halten soll. Du bist ja völlig durchgeknallt. Am besten, ich mach dir erst mal Frühstück.«

»Keine Zeit. Ich hab Arbeit. Muss um acht wieder in Orlando sein. Mag dich sehr, später mehr.«

Er stürmte den Weg hinunter, und weg war er. Aber als sie am Abend vom Laden kam, lag er ausgestreckt in der Hängematte auf der Veranda, den Hut überm Gesicht, und stellte sich schlafend. Sie rief seinen Namen. Er tat so, als hörte er nicht. Er schnarchte lauter. Sie trat an die Hängematte, um ihn zu schütteln, und er schnappte sie und zog sie zu sich hinein. Ein kurzes Zögern, dann ließ sie sich von ihm in seinen Armen zurechtpacken und blieb eine Weile so.

»Tea Cake, ich weiß nicht, wie es dir geht, aber ich hab Hunger. Komm, lass uns was zu essen machen.«

Sie gingen hinein und ihr Gelächter scholl erst aus der Küche und dann durchs ganze Haus.

Am nächsten Morgen erwachte Janie von dem Gefühl, dass Tea Cake ihr fast den Atem wegküsste, sie hielt und sie liebkoste, als fürchtete er, sie könnte sich seinem Griff entwinden und davonfliegen. Dann musste er sich schleunig anziehen, um rechtzeitig zur Arbeit zu kommen. Er ließ nicht zu, dass sie ihm Frühstück machte, nein, überhaupt nichts. Er wollte, dass sie ausschlief. Sie musste liegen bleiben. Dabei hätte sie ihm von Herzen gern Frühstück gemacht. Doch als er weg war, blieb sie noch lange im Bett.

So viel war aus den Poren gedampft, dass Tea Cake immer noch da war. Sie fühlte, ja sah ihn beinahe über sich in der Luft durchs Zimmer toben. Nach einer langen Zeit glücklichen

Nachgenießens stand sie auf, öffnete das Fenster und ließ Tea Cake hinausspringen und auf dem Wind zum Himmel empor-fahren. So fing es an.

In der Kühle des frühen Abends schlich sich der Höllen-dämon, der eigens die Liebenden heimsucht, an Janies Ohr. Der Zweifel. Sämtliche Ängste, die der äußere Umstand bereiten und das Herz empfinden kann, überfielen sie von allen Seiten. Dieses Gefühl war neu für sie, aber darum nicht minder qualvoll. Wenn Tea Cake ihr doch nur Sicherheit geben würde! Er kehrte weder diesen noch den nächsten Abend wieder, und so stürzte sie in den Abgrund und sank in die neunte Finsternis ab, wohin noch nie ein Lichtstrahl gedrungen ist.

Aber am vierten Tag kam er am Nachmittag in einem klapp-rigen Auto angefahren. Sprang heraus wie ein junger Hirsch und machte eine Bewegung, als würde er es an einem Pfosten der Ladenveranda anbinden. Grinsend wie eh und je! Sie ver-götterte ihn und gleichzeitig hasste sie ihn. Wie konnte er sie derart leiden lassen und dann ankommen und sie auf diese allerliebste Art angrienen, die er hatte? Er zwickte sie in den Arm, während er zur Tür hineinging.

»Hab mir was besorgt, um dich abzuschleppen«, sagte er mit seinem verschmitzten Lachen. »Hol deinen Hut, wenn du einen aufsetzen willst. Wir müssen Lebensmittel einkaufen gehen.«

»Ich verkaufe Lebensmittel hier in diesem Laden, Tea Cake, falls dir das noch nicht aufgefallen ist.« Sie versuchte kalt drein-zuschauen, aber wider Willen musste sie lächeln.

»Nicht solche, wie wir haben wollen. Du verkaufst Lebens-mittel fürs gemeine Volk. Wir wollen welche für *dich* einkaufen. Morgen ist das große Sonntagsschulpicknick – ich wette, das hast du vergessen –, und wir zwei Hübschen werden da mit einem feudalen Fresskorb aufkreuzen.«

»Ich weiß nicht so recht, Tea Cake. Weißt du was? Fahr schon mal vor zum Haus und warte auf mich. Ich komm gleich nach.«

Sobald sie das Gefühl hatte, dass es nicht auffiel, schlüpfte sie zur Hintertür hinaus und gesellte sich zu ihm. Kein Grund, sich was vorzumachen. Vielleicht wollte er einfach nur höflich sein.

»Tea Cake, bist du sicher, dass du mich zu diesem Picknick mithaben willst?«

»Ich leg mich krumm, dass ich das Geld zusammenkratze, um dich einzuladen – zwei Wochen lang hab ich geschuftet wie ein Hund –, und sie kommt an und fragt, ob ich sie mithaben will! Da reiß ich mir ein Bein aus, dass ich das Auto kriege und mit dir nach Winter Park oder Orlando fahren und die Sachen besorgen kann, die du nötig hast, und die Frau sitzt da und fragt mich, ob ich sie mithaben will!«

»Sei mir nicht böse, Tea Cake, ich wollte bloß nicht, dass du was aus Höflichkeit machst. Wenn du lieber mit jemand anders gehen willst, macht mir das nichts aus.«

»Ach Quatsch, es macht dir schon was aus. Sonst würdest du das nicht sagen. Hab doch den Mut zu sagen, was du denkst.«

»Well, all right, Tea Cake, ich will sehr gern mit dir da hingehen, aber … ach, Tea Cake, spiel mir bitte kein Theater vor!«

»Janie, Gott soll mich erschlagen, wenn ich lüge. Keine andere auf der ganzen Welt kann dir das Wasser reichen, baby. You got de keys to de kingdom – die Schlüssel zum Himmelreich, die hast du.«

12 Nach dem Picknick war es, dass das Dorf die Sache langsam spitzkriegte und sich empörte. Tea Cake und die Frau Bürgermeister Starks! Konnte Männer haben noch und nöcher und gab sich mit einem wie Tea Cake ab! Obendrein war Joe Starks erst neun Monate unter der Erde, und schon wedelt sie in rosa Wäsche zu einem Picknick ab. Zur Kirche ging sie auch nicht mehr wie früher. Düste mit Tea Cake im Auto nach Sanford, von Kopf bis Fuß in Blau! Eine Schande war das! Lief auf einmal in Stöckelschuhen rum und 'nem Zehndollarhut! Kam daher wie ein junges Mädchen, immer in Blau, weil Tea Cake das so haben wollte. Der arme Joe Starks. Wetten, er dreht sich jeden Tag im Grab um, wenn er das sieht. Wie Tea Cake und Janie jagen gehen. Wie Tea Cake und Janie angeln gehen. Wie Tea Cake und Janie nach Orlando ins Kino gehen. Wie Tea Cake und Janie tanzen gehen. Wie Tea Cake bei Janie Blumenbeete anlegt und den Garten für sie einsät. Wie er den Baum vor dem Esszimmerfenster fällt, den sie noch nie leiden mochte. Diese ganzen Zeichen von Besitzergreifung.

Wie Tea Cake Janie in einem geliehenen Wagen Autofahren beibringt. Wie Tea Cake und Janie Dame spielen; wie sie Coon-Can spielen; wie sie Florida-Flip spielen und dabei den ganzen Nachmittag auf der Ladenveranda hocken, als ob sonst niemand da wäre. Tag für Tag und Woche für Woche.

»Pheoby«, sagte Sam Watson eines Abends beim Zubettgehen, »ich glaube, deine Freundin hat richtig was mit diesem Tea Cake laufen. Hab's erst gar nicht glauben wollen.«

»Aach, da denkt die sich nicht viel bei. Ich glaube, sie hat's irgendwie auf diesen Leichenbestatter in Sanford abgesehen.«

»Auf irgendwen muss sie's abgesehen haben, denn sie macht dieser Tage mächtig was her. Ständig neue Kleider und fast jeden Tag die Haare anders gekämmt. Wegen irgendwas muss das Gekämme ja sein. Wenn 'ne Frau sich laufend derart am Kopf rumfuhrwerkt, dann steckt todsicher ein Mann dahinter.«

»Klar kann sie machen, was sie will, aber der aus Sanford ist 'ne gute Partie. Seine Frau ist gestorben und er hat ein schönes Haus, wo sie gleich einziehen kann – möbliert und alles. Besser als das Haus, was sie von Joe geerbt hat.«

»Du solltest ihr mal ins Gewissen reden, denn mit Tea Cake kann sie am Ende nur alles verprassen, was sie hat. Darauf wird er auch aus sein. Dass er alles verpulvert, was Joe Starks mit harter Arbeit aufgebaut hat.«

»So sieht's aus. Trotzdem ist es immer noch ihre Entscheidung. Mittlerweile sollte sie wissen, was sie machen will.«

»Die Männer haben heute auf der Plantage drüber gelästert und Gift und Galle wegen ihr und Tea Cake gespuckt. Die schätzen, dass er jetzt für sie in die Tasche greift, damit sie später für ihn in die Tasche greift.«

»Mmh! Mmh! Mmh!«

»Na, denen ihr Urteil steht jedenfalls fest. Vielleicht ist es nicht so schlimm, wie sie sagen, aber so wie sie reden, kommt sie richtig schlecht dabei weg.«

»Das ist doch bloß Bosheit und Neid. Ein paar von den Männern würden nur zu gern selber machen, was sie jetzt Tea Cake ans Zeug flicken wollen.«

»Der Pfarrer behauptet, Tea Cake lässt sie nicht mal mehr ab und zu in die Kirche gehen, weil er von dem Geld für die Kollekte lieber Benzin kaufen will. Bringt die Frau komplett von der Kirche ab. Aber wie auch immer, sie ist deine gute Freundin, da solltest du mal ein Wörtchen mit ihr reden. Lass hier und da 'ne kleine Andeutung fallen, und wenn Tea Cake sie wirklich ausnehmen will, dann merkt sie's dadurch vielleicht. Ich mag die Frau leiden und es wär mir gar nicht recht, wenn's ihr gehen würde wie Mis' Tyler.«

»Um Gottes willen, nein! Ich werd morgen mal bei Janie vorbeischauen und 'n Schwatz mit ihr halten. Sie wird sich einfach nicht überlegen, was sie da macht.«

Am nächsten Morgen steuerte Pheoby Janies Haus auf so zielstrebigen Umwegen an wie ein Huhn den Nachbargarten. Blieb stehen und unterhielt sich ein Weilchen mit jedem, der ihr begegnete, bog kurz einmal zu dieser und jener Veranda ab, so dass ihr fester Vorsatz wie Zufall aussah und sie unterwegs niemandem über ihre Meinung Auskunft geben musste.

Janie wirkte erfreut, sie zu sehen, und nach einer Weile kam Pheoby zur Sache: »Janie, alle reden darüber, dass dieser Tea Cake dich zu Sachen mitschleift, die gar nichts für dich sind. Baseballspiele und Jagen und Angeln. Er hat keine Ahnung, dass du 'n besseren Umgang gewohnt bist. Sonst hast du doch immer Abstand gehalten.«

»Jody hat mich auf Abstand gehalten. Ich nicht. Nein, Pheoby, Tea Cake schleift mich nirgendwo hin, wo ich nicht hin will. Ich wollte immer gern viel unternehmen, aber Jody hat mich nicht gelassen. Wenn ich nicht im Laden war, sollte ich bloß die Hände in den Schoß legen und dasitzen. Und dann hab ich dagesessen und die Wände haben mich fast erdrückt und alles Leben aus mir rausgepresst. Pheoby, so gebildete Frauen haben 'n Haufen Sachen, wo sie sich hinsetzen und drüber nachdenken können. Denen hat wer gesagt, für was sie sich hinsetzen sollen. Meiner Wenigkeit hat das niemand gesagt, deshalb vertrag ich das Stillsitzen nicht. Ich will mich betätigen, soviel ich kann – Ah wants tuh utilize mahself all over.«

»Aber Janie, dieser Tea Cake, gut, ein Knastbruder ist er nicht, aber arm wie 'ne Kirchenmaus ist er. Hast du keine Angst, dass er bloß hinter deinem Geld her ist – wo er doch jünger ist als du?«

»Bis jetzt hat er noch nicht einen Penny von mir haben wollen, und wenn er gern gut lebt, dann ist er darin nicht anders wie wir alle. Diese ganzen alten Knacker, die mir auf der Pelle hocken, sind doch alle hinter demselben her. Hier im Ort gibt's noch drei Witwen, warum brechen sie sich nicht wegen denen den Hals? Weil die nichts haben, darum.«

»Die Leute haben dich in bunten Kleidern ausgehen sehen und sie finden, du erweist deinem toten Mann nicht den Respekt, der sich gehört.«

»Ich trauer nicht um ihn, warum soll ich dann Trauer tragen? Tea Cake mag mich in Blau, also geh ich in Blau. Jody hat sein Leben lang keine Farbe für mich ausgesucht. Die Welt hat sich Schwarz und Weiß zum Trauern ausgesucht, nicht Joe. Insofern bin ich gar nicht für ihn so gegangen. Ich hab's für euch andere gemacht.«

»Ja aber trotzdem, Janie, pass auf dich auf und lass dich nicht ausnutzen. Du weißt doch, wie's diese jungen Männer mit älteren Frauen machen. Meistens nehmen sie, was sie kriegen können, und dann schwirren sie ab – gone lak uh turkey through de corn.«

»Tea Cake macht andere Töne. Er hat was Festes mit mir vor. Wir haben beschlossen, zu heiraten.«

»Janie, das ist deine Entscheidung und ich hoffe, du weißt, was du tust. Ich will wirklich hoffen, dass es dir nicht wie dem Opossum geht: je älter du wirst, umso weniger Verstand. Mir wär wesentlich wohler, wenn du den Mann da aus Sanford heiraten würdest. Er kann ordentlich was zutun, wenn ihr zusammenlegt, und das ist auch besser so. Bei dem ist was dahinter.«

»Und trotzdem ist mir Tea Cake lieber.«

»Na ja, wenn du dich schon entschieden hast, dann kann man nichts machen. Aber du riskierst Kopf und Kragen.«

»Nicht mehr, wie ich vorher riskiert hab, und nicht mehr, wie jeder andere auch riskiert, wenn er heiratet. Heiraten verändert einen, und manchmal kommt dabei Schmutz und Gemeinheit zum Vorschein, wo nicht mal derjenige welcher was von geahnt hat. Das weißt du auch. Vielleicht wird es bei Tea Cake so kommen. Vielleicht nicht. Auf jeden Fall hab ich fest vor, es mit ihm drauf ankommen zu lassen.«

»Und wann wollt ihr den Schritt tun?«

»Das wissen wir noch nicht. Der Laden muss verkauft werden, und dann gehen wir irgendwohin, um zu heiraten.«

»Wieso willst du den Laden verkaufen?«

»Weil Tea Cake kein Jody Starks ist, und wenn er versuchen würde, einer zu sein, würde das ganz sicher nach hinten losgehen. Und in dem Moment, wo ich ihn heirate, werden alle anfangen, ihn zu vergleichen. Deshalb haben wir uns gedacht, wir gehen weg und fangen irgendwo noch mal an, so wie Tea Cake will. Uns geht's nicht ums Geschäft, um Geld oder Titel. Uns geht's um die Liebe. Bis jetzt hab ich gelebt, wie meine Oma wollte, jetzt will ich leben, wie ich will.«

»Was meinst du damit, Janie?«

»Sie war noch in der Sklaverei geboren, wo niemand, jedenfalls nicht wenn er schwarz war, sich eben mal hingesetzt hat, wenn ihm danach war. Deshalb war das für sie Wunder was, auf der Veranda zu sitzen wie die weiße Madam. Das hat sie sich für mich gewünscht – egal um welchen Preis. Git up on uh high chair and sit dere. Aber was du tust vor lauter Nichtstun, wenn du da thronst auf deinem hohen Stuhl, das zu überlegen hatte sie gar keine Zeit. Das Ziel war, raufzukommen. Also hab ich mich auf den hohen Stuhl gehockt, wie sie mir gesagt hat, aber Pheoby, ich bin da oben fast gestorben vor Langeweile. Die ganze Welt schreit ›Extrablatt‹ und ich hab noch nicht mal die normalen Meldungen gelesen, so war mir zumute.«

»Mag sein, Janie. Und trotzdem würde ich das zu gern auch mal erleben, und wenn's nur für ein Jahr wär. Ich stell mir das himmlisch vor.«

»Kann ich mir vorstellen.«

»Trotzdem, Janie, überleg dir das gut, ob du wirklich alles verkaufen und mit 'nem fremden Mann weggehen willst. Kuck dir an, was Annie Tyler passiert ist. Hat das bisschen genommen, was sie noch hatte, und ist mit diesem jungen Burschen nach Tampa ab, diesem Who Flung oder wie er sich nennt. Das sollte einem zu denken geben.«

»Stimmt schon. Trotzdem bin ich keine Mis' Tyler und Tea Cake ist kein Who Flung, und ein Fremder ist er auch nicht für mich. Wir sind jetzt schon so gut wie verheiratet. Aber ich häng das nicht an die große Glocke. Das erzähl ich *dir* und sonst niemand.«

»Ich mach's wie die Hühner: Wasser trinken, aber nicht Pipi machen.«

»Ja, ich weiß, dass du nichts weitersagst. Wir haben auch nichts zu verbergen. Wir wollen bloß noch keinen großen Wirbel drum machen.«

»Du hast ganz recht, dass du nichts sagst, aber Janie, du gehst ein riesengroßes Risiko ein.«

»So groß, wie es aussieht, ist das Risiko auch wieder nicht, Pheoby. Ich bin älter wie Tea Cake, gut. Aber er hat mir klargemacht, dass wie einer denkt, dass das den Altersunterschied macht. Wenn zwei dasselbe denken, dann spielt der gar keine Rolle. Am Anfang, da mussten schon neue Gedanken gedacht und neue Worte gesprochen werden. Wo ich mich jetzt dran gewöhnt hab, kommen wir prima zurecht miteinander. Er hat mir die Jungmädchensprache noch mal von ganz von vorn beigebracht. Wart ab, bis du das neue blaue Seidenkleid siehst, das Tea Cake für mich ausgesucht hat, wenn wir zum Traualtar gehen. Stöckelschuhe, Halskette, Ohrringe, *alles*, wo er mich mit sehen möchte. Und eines schönen Morgens werd ich dann auf und davon sein: Some of dese mornin's and it won't be long, you gointuh wake up callin' me and Ah'll be gone.«

13 Jacksonville. Jacksonville hatte in Tea Cakes Brief gestanden. Er habe früher schon in den Bahndepots dort gearbeitet und sein alter Boss habe ihm vom nächsten Zahltag an Arbeit versprochen. Kein Grund, dass Janie noch länger wartete. Gleich das neue blaue Kleid angezogen, denn er wolle sie direkt vom Zug weg heiraten. Keine Zeit mehr verloren und los, denn allein der Gedanke an sie mache puren Zucker aus ihm. Nie könnte er ihr böse sein: Come on, baby, papa Tea Cake never could be mad with you!

Janies Zug fuhr so früh am Tag, dass kaum jemand etwas mitbekam, aber die wenigen, die sie abfahren sahen, hatten dennoch viel zu erzählen. Gut ausgesehen hatte sie, das mussten sie ihr lassen, aber was sie da machte, das gehörte sich nicht. Es war schwer, eine Frau zu lieben, bei der man immer ins Wunschträumen kam.

Der Zug ratterte und schaukelte Meile um Meile über die glänzenden Stahlgleise dahin. Hin und wieder ließ der Lokführer für die Leute in den Städten, durch die er fuhr, die Pfeife schrillen. Und der Zug dampfte weiter nach Jacksonville, weiter voran zu den vielen Dingen, die sie sehen und erfahren wollte.

Und dort am großen alten Bahnhof stand Tea Cake im neuen blauen Anzug zum Strohhut und schleppte sie als Allererstes zum nächsten Pfarrer. Dann sofort weiter in das Zimmer, wo er die letzten zwei Wochen allein geschlafen und auf sie gewartet hatte. Und noch einmal so ein Kosen und Küssen und Machen, wie es die Welt noch nicht gesehen hatte. Sie war so glücklich, dass sie es mit der Angst zu tun bekam. Sie blieben den Abend auf dem Zimmer und machten es sich gemütlich, aber am nächsten Abend gingen sie groß aus, und danach fuhren sie mit der Straßenbahn umher und sahen sich alles an. Da Tea Cake zahlte und für alles aufkam, erzählte Janie ihm nichts von den zweihundert Dollar, die sie an der nackten Haut trug, innen ins Hemd geheftet. Pheoby hatte sie beschworen, die mitzunehmen und geheim zu halten, nur zur Sicherheit. Im Geldbeutel blieben ihr nach der Fahrt noch zehn Dollar. Sollte Tea Cake ruhig glauben, dass sie nicht mehr mithatte. Vielleicht lief es ja doch nicht so, wie sie dachte. Seitdem sie aus dem Zug gestiegen war, musste sie ständig über Pheobys Ratschlag lachen. Sie nahm sich vor, Tea Cake irgendwann von der Schnapsidee zu erzählen, wenn sie sicher sein konnte, dass es ihn nicht mehr kränkte. Die Zeit verging und sie war eine Woche verheiratet und schickte Pheoby eine Postkarte mit Bild.

An dem Morgen stand Tea Cake vor Janie auf. Sie war noch müde und meinte, er solle doch zum Frühstück ein paar Fische holen gehen. Wenn er dann wiederkam, werde sie ausgeschlafen haben. Er sagte, das werde er, und sie drehte sich um und

157

schlief wieder ein. Als sie aufwachte und Tea Cake war noch nicht wieder da und die Uhr zeigte an, dass es langsam spät wurde, stand sie auf und wusch sich Gesicht und Hände. Vielleicht war er ja unten in der Küche und machte Frühstück, um sie schlafen zu lassen. Janie ging hinunter und die Vermieterin wollte, dass sie einen Kaffee mit ihr trank, weil sie sagte, ihr Mann sei tot und es sei nicht schön, morgens allein Kaffee zu trinken.

»Ist Ihr Mann heute Morgen zur Arbeit gegangen, Mis' Woods? Ich hab ihn schon vor 'ner ganzen Weile losgehen sehen. Da können wir beide uns Gesellschaft leisten, nicht wahr?«

»Aber ja, Mis' Samuels, das können wir. Sie erinnern mich an meine Freundin in Eatonville. Doch, Sie sind genauso nett und freundlich.«

Also trank Janie ihren Kaffee und schlummelte in ihr Zimmer zurück, ohne der Vermieterin irgendwelche Fragen zu stellen. Tea Cake musste die ganze Stadt nach diesen Fischen absuchen. Sie hielt sich diesen Gedanken vor, um sich sonst nicht so viel zu denken. Als sie das Zwölfuhrpfeifen hörte, beschloss sie, aufzustehen und sich anzuziehen. Da stellte sie fest, dass ihre zweihundert Dollar weg waren. Das Stofftäschchen mit der Sicherheitsnadel lag unter ihren Sachen auf dem Stuhl und das Geld war nirgends im Zimmer. Sie wusste sofort, dass das Geld an keinem andern Ort versteckt sein konnte, jedenfalls nicht von ihr, wenn es nicht in dem kleinen Geldbeutel war, den sie sich in ihr rosa Seidenunterhemd gesteckt hatte. Aber mit dem Durchsuchen des Zimmers hatte sie etwas zu tun, und tätig zu sein tat ihr gut, obwohl sie im Grunde nichts anderes tat, als sich auf der Stelle zu drehen.

Aber so fest dein Vorsatz auch sein mag, du kannst dich nicht ständig im Kreis drehen wie ein Pferd an der Zuckerrohrmühle. Also setzte sich Janie hin und starrte in den Raum. Saß und starrte. Das Zimmerinnere sah wie ein Alligatormaul aus – weit aufgerissen, bereit zu verschlingen. Draußen vor dem Fenster sah Jacksonville aus, als müsste man einen Zaun drum bauen, damit es nicht am Busen des Äthers verfloss. Es war zu groß, um Wärme abzugeben, geschweige um eine wie sie zu brauchen. Den ganzen Tag und die ganze Nacht zauste sie die Zeit wie einen Knochen ab.

Am späten Vormittag wurde sie von dem Gedanken an Annie Tyler und Who Flung heimgesucht. Annie Tyler, die mit zweiundfünfzig als Witwe mit einem schönen Zuhause und einer Stange Geld von der Versicherung dasaß.

Mrs Tyler mit ihren gefärbten Haaren, frisch entkraust, ihrem störenden neuen Gebiss, ihrer puderfleckigen Lederhaut und ihrem Gickeln. Mit ihren Liebesaffären, Affären mit Jungen um die zwanzig, denen sie großzügig Anzüge, Schuhe, Uhren und solche Sachen spendierte, und ihrem ewigen Schicksal, dass alle sie verließen, sobald ihre Wünsche erfüllt waren. Als ihre Barschaft aufgebraucht war, war dann Who Flung gekommen, hatte seinen Vorgänger als Halunken beschimpft und sich selber im Haus breitgemacht. Er hatte sie überredet, das Haus zu verkaufen und mit ihm nach Tampa zu gehen. Alle hatten sie abhumpeln sehen. Die müden Klumpfüße von den zu kleinen Stöckelschuhen gemartert. Die Körpermassen in ein enges Korsett gequetscht, das ihre Mitte zum Kinn emporrückte. Trotzdem war sie lachend und selbstgewiss abgezogen. So selbstgewiss wie Janie.

Zwei Wochen später hatten der Gepäckträger und der Schaffner der Lokalbahn nach Norden ihr in Maitland aus dem Zug geholfen. Die Haare in grauen, schwarzen, bläulichen und rötlichen Strähnen. Spuren jedes erdenklichen Unfugs, den man mit billigen Haarfärbemitteln anrichten konnte. Die schicken Schuhe so krumm und zerschunden wie die von der Arbeit entstellten Füße. Das Korsett weg und die tatternde alte Frau ein einziges Fleischgehänge. Wohin man kuckte, alles hing. Das Kinn hing ihr von den Ohren und wulstete über den Hals wie eine zusammengeschobene Gardine. Busen und Bauch und Hintern hingen und die Waden wabbelten über die Knöchel. Sie stöhnte, aber mit dem Gickeln war es vorbei.

Sie war am Ende und ihr Stolz war dahin. Das erzählte sie denen, die fragten, was passiert war. Who Flung hatte sie in ein schäbiges Zimmer in einem schäbigen Haus in einer schäbigen Straße gebracht und versprochen, sie am nächsten Tag zu heiraten. Sie blieben zwei volle Tage in dem Zimmer, und als Annie Tyler das nächste Mal aufwachte, war Who Flung mit ihrem Geld verschwunden. Sie stand auf, um sich umzutun und ihn zu finden, und musste feststellen, dass sie zu kaputt war, um viel ausrichten zu können. Das Einzige, was sie fand, war die Erkenntnis, dass sie ein zu alter Schlauch war für neuen Wein. Am nächsten Tag hatte der Hunger sie zur Selbsthilfe getrieben. Sie hatte sich auf die Straße gestellt und gelächelt und gelächelt, dann gelächelt und gebettelt und schließlich nur noch gebettelt. Nach einer Woche schmerzhafter Weltberührung war zufällig ein junger Mann aus dem Heimatdorf vorbeigekommen und hatte sie gesehen. Sie brachte es nicht fertig, ihm die Wahrheit zu sagen. Sie erzählte ihm einfach, sie wäre aus dem Zug ge-

stiegen und jemand hätte ihr den Geldbeutel geraubt. Selbstverständlich hatte er ihr geglaubt und sie mit zu sich nach Hause
genommen, damit sie sich ein, zwei Tage erholte, dann hatte
er ihr eine Rückfahrkarte nach Hause gekauft.

Sie steckten sie ins Bett und benachrichtigten ihre Tochter,
die in der Gegend von Ocala verheiratet war. Die Tochter kam,
so schnell sie konnte, und nahm Annie Tyler mit, damit sie in
Frieden sterben konnte. Ihr ganzes Leben lang hatte sie auf
etwas gewartet, und als es dann kam, zerbrach sie daran.

Die Erinnerung wuchs sich zu Bildern aus und umlager-
te die ganze Nacht Janies Bett. Komme was wolle, sie würde
nicht nach Eatonville zurückgehen, um sich auslachen und
bemitleiden zu lassen. Sie hatte zehn Dollar in der Tasche und
zwölfhundert auf der Bank. Aber o Gott, lass Tea Cake nicht
irgendwo verletzt auf der Straße liegen und ich weiß nichts
davon. Und Gott, bitte bitte, lass ihn keine andere lieben als
mich. Vielleicht, o Herr, bin ich wirklich nicht recht gescheit,
wie sie sagen, but Lawd, Ah been so lonesome, and Ah been
waitin', Jesus. Wie lange hab ich einsam gewartet.

Janie nickte ein, aber sie wachte rechtzeitig auf, um zu
sehen, wie die Sonne Späher vorausschickte, die ihr die Straße durch die Dunkelheit weisen sollten. Die Sonne lugte über
die Schwelle der Welt und machte ein paar Sperenzchen mit
Rot. Bald jedoch ließ sie das alles sein und ging ganz in Weiß
gewandet ihrem Tagesgeschäft nach. Aber für Janie würde es
immerdar dunkel bleiben, wenn Tea Cake nicht bald zurückkam. Sie stieg aus dem Bett, doch ihr fehlte der Halt, um auf
einem Stuhl zu sitzen. Sie sank auf den Boden nieder, den Kopf
auf einen Schaukelstuhl gelegt.

Nach einer Weile spielte draußen vor der Tür jemand Gitarre. Spielte richtig flott. Und gut klang es obendrein. Doch es machte sie traurig, so »blue«, wie sie sich fühlte. Dann fing der Mann auch noch zu singen an: »Ring de bells of mercy. Call de sinner man home.« Ihr floss das Herz über, als sie den Sünder erkannte, der da von den Gnadenglocken heimgerufen werden wollte.

»Tea Cake, bist du das?«

»Du weißt doch genau, dass ich's bin, Janie. Warum machst du die Tür nicht auf?«

Doch das wartete er nicht ab. Kam hereinspaziert mit einer Gitarre und einem Grinsen. Die Gitarre hing ihm an einer roten Seidenschnur um den Hals und das Grinsen hing ihm von den Ohren.

»Du musst mich nicht fragen, wo ich die ganze Zeit gewesen bin, denn es ist meine Dienst- und Ehrenpflicht, es dir zu erzählen.«

»Tea Cake, ich –«

»Liebe Güte, Janie, wieso sitzt du am Boden?«

Er nahm ihren Kopf in die Hände und ließ sich vorsichtig auf dem Stuhl nieder. Sie sagte nichts. Er streichelte ihr den Kopf und sah ihr ins Gesicht.

»Ich weiß, was du hast. Du hast wegen dem Geld an mir gezweifelt. Hast gedacht, ich wäre damit auf und davon. Kann ich dir nicht verdenken, aber so war's nicht, wie du denkst. Die mich dazu bringt, dass ich unser Geld mit ihr verjuxe, die Kleine ist noch nicht geboren und die Mama von der ist schon tot. Ich hab's dir schon mal gesagt: you got de keys tuh de kingdom. Da kannst du dich drauf verlassen.«

»Aber trotzdem bist du weg und hast mich den ganzen Tag und die ganze Nacht hier sitzenlassen.«

»Aber nicht, weil ich das gewollt hätte, und bei Gott nicht wegen 'ner Frau, wirklich nicht. Wenn du nicht die Kraft hättest, mich zu halten, und zwar richtig fest, dann würdest du heute nicht Mis' Woods heißen. Ich hab Frauen genug gehabt, bevor ich mit dir ins Reden gekommen bin. Du bist die einzigste Frau auf der Welt, bei der ich je das Wort heiraten in den Mund genommen hab. Dass du älter bist, hat nichts zu sagen. Tu das einfach mal aus deinem Kopf raus. Falls ich je was mit 'ner andern Frau anfange, dann ganz gewiss nicht wegen ihrem Alter. Das wär dann nur, weil sie mich auf dieselbe Art kriegt wie du – und da könnt ich nichts gegen machen.«

Er setzte sich neben sie auf den Boden und küsste sie auf die Mundwinkel und zog diese spaßhaft nach oben, bis sie lächeln musste.

»Alle mal herhören!«, verkündete er einem imaginären Publikum. »Sister Woods hat vor, ihren Mann zu verlassen!«

Janie lachte und lehnte sich schließlich an ihn. Dann verkündete sie demselben Publikum: »Mis' Woods got herself uh new lil boy rooster – aber ihr süßes Gockelchen war irgendwo fortgeflattert und will ihr nichts davon erzählen.«

»Vor allem andern müssen wir zwei was essen, Janie. Dann können wir reden.«

»Eins sag ich dir: Fische holen schick ich dich nicht noch mal.«

Er kniff sie in die Seite und ignorierte ihre Bemerkung.

»Tut nicht not, dass einer von uns sich heute Morgen Arbeit macht. Sag einfach Mis' Samuels Bescheid, sie soll uns machen, was du gern hättest.«

»Tea Cake, wenn du mir nicht bald erzählst, was los war, dann hau ich dir den Schädel so platt wie 'nen Zehner.«

Tea Cake hielt dicht, bis er gefrühstückt hatte, dann erzählte er ihr die Geschichte und stellte sie mimisch dar.

Er hatte das Geld erspäht, als er sich den Schlips umband. Er nahm es und besah es sich aus Neugier und steckte es sich in die Tasche, um es zu zählen, während er die Fische fürs Frühstück besorgen ging. Als er entdeckte, wie viel es war, war er ganz aufgeregt und bekam Lust, den Leuten zu zeigen, mit wem sie's zu tun hatten. Bevor er den Fischmarkt gefunden hatte, traf er einen Kollegen, mit dem er früher im Lokschuppen gearbeitet hatte. Ein Wort gab das andere und kurzentschlossen nahm er sich vor, ein bisschen was auf den Kopf zu hauen. Er hatte noch nie im Leben so viel Geld in den Fingern gehabt und er wollte einfach mal sehen, wie es sich anfühlte, Millionär zu sein. Sie fuhren nach Callahan hinaus, wo die Bahndepots waren, und er beschloss, am Abend ein großes Hühnchen- und Makkaroniessen zu geben und alle einzuladen.

Er kaufte die Sachen zusammen, und sie suchten sich einen zum Gitarrespielen, damit auch getanzt werden konnte. Dann ließen sie überall verbreiten, dass die Leute kommen sollten. Und die Leute kamen! Ein großer Tisch vollbeladen mit Hühnchen und Weißbrot und einer Waschwanne voll Makkaroni mit massig Käse drin. Als der Mann dann zu klampfen anfing, kamen die Leute von Osten, Westen, Norden und Australien. Und er stand am Eingang und zahlte allen hässlichen Frauen zwei Dollar dafür, dass sie *nicht* reinkamen. Eine dicke beigehäutige Frau war so hässlich, da war es ihm fünf Dollar wert, dass sie nicht reinkam, und die gab er ihr dann.

Alle amüsierten sich prächtig, bis ein Mann ankam, der sich für sonst was hielt. Er fing an, sich sämtliche Hühnchen zu grapschen und zu zerrupfen und Leber und Kaumagen rauszuklauben. Als niemand ihn beruhigen konnte, riefen sie Tea Cake, dass er ihn vielleicht gebremst kriegte. Also ging Tea Cake hin und fragte den Mann: »Sag mal, was ist eigentlich in dich gefahren?«

»Ich lass mir von niemand was vorschreiben. Und mein Essen lass ich mir schon gar nicht zuteilen. Ich bestimm immer selber, was ich essen will.« Und er wühlte sich weiter durch den Berg Hühnchen. Da wurde Tea Cake sauer.

»Mann, du bist wurstiger wie'n ganzer Schlachterladen. Gehst du vielleicht auch hin und pisst ins Postamt? Kannst du mir das mal verraten?«

»Was soll das jetzt heißen?«, fragte der Kerl.

»Was das heißt? Das heißt, um in 'nem Postamt der Vereinigten Staaten rumzuschweinigeln, musst du grade so wurstig sein, wie um hier anzukommen und dir die ganzen Hühnchen zu grapschen und zu zerrupfen, die ich bezahlt hab. Zieh Leine. Ich will gebacken werden, wenn ich dir heute Abend nicht noch Manieren beibringe.«

Da kamen alle mit nach draußen und wollten sehen, ob Tea Cake mit dem Radaubruder fertigwurde. Tea Cake schlug ihm zwei Zähne aus, da zog der Kerl schließlich ab. Dann wollten sich zwei Männer prügeln und Tea Cake sagte, sie müssten sich küssen und wieder vertragen. Das wollten sie nicht: eher würden sie ins Gefängnis gehen. Aber den andern allen gefiel die Idee und sie zwangen die beiden dazu. Hinterher spuckten beide aus und machten Würgetöne und wischten sich mit dem Handrücken den Mund ab. Einer ging nach draußen und kaute etwas Gras wie ein kranker Hund, damit er nicht dran krepierte, sagte er.

Dann fingen alle an, über die Musik zu schimpfen, weil der Mann nur drei Stücke spielen konnte. Da nahm Tea Cake die Gitarre und spielte selber. Er freute sich über die Gelegenheit, denn er hatte keine Klampfe mehr in der Hand gehabt, seit er seine zum Pfandleiher gebracht hatte, um mit dem Geld für Janie ein Auto zu mieten, kurz nachdem er sie kennengelernt hatte. Die Musik fehlte ihm. Das brachte ihn auf den Gedanken, sich wieder eine anzuschaffen. Er kaufte die Gitarre vom Fleck weg und zahlte dafür fünfzehn Dollar bar auf die Hand. Normalerweise war die bestimmt fünfundsechzig wert.

Kurz vor Tagesanbruch ging die Fete langsam zu Ende und Tea Cake eilte zu seiner frischgebackenen Frau zurück. Er wusste jetzt, wie man sich als reicher Mann fühlte, und er hatte eine gute Gitarre und noch zwölf Dollar über, und was er jetzt noch brauchte, war weiter nichts als ein dicker Schmatz von Janie und ordentlich geknuddelt werden.

»Du musst deine Frau ja unheimlich hässlich finden. Die hässlichen Frauen, denen du zwei Dollar gegeben hast, dass sie nicht reinkommen, sind immerhin bis zur Tür gekommen. Ich hab nicht mal das dürfen.« Sie zog einen Flunsch.

»Janie, ich hätte ganz Jacksonville gegeben und Tampa obendrein, wenn ich eben mal hätte zurückspringen und dich bei mir haben können. Zwei-, dreimal wär ich dich beinahe holen gekommen.«

»Ach, und warum bist du nicht gekommen und hast mich geholt?«

»Janie, wenn ich's gemacht hätte, wärst du denn mitgekommen?«

»Na klar wär ich. Ich amüsier mich genauso gerne wie du.«

»Janie, ich wollte, unheimlich gern sogar, aber ich hatte
Schiss. Ich hatte Schiss, ich könnte dich verlieren.«

»Warum?«

»Dem wuzn't no high muckty mucks. Das waren einfache
Eisenbahner und ihre Frauen, keine protzigen Obermotze. So
Leute bist du nicht gewohnt, und da hatte ich Schiss, du würdest
Zustände kriegen und mich sitzenlassen, wenn ich dich mit zu
denen nehme. Aber dabeigehabt hätt ich dich schon gern. Bevor
wir geheiratet haben, hab ich mir geschworen, dass du nie was
Gemeines in mir zu sehen bekommst. Wenn ich meinen Knall
kriege, dann wollte ich abhauen und dir das nicht zumuten. Ich
hab nicht vor, dich auf mein Niveau runterzuziehen.«

»Jetzt pass mal auf, Tea Cake, wenn du dich noch mal auf
die Art davonschleichst und dich amüsierst und kommst dann
hinterher an und schwärmst mir vor, wie nett und fein ich bin,
dann werd ich dich leider umbringen müssen. Ist das klar?«

»Du willst also wirklich bei allem mit dabei sein, hn?«

»Yeah, Tea Cake, ganz egal, was es ist.«

»Mehr will ich gar nicht wissen. From now on you'se mah
wife and mah woman und überhaupt alles, was ich brauch auf
der Welt.«

»Das will ich hoffen.«

»Und honey, mach dir keine Sorgen wegen deinen lumpigen
zweihundert Dollar. Den Samstag ist großer Zahltag bei den
Bahnbetriebswerken. Ich werd die zwölf Dollar behalten und
alles zurückgewinnen und mehr.«

»Wie denn?«

»Herzblatt, wo ich jetzt offiziell von dir den Segen hab, dass ich dir alles über mich erzählen darf, da tu ich das auch. Du hast nämlich einen der besten Spieler geheiratet, die Gott je erschaffen hat. Karten, Würfel, egal. Ich nehm 'nen Schnürsenkel und gewinn dir 'ne Schuhfabrik. Schade, dass du mir nicht dabei zusehen kannst. Aber diesmal werden nur ungehobelte Burschen da sein und wüst daherreden, deshalb ist das nichts für dich, aber bei nächster Gelegenheit kannst du mal zukucken.«

Die ganze restliche Woche übte Tea Cake unermüdlich mit seinen Würfeln. Er warf sie auf dem blanken Fußboden, auf dem Teppich und auf dem Bett. Er ging in die Hocke und würfelte, setzte sich auf den Stuhl und würfelte, stellte sich hin und würfelte. Für Janie, die ihr Lebtag keinen Würfel angerührt hatte, war es ungeheuer spannend. Dann nahm er sein Kartenspiel und mischte und hob ab, mischte und hob ab und gab, studierte dann jedes Blatt genau und wiederholte das Ganze. Der Samstag kam. Er ging sich am Vormittag ein neues Springmesser und zwei Pack Spielkarten mit Sternmuster hintendrauf kaufen und ließ Janie gegen Mittag allein.

»Demnächst werden die ersten Löhne ausgezahlt. Ich will ins Spiel einsteigen, solange noch das große Geld abzusahnen ist. Heute wird richtig geklotzt, nicht gekleckert. Ich komm entweder mit dem Geld nach Hause oder auf der Bahre.« Als Glücksbringer schnitt er ihr neun Haare vom Scheitel und zog fröhlich von dannen.

Janie wartete bis Mitternacht, ohne sich zu sorgen, aber dann bekam sie es langsam mit der Angst zu tun. Sie stand auf und saß bang und elend herum. Malte sich alle möglichen Gefahren aus. Wunderte sich über sich selbst, wie schon viele Male in dieser Woche, weil es sie nicht schockierte, dass Tea Cake spielte. Es gehörte zu ihm, also war es in Ordnung. Stattdessen zog sie innerlich über die Leute her, die daran womöglich etwas auszusetzen fanden. Das scheinheilige Volk sollte sich um seine eigenen Angelegenheiten kümmern und andere Leute in Frieden lassen. Tea Cake richtete ganz gewiss nicht mehr Schaden an, wenn er ein bisschen Geld zu gewinnen versuchte, als sie mit ihren Lügenzungen die ganze Zeit. Tea Cake hatte mehr Güte unter den Zehennägeln als sie in ihren ach so christlichen Herzen. Die elenden Hetzer sollten sich unterstehen, was gegen *ihren* Mann zu sagen! Bitte, Jesus, diese niederträchtigen Nigger sollen ihrem Liebsten nichts tun dürfen. Und wenn doch, Herr Jesus, dann sei so gut und gib ihr ein ordentliches Schießeisen und die Chance, sie abzuknallen. Tea Cake hatte ein Messer, das stimmte, aber nur zur Selbstverteidigung. Tea Cake würde doch weiß Gott keiner Fliege was zuleide tun.

Das Tageslicht kroch schon durch die Ritzen der Welt, als Janie ein schwaches Pochen hörte. Sie sprang zur Tür und riss sie weit auf. Tea Cake stand davor und sah aus wie einer, der im Stehen schlief. Es war irgendwie unheimlich. Janie fasste seinen Arm, um ihn wachzurütteln, und er taumelte ins Zimmer und fiel hin.

»Tea Cake! Du Kindskopf! Was ist los mit dir, honey?«

»Paar Schnitte, weiter nichts. Jetzt wein nicht. Hilf mir nur schnell aus der Jacke.«

Er behauptete, nur zwei Schnitte abgekriegt zu haben, aber sie musste ihn nackt sehen, damit sie ihn überall absuchen und ihn notdürftig verarzten konnte. Er wollte nicht, dass sie einen

Arzt rief, erst wenn es viel schlimmer wurde. War hauptsächlich eh bloß Blutverlust.

»Ich hab das Geld gewonnen, genau wie ich gesagt hab. Um Mitternacht rum hatte ich deine zweihundert Dollar beisammen und wollte aufhören, obwohl noch 'ne ganze Masse mehr Geld im Pott war. Aber sie wollten die Chance kriegen, es zurückzugewinnen, also hab ich mich wieder hingesetzt und weitergespielt. Ich wusste, der eine, Double-Ugly, war so gut wie blank und wollte es wissen, also setz ich mich hin, dass er die Chance hat, sein Geld zurückzugewinnen, oder ich ihn express in die Hölle befördere, falls er versucht, das Rasiermesser zu ziehen, das ich in seiner Tasche gesehen hab. Herzblatt, wer auf dem Kiewief ist, macht nicht mit 'nem Rasiermesser rum. Einer mit 'nem Springmesser hat dich längst abgestochen, während du noch mit deinem Rasierer rumhantierst. Aber Double-Ugly hat groß angegeben, er wär zu schnell, um sich erwischen zu lassen, aber das hab ich besser gewusst.

So gegen vier hatte ich sie dann komplett ausgenommen – alle außer zwei, die aufgestanden und gegangen sind, solange sie noch Geld für was zu essen hatten, und einem, der Glück hatte. Dann bin ich wieder aufgestanden und hab mich verabschiedet. Das hat denen allen nicht gepasst, aber es war fair, das wussten sie. Ich hatte ihnen 'ne faire Chance gegeben. Alle außer Double-Ugly. Meinte, ich hätte die Würfel getauscht. Ich hab mir das Geld tief in die Tasche gestopft und mit der Linken Hut und Jacke gegriffen, die rechte Hand am Messer. War mir egal, was er *sagt*, solange er nichts *macht*. Wie ich an der Tür war, hatte ich den Hut auf und grade den einen Arm in der Jacke. In dem Moment springt er mich an, wie ich mich nach der Stufe am Eingang umsehe, und schlitzt mich zweimal in den Rücken.

Baby, ich mit dem andern Arm in den Ärmel rein und den Nigger am Schneewittchen gepackt, bevor er piep sagen konnte, and then Ah wuz all over 'im jus' lak gravy over rice. Wie die Soße übern Reis bin ich über ihn her, und er versucht von mir loszukommen und lässt dabei sein Rasiermesser fallen. Brüllt, ich soll ihn loslassen, aber baby, loslassen war das Letzte, was ich mit dem gemacht hab. Ich hab ihn in der Tür liegen lassen und bin so schnell ich konnte hierher zu dir. Ich hab ihn nicht zu tief erwischt, das weiß ich, weil er zu viel Schiss hatte, um nah genug ranzukommen. Zieh irgendwie mit 'nem Pflaster das Fleisch zusammen. In ein, zwei Tagen bin ich wieder auf dem Damm.«

Janie strich Jod auf und weinte.

»Du musst nicht weinen, Janie, *du* doch nicht. *Seine* Alte, die sollte weinen. Du hast mir Glück gebracht. Kuck mal in meine linke Hosentasche, was dein Daddy dir mitgebracht hat. Wenn ich dir sage, das hol ich mir, dann ist das nicht gelogen.«

Sie zählten es gemeinsam – dreihundertzwanzig Dollar. Es war fast, als ob Tea Cake den Zahlmeister überfallen hätte. Er wollte, dass sie die zweihundert nahm und wieder in ihr Geheimversteck tat. Da erzählte ihm Janie von dem andern Geld, das sie auf der Bank hatte.

»Tu die zweihundert zum Übrigen zu, Janie. Ich hab meine Würfel. Ich brauch keinen Zuschuss, um meine Frau zu ernähren. Von jetzt an isst du, was wir mit meinem Geld kaufen können, und anziehen genauso. Wenn ich nichts habe, kriegst du auch nichts.«

»Dat's all right wid me.«

Er wurde schläfrig, doch er kniff sie neckisch ins Bein, weil er froh war, dass sie es nahm, wie er wollte. »Hör mal, mama, wenn die kleinen Kratzer hier verheilt sind, machen wir was ganz Verrücktes.«

»Nämlich?«

»We goin' on de muck.«

»Was ist das, die Marsch, und wo ist das?«

»Ach, unten in den Everglades um Clewiston und Belle Glade, wo sie massenweise Zuckerrohr und grüne Bohnen und Tomaten anbauen. Da unten machen die Leute nichts anderes wie Geld verdienen und auf die Pauke hauen. Da müssen wir hin.«

Er duselte ein und sie sah ihn an und war schier erschlagen vor Liebe. Da kam Janies Seele wieder aus ihrem Versteck gekrochen.

14 Für Janies staunende Augen war alles in den Everglades groß und neu. Groß der Lake Okeechobee, groß die Bohnen, groß das Zuckerrohr, groß das Unkraut, alles groß. Unkräuter, die ein Stück weiter nördlich allenfalls hüfthoch wurden, waren dort unten weit über zwei Meter hoch, oft drei. Böden so satt, dass alles schoss. Zuckerrohr, das sich einfach überall selbst aussäte. Feldwege so satt und schwarz, dass man mit einer halben Meile ein ganzes Weizenfeld in Kansas hätte düngen können. Der Rest der Welt zu beiden Seiten von Wildem Zuckerrohr verdeckt. Wild auch die Menschen.

»Die Saison geht erst Ende September los, aber um ein Zimmer zu kriegen, mussten wir vorher da sein«, erläuterte Tea Cake. »In zwei Wochen wird es hier so voll sein, dass die Leute gar nicht erst nach Zimmern suchen, sondern einfach nach irgend'nem Platz zum Schlafen. Jetzt haben wir noch die Chance, ein Zimmer im Hotel zu bekommen, wo sie 'ne Badewanne haben. Du kannst nicht hier leben, on de muck, wenn du nicht

173

jeden Tag badest. Sonst juckt dich der Modder wie Ameisen am ganzen Leib. Es gibt in der Gegend nur eine Absteige mit Badewanne. Gibt nicht annähernd genug Zimmer.«

»Was wollen wir hier machen?«

»Am Tag zupf ich Bohnen, am Abend zupf ich auf meiner box und lass die Würfel rollen. Mit einerseits Bohnen und anderseits Würfeln kann gar nichts schiefgehen. Ich geh gleich mal los und besorg mir Arbeit beim besten Mann auf der ganzen Marsch. Bevor die andern alle kommen. Arbeit kriegst du in der Saison hier immer, aber nicht bei den richtigen Leuten.«

»Wann geht's los mit der Arbeit, Tea Cake? Hier sehen alle so aus, als würden sie schon drauf warten.«

»Ganz genau. Die Großen bestimmen immer den Zeitpunkt, wann sie die Saison einläuten, wie mit allem andern auch. Mein bossman hat nicht genug Saatgut besorgt. Jetzt sieht er zu, dass er noch ein paar Scheffel auftreibt. Dann machen wir uns ans Pflanzen.«

»Scheffel?«

»Klar, Scheffel. Mit Kleinkram gibt sich hier niemand ab. Wer arm ist, hat da nichts zu pusten.«

Schon am nächsten Tag kam er aufgeregt ins Zimmer gestürzt. »Der Boss hat jemand anders aufgekauft und will, dass ich runter zum See komm. Er hat Häuser für die Ersten, die da sind. Auf geht's!«

Sie ratterten neun Meilen in einem Leihwagen zu den Arbeiterquartieren, die so dicht an den riesengroß daliegenden Okeechobee gebaut waren, dass nur der Deich sie davon trennte. Janie richtete die Hütte zu einem gemütlichen Zuhause her, während Tea Cake Bohnen pflanzte. Nach Feierabend gingen sie angeln. Hin und wieder begegneten sie den langen, schmalen Einbäumen eines Trupps Indianer, die in den unwegsamen Glades seelenruhig ihrem Nahrungserwerb nachgingen. Schließlich waren die Bohnen im Boden. Außer aufs Pflücken zu warten gab's nicht mehr viel zu tun. Tea Cake spielte Janie viel auf der Gitarre vor, aber genug Beschäftigung war ihm das nicht. Mit Glücksspielen anfangen lohnte noch nicht. Die Leute, die herbeiströmten, waren blank. Sie kamen nicht mit Geld in der Tasche, sie kamen, um welches zu verdienen.

»Weißt du was, Janie, wir kaufen uns Schießeisen und gehen jagen.«

»Fänd ich schön, Tea Cake, bis auf dass ich halt nicht schießen kann. Aber mitkommen, wenn *du* schießt, würd ich schrecklich gern.«

»Ach, dann musst du das eben lernen. Hat doch keinen Taug, dass du nicht weißt, wie man mit 'nem Schießeisen umgeht. Selbst wenn du nie ein Wild vor die Büchse bekommst, gibt's immer einen miesen Halunken, der sich 'ne Kugel verdient hat.« Er lachte. »Komm, wir fahren nach Palm Beach und geben ein bisschen Geld aus.«

Sie übten jeden Tag. Tea Cake ließ Janie auf kleine Sachen schießen, damit sie gut zielen lernte. Revolver, Flinte und Gewehr. Es kam so weit, dass die andern dabeistanden und zusahen. Einige der Männer baten, auch mal einen Schuss auf das Ziel abgeben zu dürfen. Es war *die* Sensation am See. Besser als der Amüsierschuppen und der Billardschuppen, wenn im jook nicht gerade eine besondere Kapelle zum Tanz aufspielte. Und was alle verblüffte, war, wie fix Janie den Bogen raushatte. Schließlich war sie so gut, dass sie einen Bussard aus einer

Kiefer schießen konnte, ohne ihn zu zerfetzen. Schoss ihm glatt den Kopf weg. Bald schoss sie besser als Tea Cake. Am frühen Abend zogen sie regelmäßig los und kamen mit Beute beladen wieder. Eines Abends besorgten sie sich ein Boot und fuhren auf Alligatorjagd. Leuchteten ihnen in die phosphoreszierenden Augen und schossen sie im Dunkeln. Sie konnten die Häute und Zähne in Palm Beach verkaufen und hatten zudem gemeinsam Spaß, solange die Arbeit nicht drängte.

Tag für Tag strömten jetzt die Arbeiter in Scharen herbei. Manche kamen mit durchgelaufenen Schuhen und wundgelaufenen Füßen angehumpelt. Wer mit seinem Schuh mitläuft statt sein Schuh mit ihm, der hat's nicht leicht. Sie kamen in Karren aus dem hohen Georgia und sie kamen hinten auf Lastwagen von Osten, Westen, Norden und Süden. Bindungslose ewige Herumtreiber und müde aussehende Männer mit ihren Familien und Hunden in Klapperkisten. Tag und Nacht ununterbrochen eilten sie herbei, um Bohnen zu pflücken. Pfannen, Betten, geflickte Ersatzschläuche hingen und schlenkerten draußen an den alten Autos, und drinnen hockten die hoffenden Menschlein eng zusammengequetscht und tuckerten marschwärts. Hässlich in ihrer Beschränktheit, von Armut zermürbt.

Bis weit in die Nacht hinein war jetzt Lärm und Leben in den jooks. Aus einem Klavierleben mach drei. Blues aus dem Stegreif vorgetragen. Tanzen, Prügeln und Singen, Weinen und Lachen, Liebesglück und Liebesleid zu jeder Stunde. Tags das Geplacke für Geld, nachts das Gerangel um Liebe. Die satte schwarze Erde als Kruste auf der Haut, die wie von Ameisenbissen juckte.

176

Irgendwann keine Schlafplätze mehr. Große Feuer wurden gebaut und um jedes schliefen fünfzig bis sechzig Männer. Der Mann, auf dessen Grund sie schliefen, verlangte trotzdem Geld dafür. Er betrieb das Feuer wie seine Absteige – gegen Bezahlung. Aber das störte niemand. Sie verdienten gut Geld, selbst die Kinder. Da konnten sie auch gut Geld ausgeben. Der nächste Monat, das nächste Jahr war sonst wann. Kein Grund, sich die Gegenwart davon trüben zu lassen.

Tea Cakes Haus war ein Magnet, das inoffizielle Zentrum des »job«. Wenn er so in der Tür saß und Gitarre spielte, blieben die Leute stehen und hörten zu und wurden dem jook den Abend vielleicht mal untreu. Immer lachte er und machte Späße. Er brachte das ganze Bohnenfeld zum Lachen.

Janie blieb zuhause und kochte große Töpfe Augenbohnen und Reis. Backte manchmal große Kasserollen weiße Bohnen mit viel Zucker und Speckbrocken obendrauf. Die aß Tea Cake so gern, dass Janie zwei- oder dreimal die Woche Bohnen machen konnte und am Sonntag gab es trotzdem noch mal gebackene Bohnen. Sie machte auch immer etwas zum Nachtisch, weil damit, meinte Tea Cake, das Essen erst genüsslich ausklang. Manchmal griff sie sich das Gewehr, nachdem sie das Zweizimmerhaus in Schuss gebracht hatte, und wenn Tea Cake nach Hause kam, gab es Kaninchenbraten zum Abendessen. Sie ließ ihn auch nicht juckend und kratzend in seiner Arbeitskluft stecken. Der Kessel mit heißem Wasser wartete immer schon, wenn er kam.

Irgendwann gewöhnte Tea Cake sich an, zwischendurch ab und zu in der Küche vorbeizuschauen. Manchmal zwischen Frühstück und Mittag. Dann kam er häufig gegen zwei nach

Hause und schäkerte und rangelte eine halbe Stunde mit ihr herum, bevor er wieder zur Arbeit verschwand. Bis sie ihn eines Tages deswegen zur Rede stellte.

»Tea Cake, wieso kreuzt du hier zuhause auf, wenn alle andern noch arbeiten?«

»Ich will nur mal nach dir kucken. Dass dich nicht der boogerman abschleppt, während ich weg bin.«

»Mit mir gibt sich so'n boogerman doch gar nicht ab. Vielleicht denkst du ja, ich bin dir nicht treu, und willst mich kontrollieren.«

»Nein, nein, Janie. Das *weiß* ich, dass du das nicht machst. Aber wenn du so was im Hinterkopf hast, werd ich dir wohl sagen müssen, was ist, damit du's weißt. Janie, ich fühl mich einsam da draußen den ganzen Tag ohne dich. Wie wär's, wenn du von jetzt an mit aufs Feld kommst wie die andern Frauen auch? Da verlier ich keine Zeit mehr mit Heimkommen.«

»Tea Cake, du bist das Letzte! Kannst nicht mal die kurze Zeit ohne mich auskommen.«

»Von wegen kurze Zeit. Fast den ganzen Tag!«

Und so zog Janie gleich am nächsten Morgen mit Tea Cake in die Bohnen. Ein unterdrücktes Raunen lief durch die Reihen, als sie sich einen Korb nahm und zu pflücken begann. Sie war schon langsam ein Sonderfall unter den Arbeitern geworden. Das allgemeine Urteil lautete, sie sei sich zu gut dafür, wie die übrigen Frauen zu arbeiten, und Tea Cake würde sie »dazu aufplustern«. Aber das Herzen und Scherzen, das die beiden den ganzen Tag hinter dem Rücken vom Boss trieben, machte Janie gleich bei allen beliebt. Das ganze Feld ließ sich davon anstecken. Dann half ihr Tea Cake hinterher beim Abendessen.

»Du denkst doch nicht, ich will mich drücken und nicht mehr für dich sorgen, oder, Janie, weil ich gewollt hab, dass du mit mir arbeiten kommst?«, fragte Tea Cake sie am Ende ihrer ersten Woche auf dem Feld.

»Ah naw, honey. Ah laks it. Das gefällt mir viel besser, als den ganzen Tag hier in der Hütte rumsitzen. Den Laden zu führen, das war hart, aber hier, hier müssen wir doch nichts anderes tun wie unsere Arbeit und dann nach Hause kommen und uns gut sein und lieben.«

Das Haus war jeden Abend voll. Das heißt, vor dem Eingang war alles voll. Manche kamen, um Tea Cake Gitarre spielen zu hören, manche kamen, um zu klönen und Geschichten zu erzählen, aber die meisten kamen, um bei dem Glücksspiel mitzumachen, das gerade lief oder angeleiert werden konnte. Manchmal verlor Tea Cake tüchtig, denn es gab mehrere gute Spieler dort am See. Manchmal gewann er und Janie war stolz auf sein Können. Doch abgesehen von den beiden jooks spielte sich nach Feierabend alles bei ihnen ab.

Manchmal musste Janie an die Zeit früher im großen weißen Haus und im Laden zurückdenken und lachen. Wenn die in Eatonville sie jetzt in ihren blauen Arbeitslatzhosen und dem derben Schuhwerk sehen könnten, was die wohl sagen würden? Die Scharen von Leuten um sie rum und ein Würfelspiel bei ihr auf dem Fußboden! Ihre alten Freunde taten ihr leid, auf die andern gab sie wenig. Die Männer hier führten große Streitgespräche wie früher die auf der Ladenveranda. Nur dass sie hier zuhören und mitlachen und sogar selber mitreden konnte, wenn sie wollte. Und vom vielen Zuhören war sie bald so weit, dass sie selber Räuberpistolen erzählen konnte. Weil ihr das so gut gefiel und die Männer sich selber darin gefielen, ließen sie es sich auch beim Spielen nicht nehmen, hemmungslos zu bollern und zu kohlen. Auch wenn sie noch so grob wurden, regte sich selten jemand auf, denn sie wollten ja nur die Leute zum Lachen bringen. Alle hörten für ihr Leben gern zu, wenn Ed Dockery, Bootyny und Sop-de-Bottom Skin spielten. Ed Dockery war eines Abends mit Geben dran, und ein Blick auf Sop-de-Bottom und seine Karte und ihm war klar, dass Sop sich schon als Gewinner sah. Er tönte: »Was du da brütest, da mach ich Rührei draus!« Sop kuckte und sagte: »Titten auf den Tisch.« Bootyny drängte: »Na, was denn? Mach! Mach!« Alle warteten auf die nächste Karte. Ed tat so, als wollte er sie aufdecken. »So, jetzt wird die Hölle ausgefegt und der Besen verbrannt!« Er knallte noch einen Dollar hin. »Übernimm dich nicht, Ed«, stichelte Bootyny. »Du trägst die Nase zu hoch.« Ed fasste die Ecke der Karte. Sop warf einen Dollar hin. »Ich lass es krachen, und wenn alles zu Bruch geht!« Ed sagte: »Seht ihr, wie der sich die Hölle an den Hals lacht?« Tea Cake wollte, dass Sop nicht mitging, und stupste ihn an. »Dir fliegt noch die Bude um die Ohren, wenn du nicht aufpasst.« Sop sagte: »Ach was, Hunde, die bellen, beißen nicht. So trüb das Wasser ist, ich kann trockenes Land durch sehen – Ah can look through muddy water and see dry land.« Ed deckte die Karte auf und brüllte: »Zachäus, du alter Zöllner, steig von dem Maulbeerbaum runter, sag ich! Du hast da oben nichts verloren.« Niemand hatte die Karte. Alle fürchteten die nächste. Ed blickte sich um, sah Gabe hinter seinem Stuhl stehen und brüllte: »Weg da, weg von mir, Gabe! Du bist pechschwarz. Du bringst Unglück! Sop, willst du nicht lieber deinen Einsatz zurücknehmen, solang du noch kannst?« »Nein, Mann, ich wünschte, ich könnte noch 'n Riesen drauftun.« »Du willst also nicht hören, hn? Na dann, Gratislektion für dumme Nigger. Passt gut auf, jetzt könnt ihr noch was lernen. Der Zug fährt durch ohne Zwischenhalt.« Ed klappte die nächste Karte um und Sop hatte sie und hatte verloren. Alle grölten und lachten. Ed lachte und sagte: »Mach dich vom Acker! Du hast es verschissen. Das war's! Das kriegst du nicht so schnell abgewaschen – hot boilin' water won't help yuh none.« Ed hörte gar nicht mehr auf zu lachen, weil er vorher so einen Bammel gehabt hatte. »Sop, Bootyny, euer Geld, das ich euch abgeknöpft hab, dafür kleid ich mich jetzt bei Sears and Roebuck komplett neu ein, und wenn ich mich Weihnachten in Schale schmeiße, dann bin ich so tot vor Schick, dass mich nur noch der Arzt retten kann.«

15 Janie erfuhr, was es heißt, eifersüchtig zu sein. Eine pummelige kleine Person fing an, Tea Cake auf dem Feld wie in der Siedlung ständig in irgendwelche Plänkeleien zu verwickeln. Er musste nur etwas sagen, schon vertrat sie das Gegenteil, schlug oder schubste ihn und lief dann weg, damit er sie verfolgte. Janie wusste, worauf sie es abgesehen hatte – ihn von den andern wegzulocken. Das ging zwei oder drei Wochen so und Nunkie trieb es immer dreister. Sie schlug Tea Cake mutwillig, und sobald er sie nur mit dem Finger anstupste, ließ sie sich gegen ihn fallen oder fiel auf den Boden und musste aufgehoben werden. Sie stellte sich völlig hilflos. Viel tüchtiges Zulangen war nötig, bevor sie wieder auf den Füßen stand. Hinzu kam, dass Tea Cake es anscheinend nicht fertigbrachte, sie so prompt abblitzen zu lassen, wie er es Janies Meinung nach sollte. Sie wurde ein wenig bissig. Ein Samenkörnchen der Angst wuchs sich zu einem Baum aus. Vielleicht wurde Tea Cake ja eines Tages schwach. Vielleicht hatte er ihr bereits heimlich Mut gemacht und das war Nunkies Art, damit anzugeben. Auch andere Leute merkten etwas, und das machte Janie noch bedenklicher.

Eines Tages arbeiteten sie nahe dem Feldrand, wo die Bohnen aufhörten und das Zuckerrohr anfing. Janie hatte sich mit einer andern Frau zum Klönen ein Stück weit von Tea Cakes Seite entfernt. Als sie sich umblickte, war Tea Cake fort. Nunkie auch. Sie wusste das, weil sie nachsah.

»Wo ist Tea Cake?«, fragte sie Sop-de-Bottom.

Er deutete vage auf das Zuckerrohrfeld und verzog sich. Janie dachte keinen Moment nach. Sie handelte rein nach Gefühl. Sie stürmte ins Zuckerrohr und ungefähr in der fünften Reihe sah sie Tea Cake und Nunkie rangeln. Bevor sie sich versahen, hatte sie die beiden gestellt.

»Was ist hier los?«, fragte Janie mit kaltem Zorn. Sie sprangen auseinander.

»Nichts«, erwiderte Tea Cake und kuckte betreten.

»Ach, und was macht ihr dann hier? Wieso seid ihr nicht bei den andern?«

»Sie hat mir meine Stundenzettel aus der Hemdtasche gegrapscht, und da bin ich hinterher, um sie mir wiederzuholen«, erklärte Tea Cake und zeigte die Zettel vor, die bei dem Gerangel erheblich gelitten hatten.

Mit einer schnellen Bewegung wollte Janie sich Nunkie schnappen, aber die suchte schleunigst das Weite. Sie rannte über die buckligen Zuckerrohrreihen hinter ihr her. Aber diesmal dachte Nunkie nicht daran, sich erwischen zu lassen. Da ging Janie nach Hause. Der Anblick der Felder und der fröhlichen anderen Menschen war ihr für den Tag verleidet. Langsam und versonnen ging sie zur Siedlung. Es dauerte nicht lange, bis Tea Cake sie dort aufspürte und reden wollte. Sie schnitt ihm mit einem Schlag das Wort ab und in dem zwischen den Zimmern hin und her wogenden Kampf, der sich anschloss, versuchte Janie ihn zu schlagen und hielt Tea Cake sie an den Handgelenken oder wo er sie sonst zu fassen bekam fest, um zu verhindern, dass sie zu weit ging.

»Ich glaube, du hast was mit ihr!«, keuchte sie wütend.

»Hab ich nicht!«, gab Tea Cake zurück.

»Glaub ich aber doch!«

»Und wenn was noch so gelogen ist, irgendwer glaubt es immer!«

Sie kämpften weiter. »Erst hast du mich ins Herz getroffen und jetzt lügst du mich an, dass es mir in den Ohren kracht! Lass meine Hände los!«, tobte Janie. Aber Tea Cake ließ nicht los. Sie rangen weiter, bis sie von ihren eigenen Ausdünstungen ganz benommen waren; bis sie sich die Kleider vom Leib gerissen hatten; bis er sie zu Boden schleuderte und dort ihren Widerstand mit der Hitze seines Körpers zum Schmelzen brachte und sie beide mit ihren Leibern auf vielerlei Weise das Unsagbare sagten und er sie küsste, bis sie sich ihm entgegenspannte und sie beide schließlich vor süßer Erschöpfung einschliefen.

Am nächsten Morgen fragte Janie wie eine Frau: »Bist du immer noch in diese doofe Nunkie verliebt?«

»Das war ich nie, und das weißt du genau. Ich hab nie was von ihr gewollt.«

»Hast du doch.« Sie sagte das nicht, weil sie es glaubte. Sie wollte seinen Widerspruch hören. Sie musste sich über die besiegte Nunkie erheben.

»Was sollte ich von so 'nem klobigen kleinen Weibsstück wollen, wenn ich dich habe? Nichts mit anzufangen, als neben den Herd in die Ecke zu setzen und auf ihrem Kopf das Holz kleinzumachen. Du bist was, da vergisst ein Mann das Alt-werden bei und vergisst noch das Sterben – you'se something tuh make uh man forgit tuh git old and forgit tuh die.«

16 Die Saison ging zu Ende und die Leute zogen ab, wie sie gekommen waren – in hellen Scharen. Tea Cake und Janie beschlossen zu bleiben und noch eine Saison dranzuhängen. Es gab nichts zu tun, nachdem sie mehrere Scheffel getrockneter Bohnen gesammelt hatten, um sie zu horten und im Herbst an die Pflanzer zu verkaufen. Janie begann sich umzukucken und Menschen und Dinge wahrzunehmen, die ihr während der Saison nicht aufgefallen waren.

So ging sie zum Beispiel während des Sommers, wenn sie die subtilen, aber mitreißenden Rhythmen der bahamischen Trommler hörte, zu ihnen hinüber und sah den Tänzen zu. Sie lachte die »Saws« nicht aus, wie sie es die Leute in der Saison hatte tun hören. Sie fand immer mehr Gefallen daran und sie und Tea Cake waren allabendlich mit von der Partie, bis die andern sie damit aufzogen.

Auch mit Mrs Turner wurde Janie bekannt. Während der Saison hatte sie die Frau mehrmals gesehen, aber sie hatten nie miteinander geredet. Jetzt fingen sie an, sich gegenseitig zu besuchen.

Mrs Turner war eine milchstichige Frau, die nach Kindbett aussah. Ihre Schultern hingen ein bisschen und ihr Becken musste sie sehr beschäftigen, so wie sie es herausstreckte, dass sie es immer im Blick hatte. Tea Cake riss hinter ihrem Rücken reichlich Witze über Mrs Turners Figur. Er erklärte, ihre komische Haltung komme daher, dass eine Kuh sie von hinten getreten hatte. Sie sei ein Plättbrett mit angeklatschten Bollen. Und dieselbe Kuh habe ihr auch auf den Mund getreten, als sie noch ganz klein war, und daher sei der jetzt so breit und platt, dass Kinn und Nase fast zusammenstießen.

Aber Mrs Turners Figur und Gesicht fanden die volle Zustimmung von Mrs Turner selbst. Ihre Nase war leicht spitz und sie war stolz darauf. Ihre dünnen Lippen waren ihr allezeit eine Augenweide. Selbst das Flachrelief ihrer Pobacken gab Anlass zu Stolz. Ihrer Meinung nach setzten alle diese Dinge sie von den Negern ab. Deshalb war sie auch darauf aus, mit Janie Freundschaft zu schließen. Janies Milchkaffeeteint und ihre üppige Haarpracht ließen Mrs Turner großzügig darüber hinwegsehen, dass sie Latzhosen trug wie die andern Frauen, die auf den Feldern arbeiteten. Dass Janie mit einem so dunkelhäutigen Mann wie Tea Cake verheiratet war, darüber sah sie nicht hinweg, aber sie war überzeugt, das beheben zu können. Genau dafür war ihr Bruder geboren. Sie blieb selten lange, wenn sie Tea Cake zuhause antraf, aber wenn sie Janie einmal allein erwischte, konnte sie stundenlang mit ihr schwatzen. Ihr Lieblingshassthema waren Neger.

»Mis' Woods, ich hab schon oft zu meinem Mann gesagt, ich verstehe nicht, wie eine Dame wie Mis' Woods es mit diesem ganzen Niggerpöbel ständig bei ihr zuhause aushält.«

»Die stören mich nicht im Geringsten, Mis' Turner. Im Gegenteil, ich könnt mich wegschmeißen über die ihre Sprüche.«

»Da können Sie mehr ab wie ich. Wie mein Mann sich hat überreden lassen, hierherzukommen und ein Esslokal aufzumachen, da hätte ich nicht im Traum gedacht, dass so viele verschiedene Schwarze sich an einem Ort zusammenrotten könnten. Wenn, dann wär ich nie mitgekommen. Ich bin's nicht gewohnt, mit Schwarzen zu verkehren. Mein Sohn meint, die ziehen Blitze an.« Sie lachten ein wenig, und nach vielen solchen und ähnlichen Gesprächen sagte Mrs Turner: »Ihr Mann muss viel Geld gehabt haben, wie Sie ihn geheiratet haben.«

»Wie kommen Sie denn darauf, Mis' Turner?«

»Dass er 'ne Frau wie Sie gekriegt hat. Sie können mehr ab wie ich. Ich kann mir das überhaupt nicht vorstellen, mit 'nem schwarzen Mann verheiratet zu sein. Es gibt eh schon zu viele Schwarze. Wir müssen die Rasse aufhellen.«

»Nein, mein Mann hat rein gar nichts gehabt wie sich selber. Den muss man liebhaben, wenn man ihn mal länger erlebt. Ah loves 'im.«

»Ach, nicht doch, Mis' Woods! Das kann ich gar nicht glauben. Sie sind einfach irgendwie hypnotisiert.«

»Nein, das ist echt. Wenn er mich verlassen würde, das würde ich nicht ertragen. Ich weiß nicht, was ich machen würde. Er kann die kleinste Kleinigkeit nehmen und lässt die Sonne aufgehen, wenn alles trüb und grau ist. Dann leben wir von der Freude, die er gezaubert hat, bis was anderes zum Freuen daherkommt.«

»Da sind Sie anders wie ich. Ich kann so schwarze Nigger nicht ausstehen. Ich kann's den Weißen nicht verdenken, wenn sie die hassen, ich kann sie ja selber nicht ausstehen. Und genauso geht's mir gegen den Strich, wenn Leute wie ich und wie Sie sich mit denen abgeben. Wir sollten Abstand halten, finde ich.«

»Das können wir doch nicht machen. Wir sind nun mal 'n gemischtes Volk und allesamt haben wir schwarze Vorfahren und helle Vorfahren. Warum sind Sie denn so gegen Schwarze?«

»Die gehen mir auf die Nerven, darum. Das ewige Gelache! Dey laughs too much and dey laughs too loud. Ständig singen sie diese ollen Niggersongs! Ständig machen sie für die Weißen den Affen. Wenn es nicht so viele Schwarze gäbe, gäb's auch kein Rassenproblem. Die Weißen würden uns einfach dazuholen. Die Schwarzen sind's, die das verhindern.«

»Meinen Sie? Klar, viel nachgedacht hab ich noch nicht darüber. Aber ich kann mir nicht vorstellen, dass die uns wirklich in ihrer Gesellschaft haben wollen. Da sind wir zu arm zu.«

»Das Armsein ist es nicht, die Farbe ist es und das ganze Aussehen. Wer will schon so ein kleines schwarzes Balg im Kinderwagen liegen haben wie die Fliege in der Buttermilch? Wer will in einen Topf geworfen werden mit 'nem schmuddelschwarzen Mann und 'ner schwarzen Frau in so knalligen Farben auf der Straße, die bloß johlen und schreien und lachen wegen nichts und wieder nichts. Ich weiß nicht. An meinem Krankenbett will ich keinen Niggerdoktor haben. Ich hab sechs Kinder gehabt – hab leider nur den einen großziehen können – und hab mir von 'nem Nigger nie nicht mal den Puls fühlen lassen. Mein Geld kriegen immer nur weiße Doktors. Ich geh auch nie in 'nem Niggerladen einkaufen. Die Farbigen haben doch alle keinen Geschäftssinn. Ja verschon mich Gott!«

Mrs Turner schrie mittlerweile fast vor fanatischem Eifer. Janie war ohnehin schon sprachlos und verdattert und sie schnalzte mitfühlend mit der Zunge und wünschte, sie wüsste darauf etwas zu sagen. Ganz offensichtlich fasste Mrs Turner die Existenz von Schwarzen als persönliche Beleidigung auf.

»Sehen Sie mich an! Ich hab keine platte Nase und keine braunen Wulstlippen. Ah'm uh featured woman. Ich hab ein feingeschnittenes Gesicht, eher wie eine Weiße. Und trotzdem muss ich mich mit den ganzen andern über einen Kamm scheren lassen. Das ist doch ungerecht. Selbst wenn die Weißen uns nicht zu sich dazuholen, sollten sie uns zu 'ner Klasse für sich machen.«

»Darüber mach ich mir überhaupt keine Gedanken, aber wahrscheinlich ist mein Kopf nicht so fürs Denken gemacht.«

»Sie sollten mal meinen Bruder kennenlernen. Der ist blitzgescheit. Hat ganz glatte Haare. Er war Delegierter auf der Sonntagsschultagung, und da hat er einen Vortrag über Booker T. Washington gehalten und ihn in der Luft zerrissen!«

»Booker T.? Das war doch so'n ganz großer Mann, nicht wahr?«

»Angeblich. Hat immer bloß den Affen für die Weißen gemacht, weiter nichts. Da haben sie ihn aufgeplustert. Aber Sie kennen doch das alte Sprichwort: ›Je höher der Affe klettert, desto mehr sieht man seinen Hintern‹, und so war's bei Booker T. auch. Mein Bruder putzt ihn regelmäßig runter, wenn er irgendwo öffentlich spricht.«

»Ich bin in dem Glauben aufgewachsen, dass er ein ganz großer Mann war«, war alles, was Janie einfiel.

»Nichts wie Knüppel hat er uns zwischen die Beine geworfen – groß von Arbeit geredet, dabei hat unsere Rasse sowieso
nie was anderes gemacht. Ein Feind von uns war er, so sieht's
aus. He wuz uh white folks' nigger.«

Nach allem, was Janie beigebracht worden war, war das
Frevel und Lästerung, daher sagte sie gar nichts dazu. Aber
Mrs Turner fuhr fort.

»Ich hab meinem Bruder geschrieben, er soll herkommen
und 'ne Weile bei uns bleiben. Er ist grade ohne richtige Stellung. Sie müssen ihn unbedingt mal näher kennenlernen. Ihr
beide würdet ein umwerfendes Paar abgeben, wenn Sie nicht
schon verheiratet wären. Er ist ein prima Tischler, er muss nur
was zu arbeiten kriegen.«

»Jaja, gut möglich. Aber ich bin nun mal verheiratet, da
muss man da drüber gar nicht nachdenken.«

Schließlich erhob sich Mrs Turner zum Gehen, nachdem
sie noch zu mehreren Punkten sie selbst, ihren Sohn und ihren
Bruder betreffend entschieden Stellung genommen hatte. Sie
bat Janie, doch jederzeit bei ihr vorbeizuschauen, aber Tea
Cake erwähnte sie mit keinem Wort. Schließlich war sie fort
und Janie eilte in die Küche, um das Abendessen aufzusetzen,
und fand dort Tea Cake sitzen, den Kopf in den Händen.

»Tea Cake! Ich wusste gar nicht, dass du zuhause bist!«

»Weiß ich. Ich sitz hier schon lange und hör mir an,
wie diese Kuh über mich herzieht und dich von mir loseisen
will.«

»Das hat sie gewollt, meinst du? Das hab ich gar nicht mitgekriegt.«

»Klar will sie das. Sie hat 'nen schlappschwänzigen Bruder,

191

mit dem sie dich verkuppeln will, dass du gut für ihn sorgst wahrscheinlich.«

»So was! Wenn sie darauf spekuliert, hat sie sich geschnitten. Ich hab keine Hand mehr frei.«

»Thanky, ma'am. Die Frau ist mir verhasst wie Gift. Halt sie bloß von unserm Haus fern. Die und wie 'ne Weiße aussehen! Mit ihrer beigen Haut und die Haare so dicht am Kopf, wie neunundneunzig an hundert ist! Wenn sie die Schwarzen nicht ausstehen kann, dann müssen wir ihr auch nicht unser Geld nachtragen in ihre Kaschemme. Ich werd's weitersagen. Wir können genauso gut in das Weißenlokal gehen, wo wir anständig bedient werden. Die und der mickrige Mucker, den sie zum Mann hat! Und der Sohn erst! Ein Stück Scheiße, das vorn rausgekommen ist! Ich werd ihrem Mann sagen, er soll sie daheim behalten. In unserm Haus will ich sie nicht mehr sehen.«

Eines Tages traf Tea Cake Turner und seinen Sohn auf der Straße. Der Mann machte einen verwaschenen Eindruck, so als hätte er früher aus erkennbaren einzelnen Teilen bestanden, die aber inzwischen allesamt geschwunden und konturlos geworden waren. Als wäre er im Ganzen zu einem langen ovalen Kloben abgeschmirgelt worden. Tea Cake hatte Mitleid mit ihm, ohne zu wissen warum. Deshalb stieß er die Schmähungen nicht aus, die er sich vorgenommen hatte. Aber alles konnte er sich nicht verkneifen. Sie unterhielten sich kurz über die Aussichten für die kommende Saison, dann sagte Tea Cake: »Ihre Frau scheint nicht viel zu tun zu haben, dass sie so viel herumzieht. Meine hat zu viel zu tun, um ständig Besuche zu machen oder lang und breit mit Leuten zu reden, die sie besuchen kommen.«

»Wenn meine Frau sich was in den Kopf gesetzt hat, dann nimmt sie sich auch die Zeit dafür. Da ist sie stur. Weiß Gott.« Er stieß ein hohes, luftloses Lachen aus. »Die Kinder binden sie nicht mehr ans Haus, da geht sie Leute besuchen, wie es ihr gefällt.«

»Die Kinder?«, fragte Tea Cake erstaunt. »Haben Sie noch kleinere als den?« Er deutete auf den Sohn, der um die zwanzig sein musste. »Ihre andern hab ich noch nie gesehen.«

»Kein Wunder, denn sie sind alle gestorben, bevor der hier gekommen ist. Wir haben kein Glück gehabt mit unsern Kindern. Können froh sein, dass der uns geblieben ist. Der letzte Spross 'ner ausgelaugten Natur.«

Er ließ wieder sein kraftloses Lachen hören und Tea Cake und der Sohn stimmten ein. Dann trollte sich Tea Cake und ging nach Hause zu Janie.

»Ihr Mann kann gegen das rammschädelige Weibsbild nichts ausrichten. Du kannst ihr nur die kalte Schulter zeigen, wenn sie noch mal hier aufkreuzt.«

Janie versuchte es, aber der Frau das Haus zu verbieten wäre die einzige Möglichkeit gewesen, sie ein für alle Mal loszuwerden. Mrs Turner fühlte sich durch die Bekanntschaft mit Janie geehrt, und um sich die zu erhalten, vergab und vergaß sie Zurückweisungen rasch. Jeder, der weißrassiger aussah als sie, war nach ihren Wertmaßstäben besser als sie und daher im Recht, wenn er gelegentlich grob zu ihr war, so wie sie ihrerseits zu denen grob war, die negeriger waren als sie, und zwar im direkten Verhältnis zu ihrer Negerigkeit. Wie die Hackordnung auf einem Hühnerhof. Rücksichtslos grob zu denen, die man treten kann, und buckeln und kriechen vor denen, die nicht.

Nachdem sie ihre Götzen einmal aufgerichtet und ihnen Altäre gebaut hatte, musste sie unter allen Umständen dort anbeten. Sie musste sich unter allen Umständen von ihrer Gottheit jede Willkür und Grausamkeit so lammfromm gefallen lassen, wie alle guten Götzendiener es tun. Alle Götter, die Ehren empfangen, sind grausam. Alle Götter teilen grundlos Leid aus. Sonst würde niemand sie anbeten. Durch willkürliche Züchtigungen lernen Menschen Furcht, und Furcht ist die gottgefälligste Empfindung. Sie ist der Grundstein der Altäre und der Anfang der Weisheit. Halbgötter bekommen Wein und Blumen dargebracht. Richtige Götter fordern Blut.

Wie alle Rechtgläubigen hatte Mrs Turner dem Unerreichbaren einen Altar gebaut – weißrassiges Aussehen für alle. Ihr Gott mochte sie schlagen, sie von den Zinnen stoßen und in der Wüste aussetzen. Dennoch würde sie seinen Altären nicht abschwören. Hinter ihren unbeholfenen Worten stand der Glaube, dass sie und andere kraft der Anbetung irgendwie ihr Paradies erreichen konnten – einen Himmel glatthaariger, dünnlippiger, gradnasiger weißer Seraphim. Die praktische Unmöglichkeit tat dem Glauben keinerlei Abbruch. Das war das Mysterium, und Mysterien sind das Metier der Götter. Ihr Glaube war getragen von dem fanatischen Willen, die Altäre ihres Gottes zu verteidigen. Es war eine Strafe, aus dem inneren Tempel zu treten und vor dem Tor diese schwarzen Frevler mit ihrem brüllenden Gelächter anzutreffen. Oh, dass doch ein Heer gezogen käme, gewaltig mit Bannern *und Schwertern*!

Es war somit nicht die Frau Janie Woods, an die sie sich klammerte. Sie huldigte Janies weißrassigem Aussehen an sich. Und wenn sie mit Janie zusammen war, hatte sie das Gefühl

einer Verwandlung, als ob sie dadurch selber weißer und glatthaariger geworden wäre, und sie hasste Tea Cake erstens wegen
seiner Beschmutzung des Göttlichen und zweitens wegen seiner
treffenden Art, sie zu verspotten. Wenn sie nur wüsste, was sie
dagegen machen konnte! Aber sie wusste nichts. Einmal beschwerte sie sich über das Treiben im jook und Tea Cake fauchte
sie an: »Ach, stellen Sie Gott doch nicht immer als Pfuscher hin,
dass Sie an allem was auszusetzen haben, was er gemacht hat.«

Daher lief Mrs Turner die meiste Zeit mit gerunzelter Stirn
herum. Es gab so viel zu beanstanden. Tea Cake und Janie
störte das wenig. Für sie war es ein Gesprächsthema mehr im
Sommer, wenn am See die große Langeweile einzog. Ansonsten
unternahmen sie zum Vergnügen kleine Ausflüge nach Palm
Beach, Fort Myers und Fort Lauderdale. Ehe sie sich versahen,
wurde es wieder kühler und die Massen kamen zurückgeströmt
in die Marsch.

17 Viele von der alten Truppe
waren wieder da. Aber es gab auch einen Haufen Neue. Einige
dieser Männer machten Janie Avancen, und Frauen, die nicht
Bescheid wussten, stellten Tea Cake nach. Die bekamen schnell
den Kopf zurechtgerückt. Trotzdem kam hin und wieder bei
beiden Eifersucht auf. Als der besagte Bruder erschien und
Mrs Turner mit ihm ankam und ihn vorstellte, rastete Tea Cake
aus. Ehe die Woche um war, hatte er Janie geschlagen. Nicht
dass ihr Verhalten seine Eifersucht gerechtfertigt hätte, aber es
linderte die Furcht, die an ihm nagte. Sie schlagen zu können
bestärkte ihn in seinem Besitz. Überhaupt nicht brutal, die
Schläge. Er knallte ihr bloß ein paar, um ihr zu zeigen, wer der
Boss war. Am nächsten Tag auf dem Feld war es *das* Gesprächsthema. Männer wie Frauen wurden richtig neidisch. Wie er
sie hätschelte und tätschelte, als ob die zwei, drei Backpfeifen
sie beinahe umgebracht hätten, da sahen die Frauen Gesichte,
und wie sie sich hilflos an ihn hängte, da hatten die Männer
Träume.

»Tea Cake, du bist echt zu beneiden«, erklärte ihm Sop-de-Bottom. »Man sieht sämtliche Stellen, wo du sie getroffen hast. Ich wette, sie hat nicht mal die Hand gegen dich erhoben. Diese pechschwarzen Weiber dagegen, die Sorte keilt sich die ganze Nacht mit dir und am nächsten Tag sieht kein Schwein, dass du sie überhaupt geschlagen hast. Aus dem Grund hab ich's aufgegeben, meine Alte zu schlagen. Bei so einer bleibt rein gar nichts zurück. Lawd! wouldn't Ah love tuh whip uh tender woman lak Janie! So 'ne Zarte wie Janie würd ich für mein Leben gern mal verprügeln. Ich wette, sie schreit nicht mal. Sie weint bloß, hä, Tea Cake, hä?«

»Stimmt.«

»Siehst du! Meine würde ganz Palm Beach County zusammenschreien und mir noch dazu die Zähne ausschlagen. Du machst dir keinen Begriff von der Alten. Die hat neunundneunzig Reihen Zähne, und wenn du sie richtig in Rage bringst, dann stampft sie dir hüfthoch durch soliden Fels.«

»Meine Janie ist 'ne Feine, die ist was Besseres gewohnt. Die hab ich mir nicht von der Straße geholt. Aus 'nem schönen großen Haus hab ich sie mir geholt. Die hat genug Geld auf der Bank, um die ganzen Senfneger hier in der Pfeife zu rauchen.«

»Mach Sachen! Und dann schuftet sie hier auf dem Feld wie alle andern auch!«

»Wo *ich* sein will, da will Janie auch sein. Das heißt für sie verheiratet sein, und dafür lieb ich sie. Ich würde sie nie richtig prügeln. Ich hab sie gestern Abend gar nicht schlagen wollen, aber diese Mis' Turner hat ihren Bruder hergeholt, dass er Janie einwickelt und sie mir ausspannt. Ich hab Janie nicht geschlagen, weil *sie* was getan hätte. Ich hab's gemacht, um den

Turners zu zeigen, wer der Boss ist. Irgendwann hab ich mal in der Küche gesessen und gehört, wie das Weibsstück meiner Frau erklärt, ich wär zu schwarz für sie. Sie könnte nicht verstehen, wie Janie es mit mir aushält.«

»Sag mal ihrem Mann Bescheid.«

»Witzlos. Der hat glaub ich Schiss vor ihr.«

»Schlag ihr die Fresse ein.«

»Das würde aussehen, wie wenn sie was machen könnte, kann sie aber gar nicht. Ich mach ihr einfach klar, dass ich die Hosen anhab.«

»Das heißt, die lebt von unserm Geld und kann keine Schwarzen leiden, hn? Wart's ab, das dauert keine zwei Wochen, da haben wir die vergrault. Ich geh sofort los und mach sie bei den andern madig.«

»Ich ärger mich nicht über die, weil sie mir was getan hätte, weil das hat sie ja noch gar nicht. Ich ärger mich, weil sie's drauf anlegt. Sie und ihre Sippschaft müssen weg.«

»Wir halten zu dir, Tea Cake. Das weißt du eh. Diese Turner hält sich für Wunder wie gescheit. Wahrscheinlich hat sie von dem Geld läuten hören, was deine Frau auf der Bank hat, und jetzt setzt sie Himmel und Hölle in Bewegung, um sie sich irgendwie für ihre Familie zu kaschen.«

»Sop, ich glaub, das Geld ist nicht halb so wichtig wie das Aussehen. Die hat 'n Weißenfimmel. Wie die im Kopf tickt, so was triffst du nicht alle Tage. Völlig schief gewickelt ist die und gibt nicht mal 'ne gute Geschichte, wenn du von ihr erzählst.«

»Genau, die passt nicht hierher mit ihrer Klugscheißerei. Für die sind wir bloß ein Haufen dummer Nigger, und da denkt sie, sie kann uns auf die Hörner nehmen. Dabei hat sie gar keine. Sie ist bloß 'ne rammschädelige Kuh ohne das kleinste Hörnchen.«

Als am Samstagnachmittag die Stundenzettel in Bargeld eingewechselt wurden, gingen alle Coondick kaufen und sich mit dem Fusel betrinken. Gegen Abend war Belle Glade voll von krakeelenden, torkelnden Männern. Auch viele Frauen hatten einen in der Krone. Der Polizeichef brauste in seinem flotten Ford von jook zu jook und Esslokal und sorgte nach Kräften für Ordnung, aber nahm kaum jemand fest. Zu wenig Platz im Gefängnis für alle Betrunkenen, wozu dann ein paar einsperren? Wenn es hochkam, konnte er Schlägereien verhindern und zusehen, dass die Weißen bis neun aus dem Farbigenviertel verschwunden waren. Dick Sterrett und Coodemay schienen am meisten getankt zu haben. Ihr Suff trieb sie, stoßend, schubsend und grölend von einer Kneipe zur nächsten zu ziehen, und sie gehorchten dem Trieb.

Zu fortgeschrittener Stunde tauchten sie in Mrs Turners Esslokal auf, das bis auf den letzten Platz besetzt war. Tea Cake, Stew Beef, Sop-de-Bottom, Bootyny, Motor Boat und die sonstigen üblichen Verdächtigen waren da. Coodemay richtete sich wie verwundert auf und fragte: »Ja sag mal, was macht ihr denn alle hier?«

»Essen«, antwortete ihm Stew Beef. »Hier gibt's heute Beefstew, da kannst du dir denken, dass ich da bin.«

»Ab und zu brauchen wir mal 'ne Abwechslung von den Sachen, die unsere Frauen kochen, deshalb wird heute Abend auswärts gegessen. Und besser als bei Mrs Turner gibt's hier in der Stadt nirgends zu futtern.«

Im Hin und Her durch den Speiseraum hörte Mrs Turner, wie Sop das sagte, und strahlte.

»Ihr zwei Letzten müsst leider warten, bis was frei wird. Im Moment sind alle Plätze besetzt.«

»Macht nichts«, wandte Sterrett ein. »Braten Sie mir ein paar Fische. Die kann ich auch im Stehen essen. Und 'ne Tasse Kaffee zu.«

»Und mir geben Sie bittschön 'nen Klatsch von dem Beefstew und auch 'n Kaffee dazu, ma'am. Sterrett ist genauso bedüdelt wie ich, und wenn der im Stehen essen kann, kann ich das auch.« Coodemay lehnte sich betrunken an die Wand und alle lachten.

Schon bald kam das Mädchen, das für Mrs Turner bediente, mit der Bestellung an, und Sterrett nahm seine Fische und den Kaffee in die Hand und stellte sich damit hin. Coodemay meuterte und wollte sein Essen nicht vom Tablett nehmen.

»Nein, halt du's mir, baby, und lass mich essen«, sagte er zu der Kellnerin. Er nahm die Gabel und fing an, vom Tablett zu essen.

»Meinst du, ich hab Zeit, dir dein Essen vor den Schnabel zu halten?«, fuhr sie Coodemay an. »Hier, halt's selber!«

»Hast ja recht«, sagte Coodemay. »Gib her. Sop kann mir seinen Stuhl geben.«

»Du spinnst wohl«, versetzte Sop. »Ich bin noch nicht fertig und ich denk gar nicht dran aufzustehen.«

Coodemay versuchte Sop vom Stuhl zu schubsen und Sop ließ sich das nicht gefallen, mit dem Ergebnis, dass heftig geschubst und gebufft und Sop mit Kaffee überschüttet wurde. Er zielte mit der Untertasse auf Coodemay und traf Bootyny. Bootyny warf seinen dicken Kaffeebecher auf Coodemay und verfehlte Stew Beef nur knapp. Daraus entstand eine wüste Keilerei. Mrs Turner kam aus der Küche gelaufen. Da erhob sich Tea Cake und packte Coodemay am Kragen.

»Hört mal her, das lasst ihr gefälligst bleiben, hier so'n Aufstand zu machen. Da ist Mis' Turner viel zu nett zu. Sie ist überhaupt mit Abstand die Netteste hier am See.« Mrs Turner strahlte Tea Cake an.

»Das weiß ich. Wissen wir alle. Aber ist mir jetzt scheißegal, wie nett sie ist, ich brauch 'nen Platz zum Hinsetzen und Essen. Und vor Sop hab ich doch keine Angst. Der soll nur kommen und kämpfen wie ein Mann. Nimm deine Pfoten weg, Tea Cake.«

»Den Teufel werd ich tun. Du kommst jetzt mit raus.«

»Ach, und wer will mich dazu zwingen?«

»Ich natürlich. Du siehst doch, dass ich hier bin, oder? Wenn du keinen Respekt vor 'ner netten Frau wie Mrs Turner hast, dann werd ich dir Respekt beibringen, verlass dich drauf! Komm mit raus, Coodemay!«

»Lass ihn los, Tea Cake!«, schrie Sterrett. »Das ist mein Kumpel. Wir sind hier zusammen rein, und wenn ich nicht gehe, geht er auch nicht.«

»Na schön, dann geht ihr eben beide!«, schrie Tea Cake und nahm Coodemay fest in den Griff. Dockery packte Sterrett und ein wütender Kampf entbrannte. Andere griffen ein und Teller und Tische gingen zu Bruch.

Mrs Turner sah zu ihrem Entsetzen, dass Tea Cakes Versuch, die beiden vor die Tür zu setzen, schlimmer war, als sie drinnen zu lassen. Sie lief hinten zur Tür hinaus und holte ihren Mann, damit der Einhalt gebot. Er kam rein, sah sich kurz um und verdrückte sich auf einen Stuhl in der hintersten Ecke, ohne einen Ton zu sagen. Da wühlte sich Mrs Turner selbst durch das Gedränge und fasste Tea Cake am Arm.

»Schon gut, Tea Cake, schon gut. Vielen Dank für die Hilfe, aber jetzt soll es genug sein.«

»Kommt gar nicht in Frage, Mis' Turner, denen werde ich zeigen, dass sie nicht einfach bei netten Leuten einfallen und Stunk machen können, wenn ich da bin. Die fliegen hier raus!«

Mittlerweile ergriffen alle Mann drinnen und draußen für die eine oder andere Seite Partei. Auf irgendeine Weise kam Mrs Turner zu Fall und niemand merkte, dass sie mitten im Getümmel unter den ganzen Scherben und Tischen, den abgebrochenen Stuhlbeinen, den zersplitterten Fensterscheiben und anderem mehr lag. Schließlich war der Fußboden knietief mit Bruch bedeckt, wo man auch hintrat. Aber Tea Cake machte immer weiter, bis Coodemay zu ihm sagte: »Ich hör auf. Ich hör auf! Ihr habt gewollt, dass ich Ruhe gebe, und ich hab nicht hören wollen. Ich bin hier auf niemand sauer. Und damit ihr seht, dass ich nicht sauer bin, werden ich und Sterrett euch allen einen ausgeben. Beim alten Vickers drüben in Pahokee gibt's richtig guten Coondick. Kommt alle mit! Wir lassen uns volllaufen!« Gleich waren alle bester Laune und zogen ab.

Mrs Turner erhob sich vom Fußboden und schrie nach der Polizei. Wie sah ihr Lokal aus! Warum hatte niemand die Polizei geholt? Da merkte sie, dass ihre eine Hand völlig zertrampelt war und ihre Finger munter vor sich hin bluteten. Zwei oder drei Leute, die bei der Randale nicht dabei gewesen waren, steckten anteilnehmend den Kopf zur Tür herein, aber das brachte Mrs Turner noch mehr auf. Sie bekamen erklärt, wohin sie sich gefälligst scheren sollten. Da sah sie ihren Mann hinten in der Ecke sitzen, die knochigen langen Beine übergeschlagen, und Pfeife rauchen.

»Du willst ein *Mann* sein, Turner? Kuckst zu, wie diese nichtsnutzigen Nigger hier ankommen und mein Lokal kurz und klein schlagen! Wie kannst du da sitzen und zukucken, wie sie auf deiner Frau rumtrampeln? Du bist überhaupt kein Mann! Du hast doch gesehen, wie dieser Tea Cake mich umgestoßen hat! Doch, hast du! Und keinen Finger hast du gerührt und was dagegen gemacht!«

Turner nahm die Pfeife aus dem Mund und entgegnete: »Ja, aber hast du auch gesehen, wie ich angeschwollen bin vor Wut, ja? Tea Cake soll bloß aufpassen, dass ich nicht noch mal so anschwelle.« Damit wechselte Turner die Beine und rauchte weiter sein Pfeifchen.

Mrs Turner schlug ihn, so gut es mit der verletzten Hand ging, und sagte ihm eine halbe Stunde lang die Meinung.

»Nur gut, dass mein Bruder in der Zeit nicht hier war, sonst hätte er jemand ermordet. Mein Sohn genauso. Die haben noch Männerehre im Leib. Wir ziehen zurück nach Miami, da geht's wenigstens zivilisiert zu.«

Niemand mochte ihr ins Gesicht sagen, dass sich die besagten zwei nach deutlichen Worten draußen vor dem Lokal bereits auf den Weg gemacht hatten. Es konnte gar nicht schnell genug gehen. Sie waren schon fast in Palm Beach. Das sollte Mrs Turner erst später erfahren.

Am Montagmorgen kamen Coodemay und Sterrett vorbei, entschuldigten sich vieltausendmal und gaben ihr jeder fünf Dollar. Coodemay sagte: »Ich hab mir sagen lassen, ich wär am Samstag betrunken gewesen und hätt Mist gebaut. Kann mich an nichts erinnern. Aber wo ich wieder halbwegs aus der Wäsche kucken konnte, hat's geheißen, ich wär 'n Stänker.«

18 Seit Tea Cake und Janie sich mit den bahamischen Arbeitern in den Glades angefreundet hatten, waren die »Saws« nach und nach in die Amerikanerschar aufgenommen worden. Sie hielten ihre Tänze nicht mehr im Verborgenen ab, als sie erkannten, dass ihre amerikanischen Freunde sie nicht wie befürchtet auslachten. Viele der Amerikaner lernten springen wie sie und hatten daran genauso viel Spaß wie die »Saws«. Abend für Abend wurde jetzt in der Arbeitersiedlung getanzt, meistens hinter Tea Cakes Haus. Tea Cake und Janie blieben oft so lange zu den Feuertänzen auf, dass er sie am nächsten Tag nicht mit aufs Feld gehen ließ. Sie sollte sich ausschlafen.

Deshalb war sie allein zuhause, als sie eines Nachmittags eine Gruppe Seminolen vorbeiziehen sah. Die Männer vorneweg und die stoischen Frauen schwerbeladen hinterdrein wie Packesel. Sie hatte mehrmals Indianer in den Glades gesehen, zu zweit und zu dritt, aber dies war ein großer Trupp. Sie bewegten sich ruhig und zielstrebig auf die Straße nach Palm

Beach zu. Ungefähr eine Stunde später erschien ein weiterer Trupp und ging in dieselbe Richtung. Dann kurz vor Sonnenuntergang noch einer. Diesmal erkundigte sie sich, wo sie hingingen, und schließlich gab ihr einer der Männer Antwort.

»In hohes Gelände. Riedgras blüht. Hurricane kommt.«

Am Abend redeten alle darüber. Aber niemand machte sich Sorgen. Der Feuertanz ging fast bis zum Morgengrauen. Am nächsten Tag zogen wieder Indianer nach Osten, ohne Hast, aber stetig. Immer noch blauer Himmel und schönes Wetter. Die Bohnenernte prima und die Preise gut, da konnten, da *mussten* sich die Indianer irren. Es konnte keinen Hurricane geben, wenn man sieben, acht Dollar am Tag mit Bohnenpflücken verdiente. Indianer sind sowieso dumm, immer schon gewesen. Der nächste Abend mit Stew Beefs virtuosem Spiel auf der Trommel und grotesken Verrenkungen im Tanz. Am Tag darauf zogen keine Indianer mehr durch. Es war heiß und drückend und Janie verließ das Feld und ging nach Hause.

Am Morgen rührte sich nichts. Der Wind war von der Erde gewichen, nicht das klitzekleinste Häuchlein säuselte irgendwo. Noch bevor die Sonne Licht gab, kroch der bleierne Tag von Strauch zu Strauch und beäugte die Menschen.

Ein paar Kaninchen hoppelten ostwärts durch die Siedlung. Ein paar Opossums schlichen vorbei und ihre Richtung war eindeutig. Erst immer nur eins oder zwei, dann mehr. Als die Menschen vom Feld kamen, war es ein beständiger Zug. Schlangen, Klapperschlangen durchquerten die Siedlung. Die Männer töteten ein paar, aber die fielen gar nicht auf in der kriechenden Masse. Die Leute blieben im Haus, bis es tagte. Mehrmals im Laufe der Nacht hörte Janie das Schnauben großer Tiere wie

Hirsche. Einmal die gedämpfte Stimme eines Pumas. Nach Osten, nach Osten. In derselben Nacht nahmen die Palmen und Bananenbäume ihr Ferngespräch mit dem Regen auf. Mehrere Leute kriegten Angst und packten doch noch ihre Sachen und machten sich auf nach Palm Beach. Tausend Geier hielten ein Lufttreffen ab, stiegen dann über die Wolken und blieben dort.

Einer der jungen Bahamer fuhr mit dem Auto bei Tea Cake vor und rief ihn. Noch über die Schulter ins Haus zurücklachend kam Tea Cake heraus.

»Hallo, Tea Cake.«

»Hallo, Lias. Du fährst also auch.«

»Yeah, man. Wollt ihr mit, du und Janie? Bei mir ist für niemand 'n Platz frei, ehe ich nicht weiß, ob ihr irgendwo mitkönnt.«

»Ganz herzlichen Dank, Lias. Aber wir haben eigentlich beschlossen, dass wir dableiben.«

»Die Krähen sind abgezogen, Mann.«

»Hat nichts zu sagen. Oder hast du den bossman abziehen sehen? Lass gut sein. Man, de money's too good on the muck. Bis morgen klart's bestimmt wieder auf. Ich würde nicht gehen, wenn ich du wär.«

»Mein Onkel ist mich holen gekommen. In Palm Beach ist Hurricanewarnung, sagt er. Da wird's nicht so schlimm werden, aber Mann, die Marsch hier liegt zu tief und der große See läuft bestimmt über.«

»Ach was, Mann. Bei uns drin erzählen grade ein paar Jungs was drüber. Ein paar von denen kommen seit Jahren in die Glades. Das ist nichts weiter wie'n kleiner Puster. Dir geht morgen der ganze Tag damit flöten, wieder hier rauszukommen.«

»Die Indianer sind nach Osten gegangen, Mann. Es ist gefährlich.«

»Die wissen auch nicht immer alles. Die Inschepuper blicken im Grunde rein gar nichts, will ich dir mal sagen. Sonst würde ihnen das Land hier noch gehören. Die Weißen gehen nirgends hin. Die müssten's doch wissen, wenn es wirklich gefährlich wär. Bleib lieber hier, Mann. Gibt hier bei uns 'n großen Springtanz am Abend, sowie's wieder aufklart.«

Lias zögerte und wollte schon aussteigen, doch sein Onkel ließ ihn nicht. »Morgen um die Zeit wirst du dir wünschen, du wärst den Krähen gefolgt«, schnaubte er und fuhr davon. Lias winkte fröhlich.

»Wenn ich dich im Leben nicht wiederseh, treffen wir uns in Afrika.«

Andere eilten nach Osten wie die Indianer und die Kaninchen und die Schlangen und die Waschbären. Aber die Mehrheit saß lachend herum und wartete, dass es wieder sonnig und freundlich wurde.

Mehrere Männer versammelten sich bei Tea Cake und bliesen einander Mut in die Ohren. Janie backte einen großen Topf Bohnen im Ofen und eine Art Brötchen, die sie sweet biscuits nannte, und alle waren leidlich vergnügt.

Die meisten der großen Feuerspucker waren da, und natürlich ergingen sie sich in Geschichten von Big John de Conquer und seinen Werken. Wie er alle Großtaten auf Erden vollbracht hatte und dann zum Himmel auffuhr, ohne überhaupt zu sterben. Wie er dann da oben Gitarre spielte und sämtliche Engel dazu kriegte, dass sie um den Thron Gottes rum und rum den Ring-Shout machten. Dann flogen alle außer Gott und Petrus um die Wette nach Jericho und zurück und John de Conquer gewann das Wettfliegen; fuhr als Nächstes zur Hölle runter, schlug den Deibel und teilte an alle da unten Eiswasser aus. Einer wollte einwenden, John hätte in Wirklichkeit Mundharmonika gespielt, aber das ließen die andern nicht gelten. Egal wie gut einer Mundharmonika spielte, Gitarre hörte Gott doch viel lieber. Das brachte sie wieder auf Tea Cake. How come he couldn't hit that box a lick or two? Ein, zwei Liedchen auf der Gitarre, wie wär's? Komm, mach schon, lass hören – make us know it.

Als alle so richtig in Stimmung kamen, wachte Muck-Boy auf und singsangte im Rhythmus dazu:

Yo' mama don't wear no *Draws*
Ah seen her when she took 'em *Off*
She soaked 'em in alco*Hol*
She sold 'em tuh Santy *Claus*
He told her 'twas aginst de *Law*
To wear dem dirty *Draws*

Die letzte Silbe im Vers brüllten alle mit:

Deine Alte hat unten nichts *An*
Den Schlüpfer, den hat sie *Aus*
Sie tunkt ihn in Alko*Hol*
Verkauft ihn dem Weihnachts*Mann*
Der sagt, das ist nicht er*Laubt*
So'n dreckiger Schlüpfer am *Leib*

Dann fuhr der Rappel Muck-Boy in die Füße und er tanzte sich und alle andern rappelig. Als er aufhörte, sank er auf den Fußboden zurück und schlief wieder ein. Darauf fingen sie an, Florida-Flip und Coon-Can zu spielen. Dann Würfeln. Nicht um Geld. Nur zur Schau. Alle führten ihre tollen Würfe vor. Wie immer blieben zum Schluss Tea Cake und Motor Boat übrig. Tea Cake mit seinem verhaltenen Grinsen und Motor Boat, der wie ein kleiner schwarzer Posaunenengel vom nächsten Kirchturm aussah und dabei unglaubliche Sachen mit den Würfeln anstellte. Die andern vergaßen überm Zukucken die Arbeit und das Wetter. Es war Kunst. Ein Tausenddollarwurf im Madison Square Garden hätte nicht mehr atemlose Spannung erzeugt. Es hätten bloß mehr Leute den Atem angehalten.

Nach einer Weile schaute jemand hinaus und sagte: »Schöner wird's nicht da draußen. Ich werd mich mal zu meiner Bude machen.« Motor Boat und Tea Cake spielten immer noch und die andern ließen sie.

Irgendwann in der Nacht kam der Sturm zurück. Alles, was es gab auf der Welt, ließ ein kräftiges Prasseln hören, scharf und kurz, wie wenn Stew Beef am Rand der Trommel die Finger wirbeln ließ. Gegen Morgen schlug Gabriel die tiefen Töne in der Fellmitte. Als Janie darauf zur Tür hinausschaute, sah sie die im Westen zusammengezogenen Schwaden, das ganze Wolkenfeld des Himmels, sich mit Donnern bewaffnen und gegen die Welt ziehen. Lauter und höher und tiefer und weiter grollten und rollten sie an, aufsteigend, absinkend, alles verfinsternd.

Das weckte den alten Okeechobee und das Ungeheuer fing an, sich in seinem Bett zu wälzen. Sich zu wälzen und zu murren wie eine ganze knurrige Welt in übelster Laune. Die klei-

nen Leute in den Unterkünften und die Großen in den Herren-
häusern ein Stück weiter am Ufer hörten den großen See und
stutzten. Die Großen fühlten sich unbehaglich, aber doch sicher,
weil es ja Deiche gab, die das blindwütige Ungeheuer in sein
Bett banden. Die Kleinen überließen das Denken den Großen.
Wenn die Paläste sich sicher fühlten, mussten die Hütten sich
keine Gedanken machen. Ihre übliche Entscheidung war schon
gefallen. Verstopft die Ritzen, zittert in euern nassen Betten und
hofft auf die Gnade des Herrn. Wahrscheinlich hatte der bossman die Sache vor Tagesanbruch eh wieder im Griff. Bei Tag
ist gut hoffen, wenn man sehen kann, was man sich wünscht.
Doch es war Nacht und es blieb Nacht. Die Nacht zog ihre Bahn
durch das Nichts, with the whole round world in his hands.

Ein mächtiger Donner- und Blitzschlag, der über das Dach
des Hauses stampfte. Da hörten Tea Cake und Motor Boat zu
spielen auf. Motor sah mit seinem Engelsgesicht auf und sagte:
»Big Massa rückt seinen Stuhl da oben.«

»Ich bin froh, dass ihr mit dem Crapsspielen aufhört, selbst
wenn's nicht um Geld ist«, sagte Janie. »Ole Massa is doin' *His*
work now. Da sollten wir still sein.«

Sie rückten dichter zusammen und starrten die Tür an. Sie
bewegten nichts als die Augen und sie blickten nichts an als die
Tür. Vorbei die Zeit, die Weißen zu fragen, was hinter dieser Tür
zu erwarten stand. Sechs Augen befragten *Gott*.

Über das Kreischen des Windes hinweg hörten sie Dinge
zerbersten und Dinge mit unglaublicher Geschwindigkeit wirbeln und sausen. Ein völlig verängstigtes junges Kaninchen
zwängte sich durch ein Loch im Fußboden und kauerte sich
im Dunkeln an die Wand, anscheinend in dem Wissen, dass in

so einer Situation niemand auf sein Fleisch aus war. Und der See wurde wilder und wilder. Zwischen ihnen und ihm nichts als die Dämme.

Als der Wind kurz einmal nachließ, stupste Tea Cake Janie an und sagte: »Na, jetzt wünschst du wohl doch, du wärst in deinem großen Haus geblieben und vor so was in Sicherheit, was?«

»Nein.«

»Nein?«

»Ja: nein. Es stirbt eh keiner, bis seine Zeit gekommen ist, da kann er sein, wo er will. Ich bin mit meinem Mann im Unwetter, mehr ist nicht.«

»Thanky, ma'am. Aber mal angenommen, du musst jetzt sterben. Wärst du mir da nicht böse, dass ich dich hierhergeschleift hab?«

»Nein. Wir sind jetzt an die zwei Jahre zusammen. Wenn du am Morgen einmal das Licht gesehen hast, dann macht dir's nichts aus, am Abend zu sterben. Wie viele Leute sehen das Licht ihr Leben lang nicht. Ich bin blind umhergeirrt und Gott hat mir die Tür geöffnet.«

Er ließ sich auf den Fußboden sinken und legte ihr den Kopf in den Schoß. »Dann, Janie, dann meinst du wohl, was du nie gesagt hast, denn ich hab gar nicht *gewusst*, dass du so zufrieden mit mir bist. Ich hab irgendwie gedacht –«

Der Sturm kam mit dreifacher Wut zurück und löschte endgültig das Licht aus. Vereint mit den andern in andern Hütten saßen sie da, die Augen in rohe Bretterwände gebohrt und in der Seele die bange Frage, ob Gott vorhatte, ihre winzige Macht mit seiner zu messen. Sie schienen auf das Dunkel zu starren, doch vor ihren Augen sahen sie Gott.

Als Tea Cake in den Wind gelehnt hinausging, sah er sofort, dass Wind und Wasser vieles, was einem sonst tot erscheint, lebendig gemacht, und vieles, was lebendig gewesen war, getötet hatten. Wasser überall. Fische vor der Tür schwimmen. Noch drei Zoll und das Wasser stand im Haus. In manchen war's schon. Er beschloss, ein Auto suchen zu gehen, das sie aus den Glades wegbrachte, bevor es noch schlimmer kam. Er ging zurück und sagte Janie Bescheid, damit sie sich zum Aufbruch rüstete.

»Such unsere Versicherungssachen zusammen, Janie. Meine Klampfe und so Sachen trag ich selber.«

»Hast du schon das Geld aus der Kommode?«

»Nein, hol's schnell und schneid ein Stück vom Tischtuch ab zum Einschlagen. Wir werden garantiert nass bis zum Stehkragen. Schneid schnell ein Stück von dem Wachstuch für unsere Papiere ab. Wir müssen los, wenn's nicht schon zu spät ist. Die Wanne hält nicht mehr länger dicht.«

Er riss das Wachstuch vom Tisch und zog sein Messer. Janie hielt es straff, während er einen Streifen abtrennte.

»Aber Tea Cake, das ist zu furchtbar da draußen. Vielleicht bleiben wir lieber hier im Nassen, als dass wir versuchen –«

Er schmetterte den Einwand mit einem Wort ab. »Mach«, sagte er und kämpfte sich vor die Tür. Er hatte mehr gesehen als Janie.

Janie nahm eine große Nadel und nähte hastig einen länglichen Beutel zusammen. Griff sich Zeitungspapier und wickelte Papiergeld und Dokumente darin ein und schob sie in den Beutel und ging flink mit der Nadel über das offene Ende. Bevor sie ihn ordentlich in der Tasche ihrer Latzhose verstaut hatte, kam Tea Cake wieder hereingestürmt.

»Gibt keine Autos mehr, Janie.«

»Hab ich mir gedacht. Was machen wir jetzt?«

»Wir müssen zu Fuß los.«

»In *dem* Wetter, Tea Cake? Ich schaff's glaub ich nicht mal zur Siedlung raus.«

»Doch, du schaffst das. Ich und du und Motor Boat haken uns alle unter und halten uns gegenseitig fest. Nicht, Motor?«

»Der schläft nebenan im Bett«, sagte Janie. Tea Cake rief, ohne hinzugehen.

»Motor Boat! Sieh zu, dass du hochkommst da hinten! Draußen ist die Hölle los – hell done broke loose in Georgy. Sofort! Wie kannst du in so 'nem Moment schlafen? Knietief Wasser vorm Haus.«

Als sie hinaustraten, ging ihnen das Wasser fast bis zum Hintern. Sie bewegten sich mühsam nach Osten. Tea Cake musste seine Gitarre wegwerfen, und Janie sah, wie schwer ihm das fiel. Getrieben vom Wind, der ihnen jetzt in den Rücken blies, mussten sie fliegenden Geschossen ausweichen und schwimmenden Gefahren und aufpassen, nicht in Löcher zu treten, bis sie halbwegs trockenes Gelände erreichten. Sie mussten alle Kraft aufbieten, um nicht in die falsche Richtung geschoben zu werden und beieinanderzubleiben. Sie sahen andere Leute sich vorankämpfen wie sie. Hier und da ein eingestürztes Haus, panisches Vieh. Vor allem aber der Schub des Winds und des Wassers. Und der See. Unter seinem ohrenbetäubenden Brüllen war plötzlich das gewaltige Knirschen von Holz auf Stein und ein Aufschrei zu hören. Sie blickten zurück. Sahen Menschen versuchen, im tosenden Wasser zu fliehen, und schreien, als sie merkten, dass es nicht ging. Ein riesiger Wall aus Deichmaterial und den Hütten noch obendrein rollte und stürzte heran. Zehn Fuß höher als sonst und so weit das Auge reichte, schob sich die grollende Wand vor den aufgetürmten Wassermassen wie ein Steinbrecher von kosmischen Ausmaßen auf sie zu. Das monstropolöse Ungetüm hatte sein Bett verlassen. Mit zweihundert Meilen die Stunde hatte der Sturm seine Ketten zerrissen. Jetzt packte es seine Deiche und stürmte damit voran, bis es auf die Hütten stieß, riss sie heraus wie Gras und brauste weiter hinter seinen vermeintlichen Bezwingern her, die Deiche schleifend, die Häuser schleifend, die Menschen in den Häusern schleifend und andere Gebäude dazu. Mit schwerem Schritt stampfte das Meer über die Erde.

»De lake is comin'!«, stieß Tea Cake hervor.

»Der See!« Mit ungläubigem Entsetzen von Motor Boat: »Der See!«

»Er kommt hinter uns her!« Janie erschauerte. »Wir können doch nicht fliegen.«

»Aber laufen können wir noch«, schrie Tea Cake, und sie liefen. Das flutende Wasser lief schneller. Die große Masse war noch eingedämmt, aber Flüsse schossen durch Risse in der heranwalzenden Wand, brachen hervor wie die Morgensonne. Die drei Fliehenden liefen an der nächsten Zeile von Hütten vorbei, die auf einer flachen Anhöhe standen, und gewannen einen kleinen Vorsprung. Sie schrien aus Leibeskräften: »Der See kommt!«, und versperrte Türen flogen auf und andere schlossen sich ihrer Flucht an und stießen dabei denselben Schrei aus: »Der See kommt!«, und die nachsetzenden Wassermassen grollten und brüllten voraus: »Jawohl, ich komme!«, und wer konnte, floh weiter.

Sie gelangten glücklich zu einem hohen Haus auf einem Buckel und Janie sagte: »Lass uns hierbleiben. Ich kann nicht mehr. Ah'm done give out.«

»Wir sind alle erledigt«, stellte Tea Cake klar. »Wir gehen jetzt vor diesem Sauwetter da rein, friss oder stirb.« Sie lehnten sich mit Gesicht und Schultern an die Wand, während er mit dem Griff seines Messers anklopfte. Er klopfte noch einmal, dann gingen er und Motor Boat nach hinten und brachen eine Tür auf. Niemand da.

»Die Leute hier hatten mehr Grips im Kopf als ich«, sagte Tea Cake, als sie sich auf den Boden fallen ließen und keuchend liegen blieben. »Wir hätten mit Lias mitfahren sollen, wie er angeboten hat.«

»Das hast du nicht gewusst«, widersprach Janie. »Und wenn man was nicht weiß, dann weiß man's halt nicht. Das Unwetter hätte grad so gut nicht kommen können.«

Sie schliefen auf der Stelle ein, aber Janie erwachte als Erste. Sie hörte Wasser rauschen und setzte sich auf.

»Tea Cake! Motor Boat! De lake is comin'!«

So war es: der See kam weiter. Langsamer und auf breiterer Front, aber er kam. Er hatte seinen Stützwall größtenteils niedergetrampelt und durch die Ausdehnung seine Front abgesenkt. Aber dennoch schob er sich knurrend und murrend voran wie ein müdes Mammut.

»Das ist ein ganz hohes Haus. Vielleicht kommt er gar nicht bis hier«, sinnierte Janie. »Und wenn doch, kommt er vielleicht nicht bis ins Obergeschoss.«

»Janie, der Okeechobeesee ist vierzig Meilen breit und sechzig Meilen lang. Das ist 'ne ganze Masse Wasser. Wenn der Wind den ganzen See in unsere Richtung schiebt, dann schluckt er das Haus hier wie nichts. Wir gehen lieber. Motor Boat!«

»Was ist, Mann?«

»Der See kommt!«

»Ach was, das gibt's nicht.«

»Doch, das gibt's wohl. Hör doch! Du kannst ihn schon von weitem hören.«

»Soll er doch kommen. Ich wart ihn hier ab.«

»Aach, steh auf, Motor Boat! Wir müssen zur Straße nach Palm Beach. Die liegt auf 'nem Damm. Da oben sind wir halbwegs sicher.«

»Hier bin ich auch sicher, Mann. Geht halt, wenn ihr wollt. Ich bin müde.«

»Und was machst du, wenn der See bis hier kommt?«

»Nach oben gehen.«

»Und wenn er bis oben kommt?«

»Schwimmen, Mann. Was sonst?«

»Na schön, ähm, mach's gut, Motor Boat. Ziemlicher Mist alles, was? Kann sein, dass wir uns nicht mehr wiederfinden. Du bist wirklich 'n Freund, wie's selten einen gibt.«

»Mach's gut, Tea Cake. Ihr solltet auch hierbleiben und schlafen, Mann. Hat doch keinen Taug nicht, loszuziehen und mich hier allein zu lassen.«

»Wollen wir nicht. Komm doch mit. Vielleicht ist es Nacht, wenn das Wasser dich hier einschließt. Aus dem Grund will ich auch nicht hierbleiben. Komm mit, Mann.«

»Tea Cake, ich brauch 'ne Mütze Schlaf. Unbedingt.«

»Dann mach's gut, Motor. Ich wünsch dir viel Glück. Ich komm dich in Nassau besuchen, wenn das alles vorbei ist.«

»Unbedingt, Tea Cake. Meiner Mama ihr Haus ist dein Haus.«

Erst als sie ein gutes Stück vom Haus entfernt waren, gerieten Tea Cake und Janie in richtig tiefes Wasser. Sie mussten ein Stück schwimmen, und Janie konnte sich immer nur ein paar Züge lang über Wasser halten, so dass Tea Cake sie schleppte, bis sie schließlich an eine Bodenwelle kamen, die zu dem Straßendamm führte. Er hatte den Eindruck, dass der Wind etwas nachließ, und so hielt er nach einem Ort Ausschau, wo er ausruhen und wieder zu Atem kommen konnte. Er hatte keine Puste mehr. Janie war müde und humpelte, aber da sie sich nicht mit dem anstrengenden Schwimmen im aufgewühlten Wasser hatte abmühen müssen, hing Tea Cake viel mehr in den Seilen als sie. Doch sie durften nicht rasten. Dass sie es zum Straßendamm geschafft hatten, war etwas, doch es war keine Sicherheitsgarantie. Der See kam. Sie mussten die Sechsmeilenbrücke erreichen. Die war hoch und vielleicht sicher.

Alle gingen auf dem Damm: hastend, schleichend, fallend, weinend, hoffnungsvoll und hoffnungslos Namen rufend. Wind und Regen drosch auf die Alten ein, drosch auf die Kinder. Tea Cake strauchelte ein-, zweimal vor Müdigkeit und Janie hielt ihn fest. So erreichten sie die Brücke am Six Mile Bend und dachten, dort könnten sie ausruhen.

Aber die Brücke war voll. Weiße hatten diese erhöhte Stelle mit Beschlag belegt und es gab keinen Platz mehr. Sie konnten an einer der hohen Seiten raufklettern und an der andern wieder runter, das war's. Meilen später immer noch keine Pause.

Sie kamen an einem sitzenden Toten auf einem Erdbuckel vorbei, ganz umlagert von wilden Tieren und Schlangen. Die Gefahr einte alle. Keiner war auf Sieg über den andern aus.

Ein anderer Mann stand an eine Zypresse gepresst auf einer winzigen Insel. Das Blechdach eines Hauses hing an Stromkabeln von den Ästen und der Wind schwang es hin und her wie ein gewaltiges Beil. Der Mann wagte keinen Schritt nach rechts zu treten, um nicht von der mörderischen Schneide aufgeschlitzt zu werden. Er wagte nicht nach links zu treten, weil dort eine große Klapperschlange voll ausgestreckt lag, den Kopf in den Wind gereckt. Ein Streifen Wasser trennte Insel und Damm, und der Mann presste sich an den Baum und rief um Hilfe.

»Die Schlange tut dir nichts«, schrie Tea Cake zu ihm hinüber. »Die hat Schiss, sich aufzuringeln. Hat Schiss, dass sie weggeweht wird. Geh auf die Seite und schwimm rüber!«

Bald darauf merkte Tea Cake, dass er nicht mehr weiterkonnte. Nicht ohne Pause. Er streckte sich zum Ausruhen am Straßenrand aus. Janie packte sich zwischen ihn und den Wind, und er schloss die Augen und ließ die Müdigkeit aus den Gliedern abfließen. Auf beiden Seiten des Damms erstreckte sich eine weite Wasserfläche wie eine Seenplatte, und im Wasser schwamm Lebendes und Totes. Vieles, was gar nicht ins Wasser gehörte. So weit das Auge reichte nichts als Wasser und wütend darauf einstürmender Wind. Ein großes Stück Dachpappe segelte durch die Luft und sauste am Damm entlang, bis es an einem Baum hängen blieb. Janie sah es erfreut. Genau so was brauchte sie, um Tea Cake zuzudecken. Sie konnte sich dran anlehnen, dass es nicht wegflog. Der Wind war eh nicht mehr ganz so schlimm wie vorher. Genau so was. Der arme Tea Cake!

Sie kroch auf Händen und Knien zu dem Stück Dachpappe und fasste es an beiden Seiten. Augenblicklich riss der Wind sie mit der Pappe empor und sie sah sich rechterhand vom Damm hinuntersegeln, immer weiter auf das peitschende Wasser hinaus. Sie schrie fürchterlich und ließ die Dachpappe los, die prompt davonsegelte, während Janie ins Wasser stürzte.

»Tea Cake!« Er hörte sie und sprang auf. Janies Schwimmversuche waren viel zu hektisch. Er sah eine Kuh langsam im spitzen Winkel auf den Damm zuschwimmen. Ein kräftig gebauter Hund saß zitternd und knurrend auf ihren Schultern. Die Kuh kam näher. Nur wenige Züge und Janie war da.

»Schwimm zu der Kuh und halt dich am Schwanz fest! Lass die Beine. Mach nur mit den Armen, das tut's. So ist gut, weiter!«

Janie bekam den Schwanz der Kuh zu fassen und reckte den Kopf an deren Hinterteil aus dem Wasser, so hoch sie konnte. Die Kuh sank durch das zusätzliche Gewicht etwas tiefer und strampelte einen Moment erschrocken. Dachte wohl, ein Alligator wollte sie runterziehen. Dann schwamm sie weiter. Der Hund stellte sich hin und knurrte wie ein Löwe, das Fell gesträubt, die Muskeln gespannt, die Zähne gefletscht zum wütenden Zubiss. Tea Cake teilte das Wasser wie ein Otter und ließ schon im Sprung sein Messer aufschnappen. Der Hund schoss auf dem Rücken der Kuh nach hinten und griff an, und Janie schrie und wich ganz weit am Kuhschwanz zurück, knapp außer Reichweite des wild zuschnappenden Mauls. Der Hund wäre am liebsten hinter ihr hergesprungen, aber irgendwie war ihm das Wasser nicht geheuer. Tea Cake schnellte am Hinterteil der Kuh aus dem Wasser und packte den Hund am Hals. Doch der Hund war stark und Tea Cake war völlig erschöpft. Daher tötete er den Hund nicht mit einem Stich wie gedacht. Aber der

Hund seinerseits konnte sich auch nicht befreien. Sie kämpften und irgendwie gelang es ihm, Tea Cake hoch oben am Jochbein einmal zu beißen. Dann stach Tea Cake ihn ab und er sank auf Nimmerwiedersehen auf den Grund. Die von dem schweren Gewicht befreite Kuh landete mit Janie am Damm, bevor Tea Cake angekrault kam und entkräftet wieder hinaufkroch.

Janie machte sich an seinem Gesicht zu schaffen, wo der Hund ihn gebissen hatte, aber er meinte, es wäre nicht weiter schlimm. »Aber wenn er mich einen Zoll höher erwischt und mich ins Auge gebissen hätte, wäre die Hölle los gewesen. Augen kann man nämlich nicht so einfach im Laden nachkaufen.« Er ließ sich am Rand des Damms hinplumpsen, als ob das Unwetter gar nicht mehr tobte. »Lass mich ein Weilchen ausruhen, dann schaffen wir es irgendwie in die Stadt.«

Nach Sonnenstand und Uhrzeit war es der nächste Tag, als sie Palm Beach erreichten. Nach ihrer körperlichen Verfassung war es Jahre später. Winter und Aberwinter der Not und des Leids. Das Lebensrad drehte sich weiter und weiter. Hoffnung, Enttäuschung, Verzweiflung. Aber der Sturm hatte sich verausgabt, als sie sich der rettenden Freistadt näherten. City of refuge.

Weit aufgerissen auch dort der Rachen der Verwüstung. In den Everglades hatte der Wind unter Seen und Bäumen gerast. In der Stadt hatte er unter Häusern und Menschen gewütet. Tea Cake und Janie standen am Stadtrand und ließen den Blick über das Zerstörungswerk schweifen.

»Wie soll ich in dem Chaos 'n Doktor für dein Gesicht finden?«, jammerte Janie.

»Der Doktor kann mir gestohlen bleiben. Wir brauchen 'nen Platz zum Schlafen.«

Mit Geld und Beharrlichkeit fanden sie schließlich einen Schlafplatz. Mehr war es nicht. Kein Platz zum Leben. Zum Schlafen, sonst nichts. Tea Cake sah sich um und ließ sich schwer auf die Bettkante sinken.

»Na«, sagte er geknickt, »dass es mal so weit kommt, das hast du wohl nicht erwartet, als du dich mit mir zusammengetan hast, was?«

»Es gab mal 'ne Zeit, Tea Cake, da hab ich gar nichts erwartet, als dass ich eines Tages tot umfall vor lauter Rumstehen und krampfhaft freundlich Kucken. Aber da bist du gekommen und hast was aus mir gemacht. Deshalb bin ich dankbar für alles, wo wir gemeinsam durch sind.«

»Thanky, ma'am.«

»Und das zweite Mal gerettet hast du mich vor dem Hund gestern. Tea Cake, du hast bestimmt dem seine Augen nicht so gesehen wie ich. Der wollte mich nicht bloß beißen, Tea Cake. Der wollte mich kälter als kalt machen. Die Augen vergess ich nie. Der hat nur aus blankem Hass bestanden. Wo der wohl hergekommen ist?«

»Ja, das hab ich auch gesehen. Das war richtig zum Fürchten. Den Hass wollt ich auf gar keinen Fall abbekommen. Einer hat sterben müssen, er oder ich. Mein Messer hat gemeint, er.«

»Der hätt mich armes Würmchen in Stücke gerissen, wenn du nicht gewesen wärst, honey.«

»Du musst nicht sagen, wenn ich nicht gewesen wär, baby, denn ich bin ja da, und wenn ich da bin, dann heißt das: ein Mann ist da.«

19 Und abermals war der Große mit den eckigen Zehen in sein Haus zurückgekehrt. Er stand wieder in seinem hohen platten Haus ohne Dach und Wände, das seelenlose Schwert kerzengrade in der Hand. Sein fahler Schimmel war über Wasser gestürmt und über Land gedonnert. Die Zeit des Sterbens war vorbei. Es war die Zeit, die Toten zu begraben.

»Janie, jetzt sind wir schon zwei Tage in diesem Dreckloch, und das ist zu viel. Wir müssen aus diesem Haus raus und aus dieser Stadt raus. Mir hat's hier noch nie gefallen.«

»Wo sollen wir hin, Tea Cake? Wenn wir das wüssten.«

»Wir könnten ja vielleicht wieder nach Norden gehen, wenn du das gern möchtest.«

»Das hab ich nicht gesagt, aber wenn du das –«

»Nein, davon hab ich nichts gesagt. Ich hab nur gedacht, ich will dich nicht länger von deinem bequemen Leben abhalten, wie du selber willst.«

»Wenn ich dir irgendwie im Weg bin –«

»Hör sich einer die Frau an! Ich brech mir hier einen ab, um mit ihr zusammenzubleiben, und sie ... mit Reißnägeln erschießen sollte man sie!«

»Na schön, du sagst irgendwas und das machen wir dann. Probieren können wir's, kostet ja nichts.«

»Auf jeden Fall bin ich halbwegs erholt und die Wanzen werden mir langsam zu frech. Hab's erst gar nicht gemerkt, was mich da piesackt. Ich geh mich mal umschauen, was wir machen können. Im Moment würde ich *alles* probieren.«

»Gescheiter wär's, du bleibst hier und erholst dich noch ein bisschen. Da draußen ist eh nichts zu holen.«

»Ich will mich halt mal umschauen, Janie. Vielleicht gibt's 'ne Arbeit, wo ich mitmachen kann.«

»Die Arbeit, die die dir geben da draußen, wird dir bestimmt nicht schmecken. Die schnappen sich alle Männer, die sie zu fassen kriegen, und lassen sie die Toten beerdigen. Sie behaupten, sie holen sich die Arbeitslosen, aber so genau nehmen sie's nicht damit, ob einer arbeitslos ist oder nicht. Bleib hier! Was sonst für die Kranken und Elenden getan werden kann, das tut das Rote Kreuz schon.«

»Ich hab Geld in der Tasche, Janie. Die können mir nichts anhaben. Ich will einfach schauen, wie es steht da draußen. Und ich will schauen, ob ich irgendwas über die Jungs aus den Glades erfahren kann. Vielleicht sind sie ja alle heil durchgekommen. Vielleicht auch nicht.«

Tea Cake zog los und ging sich umkucken. Sah überall die Hand des Grauens am Werk. Häuser ohne Dach und Dächer ohne Haus. Stahl und Stein zermalmt und zertrümmert wie Holz. Die Mutter der Bosheit hatte mit den Menschen gespielt.

Während Tea Cake dastand und schaute, sah er zwei Männer mit Gewehren über der Schulter auf sich zukommen. Zwei Weiße, und da fiel ihm ein, was Janie gesagt hatte, und er beugte schon die Knie, um loszulaufen. Aber im nächsten Moment sah er, dass ihm das nichts nützen würde. Sie hatten ihn bereits erspäht und sie waren zu nahe, um ihn zu verfehlen, wenn sie schossen. Vielleicht gingen sie ja vorbei. Vielleicht sahen sie ein, dass er kein Tramp war, wenn sie feststellten, dass er Geld hatte.

»He da, Jim«, rief der Größere. »Dich suchen wir gerade.«

»Ich heiß nicht Jim«, sagte Tea Cake lauernd. »Zu was suchen Sie *mich* zu? Ich hab nichts getan.«

»Genau deshalb suchen wir dich – weil du nichts tust. Komm mit und hilf die ganzen Toten hier begraben. Die kommen nicht schnell genug unter die Erde.«

Tea Cake rührte sich nicht von der Stelle. »Was geht mich das an? Ich bin 'n ehrlicher Arbeiter mit Geld in der Tasche. Mich hat bloß der Sturm aus den Glades hergepustet.«

Der Kleinere machte eine schnelle Bewegung mit dem Gewehr. »Git on down de road dere, suh! Setz dich in Bewegung, sonst kann's dir passieren, dass *du* begraben wirst! Halt dich hübsch vor mir, Freundchen!«

Tea Cake merkte bald, dass er zu einer kleinen Truppe gehörte, die zwangsrekrutiert worden war, um die Sturmschäden an den öffentlichen Plätzen zu beseitigen und die Toten zu begraben. Leichen mussten gesucht, an bestimmte Sammelstellen getragen und beerdigt werden. Sie fanden sich nicht nur in zerstörten Häusern, sondern auch unter den Häusern, in den Büschen verheddert, im Wasser schwimmend, in den Bäumen hängend, unter Trümmern treibend.

Schmutzverkrustete Laster kamen unablässig aus den Glades und anderen abgelegenen Gegenden angefahren, jeder mit fünfundzwanzig Leichen beladen: manche voll bekleidet, manche nackt und manche in Auflösungszuständen aller Art. Manche Toten mit friedlichen Gesichtern und ruhenden Händen. Manche mit Kampf im Gesicht, die fassungslosen Augen weit aufgerissen. Im Sterben hatten sie starrend versucht, über das Sehen hinauszusehen.

Missmutige, mürrische Männer, Schwarze wie Weiße, mussten unter Aufsicht weiter nach Leichen suchen und Gräber ausheben. Ein riesenlanger Graben wurde auf dem Weißenfriedhof ausgehoben und ein großer Graben auf dem Schwarzenfriedhof gebuddelt. Reichlich Ätzkalk parat, den man über die Leichen warf, sobald man sie bekam. Sie hatten schon zu lange unbestattet herumgelegen. Die Männer waren darauf aus, sie so rasch wie möglich mit Erde zuzuschippen. Aber die Aufpasser verboten es ihnen. Sie hatten anderslautende Befehle.

»He, ihr da! Schmeißt die Leichen nicht so hopplahopp ins Loch! Ihr müsst bei jedem Einzelnen kucken, ob er weiß oder schwarz ist.«

»Was, wir sollen da so lange mit rummachen und kucken? God have mussy! In dem Zustand, wo die sind? Was spielt jetzt die Hautfarbe noch für 'ne Rolle? Die müssen allesamt schleunigst unter die Erde.«

»Befehl von oben. Für die Weißen werden Särge gebaut. Bloß billige Kiefer, aber besser als nichts. Passt auf, dass ihr keine Weißen einfach so ins Loch schmeißt.«

»Und was ist mit den Farbigen? Gibt's für die auch Särge?«

»Nö. Gibt nicht genug für alle. Streut einfach ordentlich Kalk drüber und dann Erde drauf.«

»Ein Quatsch! Bei manchen von den Leichen kann doch kein Mensch mehr was sehen, so wie die zugerichtet sind. Da siehst du nicht, ob die weiß oder schwarz sind.«

Die Aufpasser berieten sich lange darüber. Schließlich kamen sie zurück und erklärten den Männern: »Kuckt euch die Haare an, wenn ihr's sonst nicht erkennen könnt. Und lasst euch ja nicht dabei erwischen, dass ihr Weiße ins Loch schmeißt, und keine Särge für Farbige, klar? Die sind im Moment zu schwer zu beschaffen.«

»Machen die ein Gepingel darum, wie die Toten vor den Richterstuhl kommen«, bemerkte Tea Cake zu seinem Nebenmann. »Die scheinen zu denken, Gott hätte vom Jim-Crow-Gesetz keine Ahnung.«

Nachdem er mehrere Stunden gearbeitet hatte, hielt Tea Cake die Vorstellung nicht mehr aus, wie Janie sich um ihn sorgte. Als wieder ein Laster zum Entladen vorfuhr, ergriff er die Flucht. Er ignorierte den Befehl, stehen zu bleiben, sonst werde geschossen, lief weiter und kam davon. Er fand Janie in Tränen aufgelöst vor, genau wie er gedacht hatte. Sie beruhigten sich gegenseitig wegen der Zeit, die er weg gewesen war, dann kam Tea Cake auf etwas anderes zu sprechen.

»Janie, wir müssen aus diesem Haus raus und aus dieser Stadt raus. Ich werd nicht noch mal so 'ne Arbeit machen.«

»Nein, nein, Tea Cake. Lass uns hierbleiben, bis alles vorüber ist. Wenn sie dich nicht sehen, können sie dir auch nichts tun.«

»Von wegen. Was ist, wenn sie mich jetzt suchen kommen? Less git outa heah tuhnight.«

»Wo sollen wir hin, Tea Cake?«

»Am nächsten von hier sind die Glades. Da gehen wir wieder hin. Hier gibt's bloß Scherereien und Schikane.«

»Aber, Tea Cake, in den Glades war der Hurricane doch auch. Da wird's auch Tote zu begraben geben.«

»Ja, ich weiß, Janie, aber so wie hier kann's da gar nicht sein. Erst mal bringen sie schon den ganzen Tag Leichen von da an, da können dann gar nicht mehr so viele sein. Und außerdem hat's da sowieso nicht so viele gegeben wie hier. Und vor allem, Janie, die Weißen da kennen uns. Als fremder Nigger hast du unter Weißen nichts zu lachen. Alle sind gegen dich.«

»Das stimmt allerdings. Wenn die Weißen dich kennen, bist du ein netter Farbiger. Wenn sie dich nicht kennen, bist du ein übler Nigger.« Janie lachte, als sie das sagte, und Tea Cake lachte mit.

»Janie, ich hab das schon hundertmal erlebt: jeder Weiße, einer wie der andere, bildet sich ein, dass er die ›GOOD darkies‹ alle schon kennt. Mehr braucht er nicht kennenlernen. Wenn's nach ihm ging, könnten alle, die er nicht kennt, zu sechs Monaten mit Geruchsverschärfung hinter der US-amtlichen Bedürfnisanstalt verknackt werden.«

»US-amtliche Bedürfnisanstalt? Wie kommst du denn darauf, Tea Cake?«

»Na, du weißt doch, dass Uncle Sam von allem immer das Größte und Beste hat. Deshalb denkt sich der Weiße, was nicht an Uncle Sams kapitales Wasserklosett rankommt, das ist als Strafe zu wenig. Deshalb will ich dahin, wo die Weißen mich kennen. Hier fühl ich mich wie ein Kind ohne Mutter – Ah feels lak uh motherless chile.«

Sie suchten ihre Sachen zusammen und stahlen sich aus dem Haus. Am nächsten Morgen waren sie wieder »on the muck«. Sie plackten sich den ganzen Tag damit ab, ein Haus wieder bewohnbar zu machen, so dass Tea Cake sich am nächsten Tag nach einer Beschäftigung umtun konnte. Mehr aus Neugier als aus Arbeitseifer zog er früh am Morgen los. Blieb den ganzen Tag fort. Am Abend strahlte er übers ganze Gesicht, als er hereinkam.

»Was glaubst du, wen ich getroffen hab, Janie? Das rätst du nie.«

»Jede Wette, du hast Sop-de-Bottom getroffen.«

»Richtig, den und Stew Beef und Dockery und Lias, und Coodemay und Bootyny. Rat, wen noch!«

»Lawd knows. Sterrett?«

»Nein, den hat die Flut erwischt. Lias hat ihn in Palm Beach begraben geholfen. Rätst du, wen noch?«

»Ach, nun sag schon, Tea Cake. Ich weiß es nicht. Es kann doch nicht Motor Boat sein.«

»Genau der. Motor! Der alte Saftsack hat einfach da in dem Haus gelegen und geschlafen, und dann hat der See das Haus irgendwo hingetragen und Motor hat überhaupt nichts davon mitgekriegt, bis der Sturm so gut wie vorüber war.«

»Nein!«

»Doch, Mann. Wir laufen weg wie die Hornochsen und bringen uns fast um dabei, und er bleibt liegen und schläft und lässt sich sonst wohin treiben!«

»Tja, Glück muss der Mensch haben.«

»Allerdings. Hör mal, ich hab Arbeit gefunden. So allgemein mit beim Aufräumen helfen, und dann soll der Deich richtig neu gebaut werden. Das Gelände da muss auch freigeräumt werden. Haufen Arbeit. Die brauchen sogar noch mehr Männer.«

So hatte Tea Cake drei bewegte Wochen. Er kaufte noch ein Gewehr und einen Revolver, und er und Janie kabbelten sich darum, wer von ihnen der bessere Schütze war, was Janie mit dem Gewehr immer für sich entschied. Sie konnte einem Hühnerbussard, der auf einer Kiefer saß, den Kopf wegpusten. Tea Cake war ein bisschen neidisch, aber auch stolz auf seine Schülerin.

Um die Mitte der vierten Woche kam Tea Cake eines Nachmittags früh nach Hause und klagte über seinen Kopf. Kopfschmerzen, die ihn zwangen, sich eine Weile hinzulegen. Er wachte mit Hunger auf. Janie hatte sein Abendessen bereitstehen, aber als er schließlich aus dem Schlafzimmer an den Tisch kam, sagte er, er wolle, glaube er, doch nichts essen.

»Du hast mir doch gesagt, du hättest Hunger!«, beschwerte sich Janie.

»Dachte ich auch«, sagte Tea Cake sehr leise und ließ den Kopf in die Hände sinken.

»Aber ich hab dir 'n Topf Bohnen gemacht.«

»Die sind bestimmt gut, ich weiß, aber ich mag jetzt doch nichts, dank dir schön, Janie.«

Er legte sich wieder ins Bett. Mitten in der Nacht weckte er Janie auf, weil er im Albtraum mit einem Feind rang, der ihn an der Kehle hatte. Janie machte Licht und beruhigte ihn.

»Was hast du, Herzblatt?« Sie streichelte ihn, besänftigte ihn. »Sag doch, dass ich mit dir mitfühlen kann. Dass ich die Schmerzen mittragen kann – lemme bear de pain 'long widja, baby. Wo tut's dir weh, sugar?«

»Irgendwas ist im Schlaf auf mich los, Janie.« Er weinte beinahe. »Wollte mich erwürgen. Wenn du nicht gewesen wärst, wär ich jetzt tot.«

»Du hast so was von um dich geschlagen. Aber du brauchst keine Angst zu haben, honey. Ich bin ja da.«

Er schlief wieder ein, doch es half nichts. Am Morgen war er krank. Er versuchte es zu packen, aber Janie dachte gar nicht daran, ihn gehen zu lassen.

»Bloß die Woche will ich noch schaffen«, sagte Tea Cake.

»Wochen geschafft, das haben die Menschen, da warst du noch gar nicht geboren, und das werden sie immer noch, wenn du längst tot bist. Leg dich wieder hin, Tea Cake. Ich hol den Doktor, dass der dich mal anschaut.«

»Ach, so wild ist das nicht, Janie. Kuck! Ich kann ganz normal gehen.«

»Du bist trotzdem zu krank, um das auf die leichte Schulter zu nehmen. Seit dem Sturm geht hier das Fieber um.«

»Dann gib mir noch 'n Schluck Wasser, bevor du gehst.«

Janie schöpfte ein Glas Wasser und brachte es ihm ans Bett. Tea Cake nahm es und füllte den Mund, dann würgte er schrecklich, spie aus, was er im Mund hatte, und warf das Glas auf den Boden. Janie war mehr als bestürzt.

»Wieso machst du das mit deinem Trinkwasser, Tea Cake? Du hast doch gesagt, ich soll dir was geben!«

»Mit dem Wasser stimmt was nicht. Ich wäre fast dran erstickt. Hab ich dir's nicht gesagt, dass mich gestern Nacht hier was angefallen und mich gewürgt hat? Du tust so, als hätt ich das bloß geträumt.«

»Vielleicht hat dich ja 'ne Hexe geritten, honey. Ich schau

mal, ob ich irgendwo Senfsamen finde. Aber auf jeden Fall bring ich den Doktor mit, wenn ich wiederkomm.«

Tea Cake machte keine Einwände und Janie eilte los. Diese Krankheit war für sie schlimmer als das Unwetter. Sobald sie fort war und nicht mehr zu sehen, stand Tea Cake auf, leerte den Wassereimer und wusch ihn gründlich aus. Dann schleppte er sich zur Wasserpumpe am Feld und füllte ihn wieder. Er unterstellte Janie keine böse Absicht. Was er ihr vorwarf, war Achtlosigkeit. Das sollte ihr doch klar sein, dass Wassereimer ausgewaschen gehörten wie andere Sachen auch. Er würde ihr tüchtig die Meinung sagen, wenn sie wiederkam. Was dachte sie sich bloß? Er wurde richtig zornig deswegen. Er stellte den Eimer auf den Tisch und setzte sich, um sich erst mal zu erholen, bevor er trank.

Schließlich schöpfte er sich ein Glas. So schön kühl, das Wasser! Überhaupt, es musste gestern gewesen sein, dass er zuletzt was getrunken hatte. Das war's, was ihm fehlte. Dann hatte er bestimmt auch wieder Appetit auf die Bohnen. Er war so gierig danach, dass er den Kopf in den Nacken warf und das Glas kippte. Aber der Dämon war schneller und würgte ihn sofort, wollte ihn umbringen. Es war eine ungeheure Erleichterung, das Wasser auszuspucken. Er ließ sich wieder aufs Bett fallen und lag dort schlotternd, bis Janie und der Doktor kamen. Der weiße Arzt, der schon so lange dabei war, dass er zum »muck« dazugehörte. Der den Arbeitern Geschichten mit derben Kraftausdrücken erzählte. Er trat zügig ein, den Hut schräg nach hinten geschoben.

»Ja sag mal, Tea Cake, was machst *du* denn für Sachen?«

»Wenn ich das man wüsste, Doktor Simmons. Aber es hat mich richtig erwischt.«

»Ach was, Tea Cake. Dir fehlt bestimmt nichts, was wir nicht mit 'nem ordentlichen Schluck Coondick kuriert kriegen. Du hast wohl in letzter Zeit nicht genug gepichelt, hn?« Er schlug Tea Cake herzhaft auf den Rücken und Tea Cake versuchte zu lachen wie von ihm erwartet. Doch es fiel ihm schwer. Der Arzt klappte seine Tasche auf und machte sich an die Arbeit.

»Ein bisschen zu kränkeln scheinst du ja wirklich, Tea Cake. Du hast Temperatur und dein Puls ist ziemlich im Keller. Was hast du in letzter Zeit so getrieben?«

»Nichts außer gearbeitet und 'n bisschen gespielt, Doktor. Aber irgendwie bekommt mir das Wasser nicht.«

»Das Wasser? Wie meinst du das?«

»Ich kann's nicht drin behalten, gar nicht.«

»Was noch?«

Janie trat besorgt ans Bett.

»Doktor, Tea Cake erzählt das alles nicht richtig. Wir sind hier draußen in den Hurricane geraten, und Tea Cake hat sich völlig überanstrengt, weil er so lange schwimmen musste und mich dabei noch hochhalten, und dann die vielen Meilen zu Fuß durch den Sturm, und bevor er sich ein bisschen erholen konnte, hat er mich wieder aus dem Wasser holen und mit so 'nem riesen Hundevieh kämpfen müssen, und der Hund hat ihn ins Gesicht gebissen und alles. Eigentlich dachte ich, er hätte schon längst krank werden müssen.«

»Ein Hund hat ihn gebissen, sagst du?«

»Ach, das war weiter nichts, Doktor. Nach zwei, drei Tagen war das verheilt«, sagte Tea Cake ungeduldig. »Ist eh schon über einen Monat her. Das hier ist was Neues, Doktor. Ich schätze, das Wasser ist noch schlecht. Muss ja. Bei so vielen Toten, wie da drin gelegen haben, wird es noch lange nicht zum Trinken sein. So erklär ich mir das jedenfalls.«

»Also gut, Tea Cake. Ich geb dir ein Medikament und sag Janie, wie sie dich pflegen soll. Auf jeden Fall will ich, dass du ein Bett für dich allein hast, bis ich was anderes sage. Janie soll einfach eine Weile nicht mehr bei dir im Bett schlafen, klar? Komm noch mal mit raus zum Auto, Janie. Ich geb dir ein paar Pillen, die Tea Cake sofort einnehmen soll.«

Draußen wühlte er in seiner Tasche und gab Janie ein Fläschchen mit Tabletten.

»Gib ihm von denen alle Stunde eine, Janie, das wird ihn beruhigen, und halt dich von ihm fern, wenn er einen von seinen Würge- und Erstickungsanfällen hat.«

»Woher wissen Sie, dass er die hat, Doktor? Das hab ich Ihnen extra noch sagen wollen.«

»Janie, ich bin mir ziemlich sicher, dass der Hund Tollwut hatte, der deinen Mann gebissen hat. Es ist zu spät, um den Hund suchen zu lassen. Aber die Symptome sind alle da. Ein Jammer, dass das schon so lange geht. Ein paar Spritzen gleich hinterher und er wäre wieder auf dem Damm gewesen.«

»Soll das heißen, er wird vielleicht sterben, Doktor?«

»Allerdings. Aber das Schlimmste ist, dass er vorher furchtbar leiden wird.«

»Doktor, ich würde glatt einen Mord begehen für ihn – Ah loves him fit tuh kill. Sagen Sie mir, was ich machen soll, und ich mach's.«

»So ziemlich das Einzige, was du machen kannst, Janie, ist, ihn ins County Hospital bringen, wo sie ihn anschnallen und sich um ihn kümmern können.«

»Aber Krankenhäuser kann er nicht ausstehen. Er würde denken, ich wär's leid, für ihn zu sorgen, und das bin ich weiß Gott nicht. Ich kann den Gedanken nicht ertragen, dass wir Tea Cake anbinden, wie wenn er ein tollwütiger Hund wär.«

»Darauf wird's fast rauslaufen, Janie. Er hat so gut wie keine Chance durchzukommen und er könnte jemand beißen, besonders dich, und dann wärst du genauso dran wie er. Eine furchtbare Situation.«

»Kann man denn wirklich gar nichts machen, Doktor? Wir haben 'ne Menge Geld auf der Bank in Orlando, Doktor. Schauen Sie doch, ob's nicht irgendwas Besonderes gibt, wo Sie ihn mit retten können. Was es auch kostet, Doktor, ganz egal, nur bitte, Doktor.«

»Ich tu, was ich kann. Ich rufe gleich mal in Palm Beach an wegen dem Serum, das er vor drei Wochen hätte haben sollen. Ich werd tun, was ich kann, um ihn zu retten, Janie. Aber es sieht aus, als wär's zu spät. Leute in seinem Stadium können kein Wasser mehr schlucken, nicht wahr, und auch sonst ist es schrecklich.«

Janie beschäftigte sich eine Weile draußen und versuchte zu glauben, es wäre nicht so. Wenn sie die Krankheit in seinem Gesicht nicht sah, konnte sie die ganze Sache für Einbildung halten. So, dachte sie, dann hatte dieser elende große Köter mit dem Hass in den Augen sie am Ende doch noch getötet. Wenn sie doch nur den Kuhschwanz losgelassen hätte und gleich ertrunken wäre und fertig. Aber Tea Cake zu nehmen, um sie zu töten, das war mehr, als ein Mensch ertragen konnte. Tea Cake, der Sohn der Abendsonne, musste seine Liebe zu ihr mit dem Leben bezahlen. Lange starrte sie angestrengt zum Himmel auf.

Irgendwo dort oben hinter dem Busen des blauen Äthers saß Er. Nahm er zur Kenntnis, was hier unten passierte? Er musste, denn er wusste ja alles. *Wollte* er Tea Cake und ihr das antun? Wenn, dann kam sie dagegen nicht an. Sie konnte nur bangen und warten. Vielleicht war es eine große Probe, nicht wirklich ernst, und wenn er sah, dass das Maß voll war, würde er ihr ein Zeichen geben. Sie starrte angestrengt, ob sich dort oben etwas tat, was als Zeichen durchgehen konnte. Ein Stern bei Tag vielleicht oder dass die Sonne schrie oder wenigstens ein Donnergrummeln. Ihre Arme gingen in verzweifelter Anrufung nach oben. Es war kein richtiges Flehen, mehr ein Fragen. Der Himmel blieb starr und still, und sie ging wieder ins Haus. Gott würde weniger tun, als sein Herz ihn hieß.

Tea Cake hatte die Augen geschlossen und Janie hoffte, er schlief. Er schlief nicht. Eine große Furcht hatte ihn ergriffen. Was war das, was sein Gehirn in Brand steckte und mit eisernen Fingern seine Kehle umschloss? Wo kam es her und warum kam es zu ihm? Er hoffte, es würde aufhören, bevor Janie etwas merkte. Er wollte noch einmal versuchen, Wasser zu trinken, aber wenn es misslang, sollte sie es nicht sehen. Sobald sie die Küche verließ, wollte er zum Eimer gehen und ganz schnell trinken, bevor irgendetwas dazu kam, ihn zu hindern. Kein Grund, Janie kopfscheu zu machen, wenn es sich vermeiden ließ. Er hörte sie den Herd ausräumen und sah sie hinten hinausgehen, die Asche ausschütten. Augenblicklich sprang er zum Eimer. Aber diesmal reichte der Anblick des Wassers schon aus. Er wand sich unter Qualen auf dem Küchenfußboden, als sie wieder hereinkam. Sie streichelte ihn, beruhigte ihn und half ihm ins Bett zurück. Sie beschloss, das mit diesem Medikament aus Palm Beach selbst in die Hand zu nehmen. Vielleicht fand sie jemanden, der es holen fuhr.

»Feel better now, Tea Cake, baby chile?«

»Nn-hn, bisschen.«

»Gut, ich geh mal vorm Haus zusammenharken. Die Männer haben überall ausgekautes Zuckerrohr und Erdnussschalen hingeschmissen. Ich will nicht, dass der Doktor wiederkommt und es sieht immer noch so aus.«

»Mach nicht so lange, Janie. Ich mag nicht allein sein, wenn ich krank bin.«

Sie lief so schnell sie konnte. Auf halbem Weg in den Ort kamen ihr Sop-de-Bottom und Dockery entgegen.

»Hallo, Janie, wie geht's Tea Cake?«

»Ziemlich schlecht. Ich bin grad dabei, ein Medikament für ihn zu besorgen.«

»Der Doktor hat jemand erzählt, er wär krank, da wollten wir ihn mal besuchen kommen. Haben uns schon so was gedacht, wo er gar nicht mehr zur Arbeit gekommen ist.«

»Leistet ihm ruhig Gesellschaft, bis ich wieder da bin. Das kann er gut gebrauchen.«

Sie jagte weiter die Straße hinunter und traf Dr. Simmons an. Ja, er habe Antwort bekommen. Sie hätten kein Serum, aber sie hätten deswegen nach Miami telegrafiert. Sie müsse sich keine Sorgen machen. Morgen in aller Frühe werde es da sein, wenn nicht schon vorher. In so einem Fall werde nicht getrödelt. Nein, sich ein Auto mieten, um es selber zu holen, bringe gar nichts. Einfach heimgehen und warten. Mehr könne sie nicht tun. Als sie heimkam, erhoben sich die Besucher zum Gehen.

Als sie allein waren, hätte Tea Cake gern den Kopf in Janies Schoß gelegt und ihr gesagt, wie er sich fühlte, und sich von ihr auf ihre liebe Art bemammen lassen. Aber Sop hatte ihm etwas erzählt und davon lag ihm die Zunge kalt und schwer im Mund wie eine tote Eidechse. Mrs Turners Bruder war an den See zurückgekehrt und grade jetzt hatte er diese mysteriöse Krankheit. Man wurde nicht einfach so wegen nichts krank.

»Janie, wieso ist der Bruder von dieser Turner schon wieder am See?«

»Das weiß ich nicht, Tea Cake. Wusste gar nicht, dass er wieder da ist.«

»Wusstest du doch, hab ich den Verdacht. Warum hättst du dich sonst eben weggeschlichen?«

»Tea Cake, das mag ich nicht, wenn du mir so Fragen stellst. Das zeigt wirklich, wie krank du bist. Du bist eifersüchtig, ohne dass es den kleinsten Anlass gibt.«

»Ach, und warum hast du dich aus dem Haus geschlichen, ohne mir was zu sagen? Das hast du sonst nie gemacht.«

»Weil ich nicht wollte, dass du dir wegen deinem Zustand Gedanken machst. Der Doktor hat noch 'n anderes Medikament bestellt, und ich bin schauen, ob es schon da war.«

Tea Cake fing an zu weinen und Janie nahm ihn in die Arme wie ein Kind. Sie setzte sich zu ihm aufs Bett und wiegte ihn, bis er wieder ruhig war.

»Tea Cake, das hat doch keinen Taug, dass du wegen mir eifersüchtig bist. Erstens mal könnte ich gar niemand anders lieben wie dich. Und zweitens bin ich bloß eine alte Frau, die außer dir eh niemand haben will.«

»Gar nicht wahr. Du hörst dich nur alt an, wenn du sagst,

wann du geboren bist, aber fürs Auge bist du jung genug, um so ziemlich jedem Mann zu gefallen. Ungelogen. Jede Menge Männer würden dich nehmen und sich für die Ehre mächtig ins Zeug legen, das weiß ich. Ich hab sie reden hören.«

»Kann ja sein, Tea Cake, ich hab's nie drauf ankommen lassen. Ich weiß nur, dass Gott mich durch dich aus dem Feuer gerissen hat. Und dass ich dich liebe und glücklich bin.«

»Thank yuh, ma'am, aber sag nicht, dass du alt bist. You'se uh lil girl baby all the time. Der liebe Gott hat's so eingerichtet, dass du erst dein Alter mit jemand anders verlebt hast und dir deine Jungmädchenzeit für mich aufgehoben hast.«

»So kommt's mir auch vor, Tea Cake, und ich dank dir schön, dass du das sagst.«

»Das ist keine Kunst, was zu sagen, was eh so ist. Du bist eine schöne Frau, und lieb bist du obendrein.«

»Ach, Tea Cake.«

»Doch, bist du. Immer wenn ich ein Beet mit Rosen seh oder sonst was, was Wunder wie tut, wie schön es wär, dann sag ich: ›Da solltet ihr erst meine Janie sehen.‹ Du musst dich den Blumen mal zeigen, dass sie dich zu sehen bekommen, Janie, hörst du?«

»Mach nur so weiter, Tea Cake, irgendwann glaub ich noch selber dran«, sagte Janie schmunzelnd und bettete ihn wieder frisch. Dabei fühlte sie den Revolver unterm Kissen. Ein kurzer hässlicher Stoß durchzuckte sie, aber da er von selbst nichts sagte, fragte sie nicht nach. Tea Cake hatte sonst nie mit einer Waffe unterm Kopf geschlafen. »Lass das Fegen und Machen vorm Haus bleiben«, sagte er, als er wieder lag und sie sich aufrichtete. »Bleib hier, wo ich dich sehen kann.«

»Ist recht, Tea Cake, wie du willst.«

»Und wenn Mis' Turners knickbeiniger Bruder kommt und hier rumschleicht, dann kannst du ihm sagen, er kriegt von mir 'ne Vollbremsung verpasst. Der muss hier nicht rumstehen und glotzen.«

»Ich werd ihm gar nichts sagen, weil ich ihn bestimmt nicht sehen werde.«

In der Nacht hatte Tea Cake zwei schlimme Anfälle. Janie sah einen veränderten Ausdruck in seinem Gesicht. Tea Cake war fort. Etwas anderes blickte aus seinem Gesicht. Sie fasste den Entschluss, gleich im ersten Morgengrauen zum Doktor zu gehen. Daher war sie auf und angekleidet, als Tea Cake aus dem unruhigen Schlaf erwachte, der ihn kurz vor Tagesanbruch ereilt hatte. Er knurrte beinahe, als er sah, dass sie ausgehbereit war.

»Wo willst du hin, Janie?«

»Zum Doktor, Tea Cake. So krank, wie du bist, kannst du nicht hier im Haus liegen, ohne dass der Arzt nach dir kuckt. Vielleicht sollten wir dich ins Krankenhaus bringen.«

»Ich geh nicht ins Krankenhaus, ein für allemal. Schreib dir das hinter die Ohren. Wahrscheinlich bist du das ganze Kümmern und Machen für mich über. So bin ich zu dir nie gewesen. Ich hab für dich nie genug tun können.«

»Tea Cake, du bist krank. Du verstehst alles falsch, wie ich's nie gemeint hab. Ich könnte es nie überkriegen, mich um dich zu kümmern. Ich hab nur Angst, du wirst mir so krank, dass ich nicht mehr mit dir fertigwerde. Ich will, dass du wieder gesund wirst, honey, sonst gar nichts.«

Er schoss einen Blick voll tierischer Wildheit auf sie ab und grollte in der Kehle. Sie sah, wie er sich im Bett aufsetzte und herumrutschte, damit er jede ihrer Bewegungen verfolgen konnte. Und da bekam sie Angst vor diesem fremden Etwas in Tea Cakes Körper. Als er nach draußen zum Klo ging, stürzte sie zu dem Revolver und sah nach, ob er geladen war. Sechs Kammern und in dreien Patronen. Sie fing an, ihn zu entladen, doch dann fürchtete sie, er könnte ihn aufdrücken und sehen, dass sie Bescheid wusste. In seiner Verwirrung konnte das sonst was auslösen. Wenn doch bloß dieses Medikament käme! Sie drehte die Trommel so, dass selbst wenn er auf sie schoss, die Waffe dreimal bloß klick machen würde, bevor sie feuerte. Dann wäre sie wenigstens gewarnt. Sie konnte entweder weglaufen oder versuchen, sie ihm abzunehmen, bevor es zu spät war. Überhaupt, Tea Cake würde *ihr* doch nichts tun. Er war eifersüchtig und wollte ihr drohen. Sie würde einfach in die Küche gehen wie immer und sich nichts anmerken lassen. Wenn er wieder gesund war, würden sie darüber lachen. Sie stöberte jedoch noch die Patronenschachtel auf und leerte sie aus. Dann konnte sie auch gleich das Gewehr vom Kopfende des Bettes wegnehmen. Sie klappte es auf, steckte die Patrone in die Schürzentasche und stellte es in der Küche in die Ecke, beinahe hinter den Herd, wo es schwer zu sehen war. Vor seinem Messer konnte sie notfalls davonrennen. Natürlich übertrieb sie es mit der Vorsicht, aber es schadete nichts, auf Nummer Sicher zu gehen. Sie durfte nicht zulassen, dass der arme kranke Tea Cake etwas tat, was ihn zur Verzweiflung treiben würde, wenn er irgendwann erkannte, was er getan hatte.

Sie sah ihn mit einem komischen wippenden Gang vom Klo kommen, den Kopf hin und her pendelnd und die Zähne so merkwürdig zusammengebissen. Wie grauenvoll! Wo blieb bloß Doktor Simmons mit diesem Medikament? Nur gut, dass sie hier war und sich um ihn kümmerte. Die Leute würden solche gemeinen Sachen mit ihrem Tea Cake anstellen, wenn sie ihn in so einem Zustand sahen. Würden Tea Cake behandeln, wie wenn er ein tollwütiger Hund wäre, dabei hatte niemand auf der Welt mehr Herzensgüte als er. Was er brauchte, war nur, dass der Doktor endlich mit diesem Medikament rüberkam. Er kam ins Haus zurück, ohne ein Wort zu sagen, ja, er schien gar nicht zu registrieren, dass sie da war, fiel schwer aufs Bett und schlief ein. Janie stand gerade am Herd und machte den Abwasch, als er sie mit merkwürdig kalter Stimme ansprach.

»Janie, wieso schläfst du nicht mehr mit mir in einem Bett?«

»Der Doktor hat dir doch gesagt, dass du allein schlafen sollst, Tea Cake. Erst gestern hat er dir das gesagt, weißt du nicht mehr?«

»Wieso schläfst du lieber am Fußboden als bei mir im Bett?« Da sah Janie, dass er den Revolver in der herabhängenden Hand hatte. »Antworte mir, wenn ich mit dir spreche!«

»Tea Cake, Tea Cake, honey! Komm, leg dich hin! Sobald der Doktor es sagt, tu ich doch nichts lieber als mich zu dir legen. Komm, leg dich wieder hin! Er wird gleich mit 'nem neuen Medikament hier sein.«

»Janie, alles hab ich auf mich genommen und bin gut zu dir gewesen, und dass ich nun so schlecht behandelt werde, das tut mir in der Seele weh.«

Wackelig, aber schnell kam die Waffe hoch und richtete sich auf Janies Brust. Sie sah, dass er selbst in seinem Delirium gut zielte. Vielleicht wollte er ihr ja bloß einen Schrecken einjagen.

241

Der Revolver klickte einmal. Instinktiv zuckte Janies Hand nach hinten zum Gewehr und riss es vor. Das schreckte ihn ganz bestimmt ab! Wenn nur der Doktor käme! Wenn irgendjemand käme! Kaum hatte sie mit geübtem Griff das Gewehr aufgeklappt und die Patrone hineingeschoben, da machte ihr das zweite Klicken klar, dass Tea Cakes gestörtes Hirn ihn trieb zu töten.

»Tea Cake, leg den Revolver weg und geh wieder ins Bett!«, brüllte Janie ihn an, die kraftlos in seiner Hand wedelnde Waffe vor Augen.

Er lehnte sich an den Türpfosten und Janie dachte daran, ihn umzurennen und seinen Arm zu packen, doch da sah sie das rasche Zielnehmen und hörte das Klicken. Sah den bestialischen Ausdruck in seinen Augen und bekam irrsinnige Angst, genau wie seinerzeit im Wasser. Wie rasend riss sie das Gewehr hoch, panisch vor Hoffnung und Angst. Hoffnung, er werde es sehen und aufgeben, schreckliche Angst um ihr Leben. Aber wenn Tea Cake imstande gewesen wäre, an die Folgen zu denken, hätte er nicht mit der Waffe vor ihr gestanden. Weder Angst noch Gewehre noch sonst etwas drang zu ihm durch. Er beachtete die auf ihn gerichtete Waffe so wenig, wie wenn sie Janies Zeigefinger gewesen wäre. Sie sah die Anspannung durch seinen ganzen Körper gehen, als er abermals auf sie anlegte. Der Dämon in ihm musste töten und Janie war das einzige lebende Wesen, das er sah.

Revolver und Gewehr gingen fast gleichzeitig los. Der Revolver so kurz nach dem Gewehr, dass er das Echo zu sein schien. Tea Cakes Kugel grub sich in den Deckenbalken über Janies Kopf und er sackte zusammen. Janie sah den Ausdruck in seinem Gesicht und sprang vor, und er stürzte ihr in die Arme. Sie wollte ihn auffangen, da schlug er seine Zähne in das Fleisch ihres Unterarms. Beide gingen schwer zu Boden. Janie setzte sich mühsam auf und befreite ihren Arm aus dem Biss des toten Tea Cake.

Die furchtbarste Ewigkeit saß sie so. Eben hatte sie noch in Todesangst um ihr Leben gekämpft. Jetzt war sie wieder sie selbst und hielt aufopfernd Tea Cakes Kopf im Schoß. Sie hatte so sehr gewollt, dass er lebte, und jetzt war er tot. So ewig ist keine Stunde, dass sie das Weinen verwehren kann. Janie schmiegte seinen Kopf fest an ihre Brust und weinte und dankte ihm wortlos dafür, dass er ihr ermöglicht hatte, der Liebe zu dienen. Sie musste ihn fest an sich drücken, denn bald war er fort, und sie musste es ihm ein letztes Mal sagen. Dann brach aus der äußeren Dunkelheit der Schmerz über sie herein.

Noch am selben Tag ihres großen Leids kam Janie ins Gefängnis. Und als der Arzt dem Sheriff und dem Richter den Sachverhalt erklärte, meinten beide, ihr Fall solle noch am selben Tag verhandelt werden. Kein Grund, sie durch Warten im Gefängnis noch zusätzlich zu bestrafen. Drei Stunden Gefängnis, dann trat das Gericht zur Verhandlung zusammen. Gewiss, da blieb niemand viel Zeit, aber es waren dann doch genug Leute da. Viele Weiße kamen aus Schaulust. Und sämtliche Neger im Umkreis von Meilen. Wer hätte nicht von der Liebe zwischen Tea Cake und Janie gewusst?

Das Gericht trat zusammen und Janie erblickte den Richter, der eine vornehme Robe angelegt hatte, um ihren und Tea Cakes Fall zu hören. Und noch zwölf weiße Männer hatten ihre Arbeit unterbrochen, um zu hören und darüber zu befinden, was zwischen Janie und Tea Cake Woods vorgefallen war und ob dabei Recht oder Unrecht geschehen war. Das war schon komisch. Zwölf fremde Männer, die über Leute wie Tea Cake und sie rein gar nichts wussten, sollten über die Sache urteilen. Auch acht oder zehn weiße Frauen waren gekommen, um sie anzuschauen. Sie waren gut gekleidet und hatten die rosige Farbe, die von gutem Essen kommt. Das waren keine armen Weißen. Warum mussten *die* ihr Wohlleben verlassen und Janie in ihren Latzhosen anschauen kommen? Aber sie sahen gar nicht so böse aus, fand Janie. Es wäre schön, wenn sie *denen* den Hergang begreiflich machen könnte statt diesen Männern da. Ach, und sie hoffte, dass dieser Leichenbestatter Tea Cake schön herrichten würde. Das sollten die sie machen lassen. Ja, und da war Mr Prescott, den sie inzwischen gut kannte, und der würde den zwölf Männern erklären, man müsste sie töten, weil sie Tea Cake erschossen hatte. Und ein fremder Mann aus Palm Beach, der die zwölf auffordern würde, sie nicht zu töten, und keiner von ihnen wusste irgendwas.

Dann sah sie die vielen Farbigen, die hinten im Gerichtssaal standen. Dicht gepackt wie eine Kiste Selleriestangen, nur viel dunkler. Alle waren gegen sie, das sah sie. So viele dort waren gegen sie, dass von allen ein leichter Klaps genügt hätte, um sie zu töten. Sie fühlte, wie sie sie mit schmutzigen Gedanken bewarfen. Die Zungen gespannt und geladen, die einzige wirksame Waffe, die arme Leute haben. Das einzige Mordwerkzeug, das sie in der Gegenwart von Weißen benutzen dürfen.

Nach einer Weile war es dann so weit und Leute sollten aussagen, damit entschieden werden konnte, was von Rechts wegen mit Janie Woods zu geschehen hatte, dem, was von

Tea Cakes Janie übrig geblieben war. Der weiße Teil des Saals wurde ruhiger, je ernster es wurde, aber ein Zungensturm fegte durch die Neger wie der Wind durch die Palmen. Urplötzlich redeten alle auf einmal los wie ein Chor und ihre Oberkörper gingen im Rhythmus mit. Sie ließen Mr Prescott durch den Justizbeamten ausrichten, sie wollten in dem Fall eine Aussage machen. Tea Cake war ein guter Kerl. Er war gut zu der Frau da gewesen. Keine Niggerfrau war je besser behandelt worden wie die. Naw suh! Er hatte für sie gearbeitet wie ein Hund und sich fast umgebracht, dass er ihr im Sturm das Leben rettet, und kaum hat er sich im Wasser ein kleines Fieber geholt, fängt sie was mit 'nem andern Mann an. Lässt ihn herkommen von sonst wo. Aufhängen war noch zu wenig. Sie wollten nichts weiter als aussagen dürfen. Der Justizbeamte ging nach vorn und der Sheriff und der Richter, auch der Polizeichef und der Staatsanwalt und der Rechtsanwalt, alle kamen zusammen, um sich das ein paar Minuten anzuhören, dann gingen sie wieder auseinander und der Sheriff trat in den Zeugenstand und erzählte, wie Janie mit dem Arzt zu ihm gekommen war und wie er alles vorgefunden hatte, als er zu ihr fuhr.

Dann wurde Dr. Simmons aufgerufen und der erzählte von Tea Cakes Krankheit und wie gefährlich die für Janie und die ganze Stadt gewesen war und dass er Angst um sie gehabt hatte und Tea Cake eigentlich im Gefängnis wegschließen wollte, aber angesichts von Janies Fürsorge habe er davon Abstand genommen. Und wie er Janie angetroffen hatte, als er hinfuhr, mit einem tiefen Biss im Arm am Boden sitzend und Tea Cakes Kopf streichelnd. Und der Revolver direkt neben seiner Hand am Boden. Dann ging er wieder an seinen Platz.

»Sonst noch Zeugen der Anklage, Mr Prescott?«

»Nein, Euer Ehren. Keine weiteren Zeugen.«

Unter den Negern hinten im Saal begann wieder der Palmentanz. Sie hatten was auszusagen. Das Gericht musste sie als Zeugen hören.

»Mistah Prescott, Ah got somethin' tuh say«, meldete sich Sop-de-Bottom anonym aus der anonymen Masse.

Der ganze Gerichtssaal drehte sich nach ihm um.

»Sie haben gefälligst den Mund zu halten, bis jemand Sie aufruft«, teilte Mr Prescott ihm kalt mit.

»Yassuh, Mr Prescott.«

»Wir befassen uns mit diesem Fall. Noch *ein* Wort von Ihnen, von irgendeinem von euch Niggern da hinten, und ich lasse *Sie* vor Gericht stellen.«

»Yassuh.«

Die weißen Frauen klatschten dezent Beifall und Mr Prescott warf einen bösen Blick in die hinteren Reihen und begab sich an seinen Platz. Dann trat der fremde weiße Mann nach vorn, der für sie sprechen sollte. Er tuschelte kurz mit dem Protokollführer und rief dann Janie auf, nach vorn zu kommen und auszusagen. Nach ein paar kurzen Fragen forderte er sie auf, den genauen Ablauf zu schildern und die Wahrheit zu sagen, die ganze Wahrheit und nichts als die Wahrheit. So wahr ihr Gott helfe.

Alle beugten sich vor, um gut zu verstehen, was sie sagte. Das Erste, woran sie denken musste, war, dass sie nicht zuhause war. Sie stand vor Gericht und kämpfte gegen etwas und das war nicht der Tod. Es war etwas Schlimmeres. Es waren Lügengedanken. Sie musste weit ausholen, um ihnen klarzumachen, wie sie und Tea Cake miteinander gewesen waren, damit sie einsahen, dass sie Tea Cake niemals mit böser Absicht erschossen hätte.

Sie versuchte, ihnen begreiflich zu machen, wie grausam es vom Schicksal war, dass Tea Cake gar nicht mehr zu sich selbst kommen konnte, wenn er diesen tollwütigen Hund nicht aus sich raus kriegte, und dass er den Hund nicht aus sich raus kriegen konnte und trotzdem am Leben bleiben. Er musste sterben, um den Hund aus sich raus zu kriegen. Aber sie hatte ihn nicht töten wollen. Das ist ein unfairer Kampf, wenn einer sterben muss, um zu gewinnen. Sie machte ihnen begreiflich, wie widersinnig das war zu meinen, sie hätte ihn loswerden wollen. Sie bettelte und flehte nicht. Sie saß einfach da und erzählte, und als sie fertig war, verstummte sie. Sie war eine ganze Weile fertig, ehe der Richter und der Verteidiger und die andern es zu merken schienen. Aber sie blieb auf dem Anklagestuhl sitzen, bis der Verteidiger ihr sagte, sie dürfe an ihren Platz gehen.

»Keine weiteren Zeugen«, sagte ihr Verteidiger. Dann tuschelten er und Prescott miteinander und beide berieten sich vertraulich mit dem Richter dort oben auf seinem Stuhl. Dann setzten sich beide wieder.

»Meine Herren Geschworenen, es ist jetzt an Ihnen, zu entscheiden, ob die Angeklagte einen kaltblütigen Mord begangen hat oder ob sie ein armes geschlagenes Geschöpf ist, eine treue Ehefrau und Opfer unglücklicher Umstände, die ihrem Mann dadurch, dass sie ihm eine Gewehrkugel ins Herz schoss, letzten Endes eine Barmherzigkeit erwies. Wenn Sie meinen, dass sie mit Vorsatz und aus niedrigen Beweggründen gehandelt hat, dann muss Ihr Urteil auf Mord lauten. Wenn die Beweislage das nicht rechtfertigt, dann müssen Sie sie auf freien Fuß setzen. Es gibt nichts dazwischen.«

Die Geschworenen gingen in einer langen Reihe hinaus und im Gerichtssaal erhob sich ein allgemeines Raunen, ein paar Leute standen auf und liefen herum. Und Janie saß da wie ein Häufchen Elend und wartete. Was sie fürchtete, war nicht der Tod. Es war, falsch verstanden zu werden. Wenn sie sie schuldig sprachen, Tea Cake nicht gewollt zu haben und seinen Tod gewollt zu haben, dann war das wahrhaftig eine Sünde und Schande. Es war schlimmer als Mord. Da kamen die Geschworenen wieder herein. Fünf Minuten Beratung nach der Uhr im Gerichtssaal.

»Wir halten den Tod von Vergible Woods für ganz und gar unbeabsichtigt und entschuldbar und sprechen die Angeklagte Janie Woods von jeder Schuld frei.«

Sie war also frei, und der Richter und alle dort oben lächelten ihr zu und gaben ihr die Hand. Und die weißen Frauen weinten und bildeten eine Schutzmauer um sie, und die Neger ließen den Kopf hängen und trotteten hinaus und davon. Die Sonne war beinahe untergegangen, und Janie hatte die Sonne über ihrer bedrängten Liebe aufgehen sehen, und dann hatte sie Tea Cake erschossen und im Gefängnis gesessen und auf Leben und Tod vor Gericht gestanden, und jetzt war sie frei. Den letzten Rest des Tages blieb ihr nichts mehr zu tun, als die wohlmeinenden weißen Freunde aufzusuchen, die ihre Gefühle verstanden hatten, und sich bei ihnen zu bedanken. Darüber versank die Sonne.

Sie nahm sich für die Nacht ein Zimmer in der Herberge und hörte die Männer vor dem Haus reden.

»Ach, war doch klar, dass so weiße Männer 'ner Frau nichts tun, die aussieht wie die.«

»Sie hat schließlich keinen Weißen umgebracht, was? Solange sie keinen Weißen erschießt, kann sie so viele Nigger umlegen, wie sie will.«

»Jawoll, die Niggerweiber können die Männer umlegen, wie sie wollen, aber wehe, du legst eine von denen um. Da hängen dich die Weißen todsicher für.«

»Darum sagt ja das Sprichwort: ›'n weißer Mann und 'ne Niggerfrau ist das Freieste, was es gibt auf der Welt.‹ Die tun, was ihnen gefällt.«

Janie begrub Tea Cake in Palm Beach. Sie wusste, dass er die Glades geliebt hatte, aber die lagen so tief, dass er bei jedem kräftigen Regen vom Wasser überspült werden konnte. Abgesehen davon hatten die Glades und ihr Wasser ihn auf dem Gewissen. Sie wollte ihn vor allen Unwettern in Sicherheit wissen, deshalb ließ sie ihm auf dem Friedhof in West Palm Beach eine massive Gruft bauen. Janie hatte sich dafür aus Orlando Geld kommen lassen. Tea Cake war der Sohn der Abendsonne, für ihn war nichts zu gut. Der Leichenbestatter machte seine Sache einwandfrei und Tea Cake ruhte königlich auf seinem weißseidenen Lager inmitten der Rosen, die sie besorgt hatte. Sah fast aus, als wollte er jeden Moment losgrinsen. Janie kaufte ihm eine brandneue Gitarre und legte sie ihm in die Hände. So konnte er sich neue Lieder ausdenken und ihr vorspielen, wenn sie nachkam.

Sop und seine Freunde hatten sie verletzen wollen, aber nur, sagte sie sich, weil sie Tea Cake liebten und keine Ahnung hatten. Daher ließ sie Sop Bescheid sagen und über ihn allen andern. Am Tag der Beerdigung kamen sie mit Scham und Abbitte im Gesicht. Sie wollten ihr rasches Vergessen. Sie füllten und überfüllten die zehn Limousinen, die Janie gemietet hatte, und fügten der Schlange noch weitere hinzu. Dann spielte die Kapelle, und feierlich wie ein Pharao fuhr Tea Cake zur ewigen Ruhe. Keine teuren Schleier und Gewänder diesmal für Janie. Sie kam in ihren Latzhosen. Sie trauerte zu sehr, um Trauer zu tragen.

20 Weil sie Janie im Grunde nur ein klein bisschen weniger liebten, als sie Tea Cake geliebt hatten, und weil sie vor sich selbst gern gut dastehen wollten, wollten sie ihre Feindseligkeit vergessen machen. Daher gaben sie Mrs Turners Bruder die Schuld an allem und vertrieben ihn ein weiteres Mal von der Marsch. Dem würden sie's zeigen: einfach hier wieder rumzustrunzen, wie wenn er sonst wie toll aussehen würde, und es drauf anzulegen, dass verheiratete Frauen ihn angafften. Und selbst wenn die gar nicht gafften, sein Verdienst war das nicht, weil er es eben drauf angelegt hatte.

»Ach was, ich bin Janie nicht böse«, erklärte Sop, wo er hinkam. »Tea Cake war schon richtig durchgedreht. Kann man ihr keinen Vorwurf machen, wenn sie sich verteidigt. Sie war doch verrückt nach ihm. Kuckt euch nur an, wie sie ihn zu Grabe getragen hat. Ich hab im Herzen überhaupt keinen Groll gegen sie und ich wär auch nie auf so Gedanken gekommen, aber gleich den ersten Tag, wo dieser knickbeinige Nigger hier wieder aufkreuzt, weil er angeblich Arbeit sucht, kommt er an und fragt mich, was Mr und Mrs Woods so treiben. Das zeigt doch, dass er auf was gespechtet hat. Wie dann Stew Beef und Bootyny und noch 'n paar andere hinter ihm her sind, kommt er zu mir angerannt, ich soll ihn beschützen. Na, dem hab ich's aber gegeben. Zu *mir* musst du gar nicht angeheult kommen, hab ich gesagt, weil dir werd ich's geben, aber saftig. Rabenaas, verdammtes!«

Das reichte dann, sie verprügelten ihn und jagten ihn weg und erleichterten so ihr Gewissen. Ihr Zorn auf Janie hatte immerhin zwei volle Tage angehalten, und das war zu lange, das konnte man nicht auf Dauer mit sich rumtragen. Zu groß, die Belastung.

Sie hatten Janie gebeten, doch bitte zu bleiben, und sie war ein paar Wochen geblieben, um ihnen kein schlechtes Gewissen zu machen. Aber »the muck«, das war für sie Tea Cake und Tea Cake war nicht mehr. Damit war die Marsch bloß noch eine riesige Fläche aus schwarzem Modder. Sie hatte alles aus ihrem Häuschen verschenkt außer einem Päckchen Gartensamen, das Tea Cake gekauft hatte. Er hatte die Samen pflanzen wollen, war aber nicht mehr dazu gekommen, weil er noch auf die richtige Mondphase gewartet hatte, als ihn die Krankheit ereilte. Die Samen erinnerten Janie mehr als alles andere an Tea Cake, weil er ständig dabei gewesen war, irgendwas zu pflanzen. Sie waren ihr auf dem Küchenbord ins Auge gefallen, als sie von der Beerdigung heimgekommen war, und sie hatte sie in die Brusttasche gesteckt. Jetzt wo sie wieder zuhause war, hatte sie vor, sie zum Andenken zu pflanzen.

Janie bewegte ihre kräftigen Füße in der Waschschüssel. Die Müdigkeit war abgezogen und sie ließ sie auf dem Handtuch trocknen.

»Tja, so war das alles, Pheoby, wie ich's dir erzählt hab. Und nun bin ich wieder zuhause und ich bin gern wieder hier. Ich bin zum Horizont gewesen und wieder zurück, und jetzt kann ich hier in meinem Haus sitzen und kann vergleichen. Das Haus ist nicht mehr so arm und leer wie früher vor Tea Cakes Zeiten. Es ist voll von Gedanken, vor allem das Schlafzimmer.

Ich weiß, dass die ganzen Rumhocker und Rumschwätzer sich schon den Magen verknoten vor lauter Neugier, weil sie wissen wollen, was wir geredet haben. Von mir aus, Pheoby, erzähl's ihnen. Erst mal werden sie den Kopf schütteln, weil meine Liebe nicht so gegangen ist wie ihre, falls sie je eine hatten. Dann musst du ihnen sagen, dass die Liebe nicht so was ist wie ein Schleifstein, der überall gleich ist und mit allem das Gleiche macht, wo er mit in Berührung kommt. Love is lak de sea. Wie das Meer ist die Liebe, immer in Bewegung, aber seine Form kriegt es erst von der Küste, an die es trifft, und die ist von Küste zu Küste anders.«

»Lawd!« Pheoby atmete tief aus. »Ich bin zehn Fuß größer geworden bloß vom dir Zuhören, Janie. Jetzt bin ich nicht mehr zufrieden mit dem, was ich hab. Wenn ich jetzt nach Hause komm, muss Sam auch mal mit mir angeln gehen. Soll sich ja niemand unterstehen, dich zu kritisieren, wenn ich in der Nähe bin.«

»Ach, Pheoby, sei den andern nicht gar so gram, die darben halt, weil sie's nicht anders kennen. Die hohlen Bälge *müssen* brabbeln, dann meinen sie, sie sind lebendig. Sollen sie sich doch mit Gerede trösten. Klar kommt bei dem Gerede kein Pott Bohnen raus, wenn einer sonst nichts machen kann. Und ehe du dir so ein Gerede anhörst, kannst du auch gleich den Schnabel aufreißen und dir den Mond in den Hals scheinen lassen. Das weiß doch jeder, Pheoby: you got tuh *go* there tuh *know* there. Dein Papa nicht, deine Mama nicht und niemand sonst nicht kann dir das abnehmen, dass du selber hingehst und deine Erfahrungen machst. Zwei Sachen müssen alle Menschen selber machen. Sie müssen selber zu Gott gehen, und sie müssen lernen, selber ihr eigenes Leben zu leben.«

Nach diesen Worten trat ein Schweigen ein, das sich endgültig anfühlte, und zum ersten Mal konnten sie den Wind an den Kiefern zausen hören. Pheoby musste daran denken, dass Sam auf sie wartete und wohl unruhig wurde. Janie musste an das Zimmer oben denken – ihr Schlafzimmer. Pheoby drückte Janie ganz fest und tauchte im Eilschritt in die Dunkelheit ein.

Bald war unten alles dichtgemacht und verriegelt. Janie stieg mit der Lampe die Treppe hoch. Das Licht in ihrer Hand war wie ein Funke Sonnenmasse, der ihr Gesicht in Feuer tauchte. Ihr Schatten fiel hinter ihr kopfüber schwarz die Treppe hinunter. Jetzt in ihrem Zimmer schmeckte das Haus wieder frisch. Durch die offenen Fenster hatte der Wind den ganzen Muff der Abwesenheit und Verlassenheit hinausgefegt. Sie schloss sie, die Tür dazu, und setzte sich. Kämmte den Straßenstaub aus den Haaren. Dachte nach.

Der Tag des Schusses und des blutigen Körpers und des Gerichtssaals kam, und aus jeder Zimmerecke, aus jedem Stuhl und allem fing ein Schluchzen und Seufzen zu singen an. Zu singen, zu schluchzen und seufzen, singen und schluchzen.

Dann kam Tea Cake und scharwenzelte um sie herum, und der Seufzgesang floh zum Fenster hinaus und setzte sich in die Wipfel der Kiefern. Tea Cake, den Sonnenschein übergehängt. Natürlich war er nicht tot. Er konnte so lange nicht tot sein, wie sie noch fühlte und dachte. Der Kuss der Erinnerung an ihn malte Bilder von Liebe und Licht an die Wand. Hier war Friede. Sie holte ihren Horizont ein wie ein großes Fischnetz. Holte ihn ein vom Bund der Welt und warf ihn sich über die Schulter. So viel Leben in seinen Maschen! Sie rief ihre Seele, schauen zu kommen.

DIS LOVE
Janies Traum von Erfüllung

»Das ist genau der Stachel, an dem wir schwarzen Frauen immer alle hängen bleiben«, schimpft Janies Oma mit ihrer Enkelin: diese Liebe! »Dis love!« Erinnerungen an ähnliche Töne etwa in der Frauenbewegung der 1970er Jahre werden wach. »Die Liebe ist der Schlüssel zur Unterdrückung der Frauen heute«, schrieb Shulamith Firestone. Statt aus sich selbst etwas zu machen und den eigenen Weg zum Erfolg zu gehen, bleiben die Frauen am Stachel der Liebe hängen und pumpen ihre Energie in die Männer, dass die damit die Welt erobern und ihre großen Werke und Taten vollbringen. Janies Oma hatte von einer Zukunft geträumt, in der die schwarzen Frauen »obenan sitzen sollen«, und nachdem schon die Tochter keine Lehrerin geworden und im Leben gescheitert war, sollte nun wenigstens die Enkelin ihren Traum vom sozialen Aufstieg wahr machen. Der kam, wenn auch anders als gedacht. Ihr zweiter Mann Joe setzte Janie auf einen hohen Stuhl, »auf dem sie thronen und die Welt überschauen konnte«, aber ob die am Ziel solcher Aufstiegswünsche angekommene Frau wirklich ein eigenes erfülltes Leben führte, die Frage stellte sich der Oma gar nicht. Sie hatte den weiten Horizont der ungeahnten Möglichkeiten »zu einem klitzekleinen Ringeldingchen zusammengezwängt und es der Enkelin so eng um den Hals gelegt, dass es sie fast erwürgte«.

Der Horizont, den Zora Neale Hurston zu Eingang des Romans in den Blick nimmt, ist der äußerste Traum vom erfüllten Leben, und dieser »Traum ist die Wahrheit«, nach der die Frauen handeln. In ihrer Autobiographie *Dust Tracks on a Road* beschreibt sie, wie sie sich als kleines Mädchen zu allen Seiten vom Horizont umgeben und somit im Mittelpunkt der Welt fühlte und wie sie sich mit ihrer Freundin aufmachen und zum Ende der Welt gehen wollte. Der Wunsch blieb. Zeitlebens fühlte sie sich als Pilgerin zum Horizont, als Fahrende in jenes unbekannte Land, aus dem keiner je zurückkehrt, weil wer zurückzukehren scheint in Wahrheit dort neu geboren wurde. Jenes fremde Land, schrieb sie, ist die Liebe. Dis love. Wenn Janie am Ende des Romans über ihre Zeit mit Tea Cake sagt: »Ich bin zum Horizont gewesen und wieder zurück«, dann heißt das, dass sie auf dieser Lebensfahrt ein neuer Mensch geworden ist, eine neue Frau. Nicht durch äußere Gesellung, sondern durch eine innere Befreiung zu sich selbst ist sie erlöst von der »kosmischen Einsamkeit der Ungesellten«, von der Verdunkelung der menschlichen Urlichtfunken, die im Erdenschlamm taub und stumm geworden sind.

Diese kosmische Einsamkeit kannte Hurston sehr gut – in *Dust Tracks* erfährt die kleine Zora sie als ihren »Schatten«, der bewirkt, dass nichts und niemand sie wirklich berührt. Innerlich stand sie schon als Kind immer abseits, war sie allein mit inneren Erfahrungen, mit Träumen und Gesichten, die sie umso weniger mitteilen konnte, je mehr es sie danach verlangte. Der Druck war groß. Aber die Freundin wollte mit dem Gang zum Horizont doch lieber warten, bis sie größer waren, und als sie sich zu Weihnachten ein schwarzes Reitpferd mit weißem Sattel und Zaumzeug wünschte, um damit zum Ende der Welt zu reiten, bekam sie vom Vater beinahe eine Tracht Prügel. Die Frau, die es sich später zur Lebensaufgabe machte, der

Welt zu zeigen, dass »der größte kulturelle Reichtum des Kontinents« in der »Negro folklore« von Südstaatendörfern wie Eatonville lag, wo sie tatsächlich aufwuchs, fand als Kind das Dorfleben sterbenslangweilig, sehnte sich fort und flüchtete sich in ein heimliches inneres Leben. Sie las, was ihr zwischen die Finger kam, und baute daraus ihre Phantasiewelten. Nur Joe Clarkes Kaufladen, für sie das Herz des Dorfes, war eine Ausnahme, denn dort auf der Veranda saßen die Männer auf Kisten und Bänken und erzählten sich den für Kinderohren unendlich spannenden Dorftratsch der Erwachsenen, meistens über Liebeshändel, und die noch spannenderen alten »lies«, die überlieferten Märchen und Sagen, denen die kleine Zora lauschte, sooft sie konnte.

Der Wunsch fortzugehen erfüllte sich früher und anders als gedacht. Mit dem Tod der Mutter 1904 zerfiel die Familie. Der Vater gab die noch nicht ausgezogenen kleineren Kinder von den insgesamt acht sehr bald aus dem Haus und heiratete eine Zwanzigjährige. Nach einem Internatsaufenthalt kam die dreizehnjährige Zora bei Freunden und Verwandten unter, bis sie schließlich aufbrach und sich viele Jahre mit Gelegenheitsarbeiten durchschlug. 1918 holte sie ihren Highschool-Abschluss nach, studierte in Washington, D. C., und schrieb in dieser Zeit erste Geschichten und Theaterstücke. Als sie 1925 nach New York ging, wurde sie dort als aufstrebende junge schwarze Schriftstellerin wahrgenommen und rasch zu einer zentralen Gestalt der »Harlem Renaissance«, der ersten Aufbruchsbewegung schwarzer Künstler in den 1920er Jahren. Gleichzeitig konnte sie mit einem Stipendium ihr Studium fortsetzen und zog nach ihrem Abschluss in Ethnologie 1927 auf Betreiben ihres Lehrers Franz Boas zu Feldforschungen in ihr heimisches Florida, wo sie die traditionellen Geschichten, Lieder, Predigten, Volksbräuche der Schwarzen in den Südstaaten sammelte. Sie ging nach New Orleans und erforschte dort die im Verborgenen fortlebende magische Religion der Afroamerikaner, Hoodoo genannt, mit solchem persönlichen Einsatz, dass sie sich von mehreren Meistern in mühevollen und gefährlichen Zeremonien einweihen ließ und selbst eine »Hoodoo doctor« wurde. Sie erforschte die Tänze, Lieder und Geschichten der Schwarzen auf den Bahamas und die Voodoo-Mysterien auf Haiti und Jamaica. Aber die objektive Sozialwissenschaft war letztlich nicht ihre Sache; in ihrem Innern wühlten »Dinge, die gesagt werden mussten«, und zwar in literarischer Form, mit ihrer eigenen Stimme.

In dieser eigenen Stimme klingt immer die Mutter durch, wie Hurston sie in ihrer Autobiographie schildert. »Jump at de sun – springt nach der Sonne«, hatte die Mutter ihre Kinder aufgefordert und diese zu Selbstvertrauen und Willensstärke erzogen, während der Vater gerade Zoras Übermut mit Sorge betrachtete und immer versuchte, ihren Willen zu brechen. Er war der Bürgermeister von Eatonville, ein mitreißender Prediger, ein Frauenheld, ein erstklassiger Schütze und körperlich der stärkste Mann weit und breit, aber im Haus blieb ihm nichts anderes übrig, als sich der Herrschaft seiner kleinen, zarten Frau zu beugen, so wie ihr nichts übrig blieb, als den Mann zu nehmen, wie er war. Dis love. »Im Grunde war mein Vater das Baby der Familie«, schrieb seine Tochter, die sich von klein auf als »Mama's child« fühlte. Das Gefühl war gegenseitig. Als die Mutter im Sterben lag, trug sie der Lieblingstochter ihre letzten Wünsche auf, aber Zora konnte sich nicht gegen die Erwachsenen durchsetzen und die Wünsche blieben unerfüllt, worunter sie lange litt. Zum Schluss konnte die Mutter nicht mehr sprechen, »aber mit den Augen forderte sie mich auf … für sie zu sprechen. Sie war auf meine Stimme angewiesen.« Dieser Wunsch der Mutter, die Tochter möge für sie sprechen, klingt an, wenn Nanny von ihrer Tochter hofft, sie werde einst »der Welt verkünden, was ich mir denke«. Und an den Wendepunkten der Geschichte, wo »neue Gedanken gedacht und neue Worte gesprochen werden« müssen, damit das Verhältnis von Mann und Frau auf eine neue Grundlage gelangt, ist es an Janie, dies zu tun. Die schwarzen Männer, die vor dem bossman kuschen, ziehen sich auf die bittere Gewissheit zurück, dass die weißen Männer und die schwarzen Frauen das Sagen haben, oder wie es im Roman heißt: »'n weißer Mann und 'ne Niggerfrau ist das Freieste, was es gibt auf der Welt.«

Es war ein langer Weg, den Hurston gehen musste, ehe sie sich berufen fühlte, selbst schreibend den Reichtum der traditionellen »lies« anzuzapfen und zur Stimme des »Negro farthest down« zu werden, des Negers am untersten Ende. Zwar kannte sie die »Negro folklore« in- und auswendig »vom frühesten Wiegenschaukeln an«. »Aber sie saß an mir wie ein enges Unterhemd. Ich konnte sie nicht sehen, ich hatte sie ja am Leib.« Gleichzeitig war ihr das Abseitsstehen, die Nichtzugehörigkeit vertraut, und so musste sie in der Schule der Wissenschaft nur das bewusste Abstandnehmen lernen, um ihre Herkunft klar sehen zu können, ohne sie zu idealisieren oder zu verdammen. Es war halt schlicht ihre, eine von vielen Ausprägungen des Menschlichen und nicht besser oder schlechter als die andern, und mit dieser Einsicht konnte sie sich frei für die Zugehörigkeit zu ihren Leuten entscheiden. »Ich musste zurückkehren, mich kleiden wie sie, reden wie sie, ihr Leben leben, damit ich die Welt, die ich als Kind kannte, in meine Geschichten hineingeben konnte«, erklärte sie 1935 in einem Interview. Sie lebte und arbeitete jetzt aus dem bewussten Willen zur Zugehörigkeit heraus, und gerade indem sie ihr Eigenes in seiner ganzen Eigenheit darstellte, öffnete sie das Eigene zur Begegnung mit dem Andern und machte es so zum Geschenk nicht nur an ihre Leute, sondern auch an die Weißen, denen sie sich als Amerikanerin zugehörig fühlte, an die Menschheit.

Von sozialkritischen schwarzen Schriftstellern ihrer Zeit wie etwa Richard Wright ist Hurston der Vorwurf gemacht worden, dass sie ein folkloristisches Idyll zeichnet und dem weißen Publikum den altbekannten lachend-weinenden simplen Negerprimitivling vorführt, statt den brutalen Rassismus gerade in den Südstaaten aufzuzeigen und anzuklagen. Sie geriet in Vergessenheit, bis sie Anfang der 1970er Jahre von schwarzen Schriftstellerinnen wie Alice Walker und Toni Morrison als »eine der größten Schriftstellerstimmen unserer Zeit« wiederentdeckt und die Einzigartigkeit ihres Blicks auf die eigene Herkunft erkannt wurde. Denn rassistische Erfahrungen waren für Hurston im rein farbigen Eatonville ihrer Kindheit nicht prägend: immer wieder betont sie, dass Rassenklischees ihr nichts bedeuten, dass es ihr um individuelle Menschen geht, dass sie ihr Farbigsein nicht als Tragödie erlebt wie offenbar viele andere. Prägend waren die Geschichten und Lieder und die schlichte menschliche Vitalität ihrer Leute in all ihren Ausdrucksformen, und so stellte sich die zurückkehrende Zora bewusst in die Überlieferung, in der sie groß geworden war, wie es jeder traditionelle Erzähler und jeder Bluessänger tat, und sagte und sang diese Überlieferung weiter, nur jetzt in der Sphäre der Literatur. Dafür schuf sie eine literarische Sprache, die dem natürlichen Sprechen ihrer Leute unmittelbar abgelauscht ist und in der deren Lebendigkeit, Witz, Spontanität und Bildgewaltigkeit forttönt, womit die »Botschaft«, um die es ihr geht, »echte Gesprochenheit« wird, wie Martin Buber es nennt. Indem sie in die Musik ihrer Muttersprache eintauchte und diese mit eigener Stimme sang, übernahm und variierte sie die im Volksmund gebräuchlichen Sprüche, Redeweisen, Töne, Bilder, Themen, die »herrenlos ziehenden Worte«, wie es auf seine Art auch der Blues ihrer Zeit tat, und gleichzeitig sang sie in diesem kollektiven Idiom ihre innersten, persönlichsten Einsichten und Gefühle als Schwarze, als Frau, als Zora.

Und so muss, wie im Blues immer und immer wieder, die Sprache kommen auf die Liebe zwischen Mann und Frau. Die Schriftstellerin um die vierzig findet heimkehrend das kleine Mädchen wieder, das mit sieben anfing, sich romantisch zu verlieben, und das im »ekstatischen Frühling Floridas« glücklich durch die Wälder streifte und sich in wilden Phantasien erging, und sie dichtet daraus Janies Vision des blühenden Birnbaums, in dem sie die Liebe als allumfassende kosmische Lebenslust und die Sehnsucht der Blüte nach ihrer Biene erkennt. In New York hatte Hurston um diese Zeit den Mann kennengelernt, der die Liebe ihres Lebens war und mit dem sie doch trotz jahrelangem Ringen nicht zusammenkommen konnte, weil es zu seinem Selbstbild als Mann gehörte, dass er sie versorgte und sie nicht mehr arbeitete und nur noch für ihn lebte, während sie unter keinen Umständen von ihrer Arbeit lassen konnte, so gern sie andererseits seinem Wunschbild entsprochen hätte. Dis love. Sie wollte einen Mann, der ein Mann war, einen, der ihr auch intellektuell überlegen war, aber er musste sie ganz nehmen können, ohne Rest. Sie taten einander furchtbar weh. In einer ihrer langen Trennungsphasen brachte Hurston 1937 auf Haiti in einem ungeheuren Schaffensrausch von sieben Wochen ihr Hauptwerk zu Papier, *Vor ihren Augen sahen sie Gott*. Die äußere Handlung war frei erfunden, aber wie sie in ihrer Autobiographie erzählt, versuchte sie, darin »die ganze Zärtlichkeit meiner Leidenschaft für ihn einzufangen«.

Zora erfindet Tea Cake und schenkt ihn Janie, und weil seine Liebe so stark ist, dass er sie ganz nehmen kann, wird Janie zu sich selbst befreit und kann ihren Traum von Liebe gegen alle eigenen Bedenken und äußeren Angriffe wahr machen. Tea Cake ist ein Tramp, ein Wanderarbeiter, Draufgänger, Frauenheld, Lebenskünstler, Spieler, Spaßmacher, Messerstecher – Bluessänger. Er verkörpert für Hurston einerseits den »Negro farthest down«, den einfachen Schwarzen auf der untersten sozialen Stufe, und andererseits Big John de Conquer, den großen Helden der schwarzen Volksmärchen, der als fleischgewordener Trommelrhythmus und Sang der Hoffnung und der Lebensfreude aus Afrika unter die amerikanischen Sklaven kam, mit ihnen auf der Plantage arbeitete und sie lehrte, dem Leid nicht zu erliegen und nicht zu verzweifeln an den blues, den quälenden blue devils. Er gewann seine Kämpfe und Spiele mit »Old Massa« oder dem Teufel auf die lachende Art des Tricksters, und mit jedem Schritt presste er der Welt Freude und Wohlgeruch aus, wie Hurston es auch Tea Cake nachsagt.

An seiner Seite wird Janie zur Verkörperung der zu sich selbst kommenden schwarzen Gemeinschaft, zur freien Frau, die nicht den beschränkten Bauern Logan liebt und nicht den geschäftstüchtigen Aufsteiger Joe, sondern den bluesman, der ruhelos umherzieht und das Dasein in seiner ganzen Unsicherheit und Härte auskostet, aber daraus »the Devil's music« schöpft, die den Menschen noch auf andere Art Kraft und Hoffnung gibt, als es die religiösen Gospels vermögen. Von Tommy Johnson wird erzählt, er habe, um richtig Gitarre spielen zu lernen, um Mitternacht an einer Wegkreuzung seine Seele dem Teufel verkauft, und dieselbe Begegnung »at the crossroads« mit dem »König der Hölle« durchlebte Hurston in einer ihrer Hoodoo-Einweihungen; von den damit verbundenen Ängsten singt Robert Johnson in »Crossroads Blues«. Der bluesman spielt und hurt und rauft und mordet vielleicht sogar. Er ist oft mit älteren Frauen zusammen, die vielleicht schon den Stempel der Verworfenheit tragen, aber irgendwann heißt es wieder »I'm goin', pretty mama«, »I got ramblin' on my mind«, weil die Unruhe ihn treibt, weil ihr Ehemann ihn umbringen will oder weil sie ihm untreu wird. Immer wieder ist die Frau die »mean mistreatin' mama«, die den Sänger mit ihrer »careless love« hintergeht, und er trollt sich niedergeschlagen oder droht ihr mit Gewalt und Tod, wenn er sie nicht seinerseits für eine andere versetzt und das mit großem Stolz verkündet.

Aber Hurston bleibt nicht auf dem ewigen Schlachtfeld des Geschlechterkriegs stehen, sondern geht in ihrer Vision über den Horizont hinaus in die Fremde der Liebe. Sie schildert Tea Cake in vieler Hinsicht als typischen bluesman, aber sie dichtet das altbekannte Muster zu einem »Careful Love Blues« um und verleiht ihrem männlichen Protagonisten die Eigenschaft, die sie sich von einem Mann am meisten wünscht: die Kraft, wirklich zu lieben. Tea Cake ist »der Sohn der Abendsonne«, der in dem jenseitigen Land am Ende der Welt wohnt, in dem die Sonne allabendlich versinkt und es auf der Erde Nacht werden lässt. Er reißt Janie aus ihrer gewohnten sicheren Umwelt heraus, und statt ihren Aufstieg zu fördern, nimmt er sie mit in den Untergang, ganz nach unten, »down on the muck«, in das Marschland der Everglades mit seiner schwarzen Erde, die zugleich der Schlamm ist, in den die verdunkelten Urlichtfunken mit der Schöpfung gestürzt sind. Tief eingetaucht in diesen niedersten fruchtbaren Schlamm beginnen sie zu wachsen. Tea Cake ist nämlich auch ein Samenpflanzer, der »ständig dabei gewesen war, irgendwas zu pflanzen«.

Er selbst jedoch kann nicht mit zurückkehren aus dem Land der Abendsonne. Hurston lässt ihn, den Traumtänzer, im Hurricane scheitern, fast als wäre er dieser äußersten irdischen Naturgewalt nicht gewachsen und vertraute letztlich doch noch auf die Macht des weißen bossman. Er sinkt in den muck zurück, aber hinterlässt seiner Frau die ganze Fülle des Horizonts, der ihr zuletzt zum großen Fischnetz der Sprache wird, zum aktiven prophetischen Wahrtraum. Das Unglaubliche ist wahr geworden, sei es nur für zwei Jahre. Dis love. Nun kann die Seele sie schauen kommen, die Vision einer neuen Weiblichkeit und Männlichkeit und ihrer liebenden Verbindung, gesagt allen hörenden und lesenden Pheobys, dass sie Janies Geschichte weitersagen.

Ein Wort noch zur Übersetzung. Die »echte Gesprochenheit«, die Zora Neale Hurston der Sprache ihrer Figuren und in unterschiedlichen Graden auch ihrer Erzählstimme verleiht, drückt sich am auffälligsten darin aus, dass sie die Lautung dieser Sprache schriftlich abbildet, doch das ist nur eines von vielen Elementen. Die Gesprochenheit lebt in Rhythmus, Wortwahl, Tonlagen, Bau, Bildhaftigkeit, in der gesamten Musik ihrer Sätze, nicht zu vergessen in der religiösen wie profanen Färbung. Sie lebt in der subtilen Verschränkung, ja Verschmelzung einer einzigartig gehandhabten individuellen wie kollektiven erlebten Rede mit der sich mehr und mehr idiomatisch durchtränkenden Erzählstimme.

In der ersten deutschen Ausgabe des Romans, erschienen 1993 unter dem Titel *Und ihre Augen schauten Gott*, gibt die Übersetzung von Barbara Henninges Hurstons schwarzes Idiom in einem oft rheinisch klingenden Kunstdialekt wieder. Henninges begründet ihr Experiment mit ähnlichen Wesensmerkmalen der verschiedenen Mundarten, die es erlaubten, im Deutschen gleichwertige Entsprechungen für die Verschleifungen und grammatischen Eigenwilligkeiten des Black American English zu finden. Mir geht es so, dass ich ihre Argumente glauben, aber den von ihnen gestützten Text schwer lesen kann, weil mein Ohr dagegen rebelliert. Für den Sprachklang in Hurstons Roman gibt es meines Erachtens keine Entsprechung. Der Versuch, ihn durch einen anderen Klang zu ersetzen, führt den Leser in ein emotionales Niemandsland, weil die Figuren nicht zu den Stimmen passen, die jetzt aus ihnen sprechen.

Dieser eigene erdige Klang, den ich in der Geschichte von Janie und Tea Cake höre, ist derselbe, der mir aus den Liedern von Blind Willie McTell, Memphis Minnie, Bessie Smith, Son House und zahllosen andern entgegentönt, und dieser Klang hat die Musik des 20. Jahrhunderts geprägt und ist tief in das Gefühl der Menschen auch außerhalb der amerikanischen Südstaaten eingegangen. Vielleicht könnte sich ein sehr speziell gestimmter und außerordentlich sprachmächtiger Mundartdichter etwa zu einer plattdeutschen oder schwyzerdütschen Version herausgefordert fühlen, die das ganze Buch mit allen Gefühlslagen in eine andere Tonart transponierte. Meine Herausforderung war eine andere. Dieses Buch, so meine Voraussetzung, verlangt von einem Übersetzer, das Scheitern an der rundum entsprechenden Wiedergabe von vornherein anzunehmen (was keineswegs für jede Übersetzung gilt). Das macht die Gestaltungsaufgabe nicht geringer. Um auf meine Art angemessen zu scheitern, habe ich versucht, mir die Situation eines deutschen Schriftstellers vorzustellen, der mit seinen Mitteln einen im schwarzen Florida der 1920er Jahre spielenden Roman erzählen will. Er wird auf deutsche Dialektanmutungen verzichten. Ihm bleibt keine andere Wahl, als alles zu mobilisieren, was seine Sprache und sein Gefühl an Musikalität hergeben, an Blues, und im Übrigen den originalen Sound mit kleinen Hörhilfen zu beschwören, die das Leserohr klangbildlich ausbauen kann. Trägt seine Stimme? Lord, have mercy – sorry, Lawd a'mussy!

Hans-Ulrich Möhring

übersetzt seit vielen Jahren aus dem Englischen und schreibt hin und wieder ein Buch. Für ihn ist mit dieser Übersetzung eines der am Horizont fahrenden Schiffe im Hafen eingelaufen.

Unsere zweiten Fünf!

Susanna Alakoski
Bessere Zeiten

Roman

Als Leena und ihre Familie
eine neue Wohnung finden,
scheint sich alles zum
Guten zu fügen. Doch die
Gastarbeiter aus Finnland
sind arm. Die Eltern trinken. Und bei den Schweden
heißt das schöne Viertel
abfällig »Schweinehäuser«.
Ein einfühlsames Best-
sellerdebüt.

Band 6 der edition *fünf*
Deutsch von Sabine Neumann
Mit einem Nachwort von
Karen Nölle und Christine Gräbe
gebunden, 304 Seiten
€ 19,90 (D) / € 20,40 (A) / SFr 28.90
ISBN: 978-3-942374-10-1

Eudora Welty
Vom Wagnis, die Welt in Worte zu fassen

Drei Essays

Schon als Mädchen keimt in Eudora Welty der Wunsch, Schriftstellerin zu werden. Wie ihr das ganze Leben zur Schule des Schreibens wird, bis sie schließlich den Mut zur eigenen Stimme findet, davon erzählt sie auf wunderbar lebendige Weise.

Band 8 der edition*fünf*
Deutsch von Karen Nölle
Mit einem Nachwort
von Luise F. Pusch
gebunden, 160 Seiten
€ 17,90 (D)/€ 18,40 (A)/SFr 25.90
ISBN: 978-3-942374-11-8

Ruth Liepman
Vielleicht ist Glück nicht nur Zufall

Erzählte Erinnerungen

Ruth Liepman war Jüdin, Kommunistin und Widerstandskämpferin. Nach dem Krieg wurde sie literarische Agentin. Die Erinnerungen der Grande Dame des Literaturbetriebs, ohne Eitelkeit und mit viel Aufrichtigkeit geschildert, umspannen fast ein ganzes Jahrhundert.

Band 9 der edition*fünf*
Mit einem Nachwort von
Eva Koralnik und Ruth Weibel
gebunden, 176 Seiten
€ 18,90 (D)/€ 19,40 (A)/SFr 27.50
ISBN: 978-3-942374-13-2

Annette Kolb
Das Exemplar

Roman

Sommer 1909. Mariclée reist nach England, um einen Mann zu treffen. Als sie ihn um einen Tag verfehlt, beginnt eine bizarre Wartezeit ... Das hinreißend eigentümliche Porträt einer jungen Frau, die das Wagnis eingeht, einer sehr unkonventionellen Vorstellung von Liebe nachzujagen.

Band 10 der edition*fünf*
Mit einem Nachwort
von Gunna Wendt
gebunden, 216 Seiten
€ 18,90 (D)/€ 19,40 (A)/SFr 27.50
ISBN: 978-3-942374-14-9

Unsere ersten Fünf!

Heldinnen des Glücks
Sieben Geschichten vom Aufbruch

Kate Chopin
Das Erwachen

Erzählungen

Aufbruch heißt in jeder dieser Erzählungen etwas anderes: Da bietet sich ein Nachbar als Heiratskandidat an, im Kino werden Lebenswege resümiert und ein ganzes Dorf von Dienstmädchen macht sich auf, das Glück zu finden.

Band 1 der edition*fünf*
Mit Erzählungen von
Alice Munro, Margriet de Moor,
Felicitas Hoppe u. v. a.
Ausgewählt und mit einem
Nachwort von Karen Nölle und
Christine Gräbe
gebunden, 152 Seiten
€ 14,00 (D) / € 14,40 (A) / SFr 25.20
ISBN: 978-3-942374-04-0

Roman

Sommerfrische am Meer, Ende des 19. Jahrhunderts: Mit 28 Jahren ist Edna Pontellier längst Ehefrau und Mutter. Ihr Leben scheint harmonisch. Doch dann verliebt Edna sich in einen anderen und lässt alle gesellschaftlichen Konventionen hinter sich – mit fatalen Folgen.

Band 2 der edition*fünf*
Deutsch von Barbara Becker et al.
Mit einem Nachwort
von Barbara Vinken
gebunden, 216 Seiten
€ 16,00 (D) / € 16,50 (A) / SFr 28.80
ISBN: 978-3-942374-00-2

Joyce Johnson
Zaunköniginnen

Erinnerungen

New York in den Fünfzigern. Joyce Johnson bricht auf, um eine abenteuerliche Existenz als Dichterin zu führen. Doch in der Beat-Bohème werden den Frauen neben Kerouac und Ginsberg allenfalls Nebenrollen zugedacht. Das beherzte Selbstzeugnis einer uneitlen Schriftstellerin.

Band 3 der edition*fünf*
Deutsch von Thomas Lindquist
Mit einem Nachwort
von Karen Nölle
gebunden, 376 Seiten
€ 16,00 (D) / € 16,50 (A) / SFr 28.80
ISBN: 978-3-942374-03-3

Irmtraud Morgner
Hochzeit in Konstantinopel

Roman

Nichts ist, was es scheint, auf dieser Reise, die nicht nach Konstantinopel, sondern an die Adria geht. In die Flitterwochen, obwohl das Paar aus Ostberlin noch gar nicht verheiratet ist. Mit »Hochzeit in Konstantinopel« fand Irmtraud Morgner ihre eigene Stimme: sinnlich, frech, stilistisch brillant.

Band 4 der edition*fünf*
Mit einem Nachwort
von Doris Janhsen
gebunden, 256 Seiten
€ 16,00 (D) / € 16,50 (A) / SFr 28.80
ISBN: 978-3-942374-01-9

Malin Schwerdtfeger
Café Saratoga

Roman

In den Sommern ihrer Kindheit erobert Sonja die polnische Halbinsel Hel. Doch die Idylle endet jäh – mit der Ausreise der Familie nach »Bundes«, wo ihr Vater Tata Arbeit bei Mercedes findet, ihre Mutter Lilka sich in Depressionen verkriecht und ihr die Schwester unbemerkt verloren geht …

Band 5 der edition*fünf*
Mit einem Nachwort
von Martin Hielscher
gebunden, 296 Seiten
€ 16,00 (D) / € 16,50 (A) / SFr 28.80
ISBN: 978-3-942374-02-6